GERT WEIHSMANN

Wiener Lied

PRO DEFUNCTIS – FÜR DIE TOTEN Am Sankt Marxer Friedhof wird die Leiche eines jungen Mannes aufgefunden. Der Tote, Alexander Kugler, litt an einer hoch funktionalen Form des Autismus, war musikalisch sehr talentiert, aber aufgrund seiner Erkrankung vollkommen isoliert. Bei der Obduktion wird festgestellt, dass der junge Mann ermordet worden ist. Erste Spuren führen zu einer geheimnisvollen Dark-Metal-Sängerin und zu Alexanders einzigem Schulfreund, Josua Silbermayr. Die Überprüfung der Verdächtigen führt Kommissar Harald Selikovsky zu einem verlassenen Bauernhof in Niederösterreich, der ein tödliches Geheimnis birgt. Am Heiligen Abend kommt es zum großen Finale: Alexanders Auftragswerk, von Selikovskys Sohn Simon fertiggestellt, wird vor dem Mörder des jungen Komponisten uraufgeführt – einem Täter, den der Kommissar nur allzu gut kennt, ohne ihn jemals zuvor gesehen zu haben.

© Christof Wagner

Gert Weihsmann, 1961 in Villach geboren, lebt seit mehr als drei Jahrzehnten in Wien. Sein zweiter Krimi »Wiener Lied« ist ein nächtlicher Reigen aus gefährlichen Begegnungen, höchster musikalischer Leidenschaft und der Bereitschaft eines Ausnahmetalents, den eigenen Tod zu riskieren – um der Nachwelt eine geniale Komposition zu hinterlassen.

GERT WEIHSMANN

Wiener Lied

KRIMINALROMAN

GMEINER

Immer informiert

Spannung pur – mit unserem Newsletter informieren wir Sie
regelmäßig über Wissenswertes aus unserer Bücherwelt.

Gefällt mir!

Facebook: @Gmeiner.Verlag
Instagram: @gmeinerverlag
Twitter: @GmeinerVerlag

Besuchen Sie uns im Internet:
www.gmeiner-verlag.de

© 2022 – Gmeiner-Verlag GmbH
Im Ehnried 5, 88605 Meßkirch
Telefon 0 75 75 / 20 95 - 0
info@gmeiner-verlag.de
Alle Rechte vorbehalten
1. Auflage 2022

Lektorat: Claudia Senghaas, Kirchardt
Umschlaggestaltung: U.O.R.G. Lutz Eberle, Stuttgart
unter Verwendung eines Fotos von: © Stefan / AdobeStock
Druck: CPI books GmbH, Leck
Printed in Germany
ISBN 978-3-8392-0314-9

INHALT

»Taceant colloquia. Effugiat risus. Hic locus est ubi mors gaudet succurere vitae.«

(Giovanni Battista Morgagni, Padova, 1682-1771)

dt: Das Reden verstumme. Das Lächeln entfliehe, denn dies ist der Ort, wo der Tod sich erfreut, beizustehen dem Leben.

I – INTROITUS

Der Junge lag unweit der Friedhofsmauer, direkt vor einem grauen Grabmal mit griechischer Inschrift. Er mochte 15 oder 16 Jahre alt sein, vielleicht war er aber auch nur 14 geworden – oder doch bereits 17. Der tote Teenager hatte kurze schwarze Haare, einen blassen Teint und war bis auf die schwarzen Sneakers und eine ebenso dunkle Haube, die neben ihm lag, vollkommen weiß gekleidet: weißer Hoodie, weißer Sweater und weiße Jeans, die der Regen der letzten Stunden grau eingefärbt hatte. Der Junge, vielleicht einen Meter siebzig groß und dünn, musste schon länger tot sein: Die Leichenstarre hatte bereits eingesetzt, und ein fetter Käfer kroch aus dem rechten Ärmel des Toten hervor.

Kommissar Selikovsky erhob sich und trat einen Schritt zurück, betrachtete den starren Körper und wischte sich eine Träne aus dem Gesicht. Es war nicht der erste Tote, den er zu Gesicht bekam, als Ermittler in Mordsachen hatte er schon Dutzende Leichen gesehen. Aber der Anblick des reglosen Jungen vor der unverputzten Friedhofsmauer, neben einem grauen Grabobelisken und umgeben von abgestorbenen Sträuchern und langsam verfaulenden Blättern rührte ihn mehr, als er zugeben wollte – weil es ein auswegloser und der Welt abhandengekommener Blick auf ein Leben war, das nicht einmal das Erwachsenenalter erreicht hatte. Ob dessen Tod auf einen Unfall oder ein

Verbrechen zurückzuführen war, würde er als Kommissar herausfinden müssen.

- Wahrscheinlich ist der Bub dort oben auf der Autobahnbrücke gestanden, hat dann aus irgendeinem Grund das Gleichgewicht verloren und sich noch am Geäst des Baumes festzuhalten versucht, bevor er auf die Einfriedung und die Grabsteinspitze geprallt und schließlich regungslos im Morast liegen geblieben ist, mutmaßte der junge Friedhofswärter, der trotz des leichten Regens und des eisigen Windes nur eine kurze Hose und ein ärmelloses T-Shirt trug und irgendwie mediterran aussah: dichtes schwarzes Haar mit blond gefärbten Strähnen, hohen Wangenknochen und einem perfekt gestutzten Vollbart. Das schwarze T-Shirt war mit der Karikatur eines Leichenwagens bedruckt, und darunter stand in fetten Lettern geschrieben: ›Dein letzter Wagen ist immer ein Kombi – Die Wiener Bestattung‹

- Gestatten, Konstantin Papadopoulos, stellte sich der junge Bedienstete der Gemeinde Wien vor, aber Sie können Papo zu mir sagen. Ich bin der Parkwächter hier auf dem Sankt Marxer Friedhof, der längst kein Friedhof mehr ist, sondern ein Park, eine Naherholungsanlage. Außerdem züchte ich Bienen auf dem Gelände, mehr als 50 Stöcke bewirtschafte ich hier, und der daraus gewonnene *Mozarthonig* wird bis nach Japan und Südkorea verkauft.

- Mozarthonig, wunderte sich Kommissar Selikovsky und sah den jungen Magistratsangestellten skeptisch an.

- Ja, *Mozart's Honey*, wiederholte Papo und deutete auf die andere Seite der Anlage hinüber, nicht einmal 50 Meter von hier ist Mozarts Grab, oder, sagen wir, eine Art Erinnerung daran. Das richtige Grabmal des Komponisten wurde zu dessen 100-jährigem Todestag in den damals neu eröffneten Zentralfriedhof gebracht, aber die Gebeine des Schöpfers von *Don Giovanni*, der *Zauberflöte* und des *Requiems* liegen wahrscheinlich immer noch hier, dort drüben, wo die Schachtgräber waren. Die gewöhnlichen Gräber auch der außergewöhnlichsten Leute. Das Josephinische Zeitalter, müssen Sie wissen, hat alle noch im Grab gleichmachen wollen.

– Und den toten Jungen haben Sie heute aufgefunden, fragte der Kommissar und warf einen letzten Blick auf die Leiche.

– Vor nicht einmal einer Stunde. Noch bevor ich mit meinem Kontrollgang fertig war, hat der Hund eines frühen Parkbesuchers die Leiche gewittert. Ich habe dann gleich die Polizei angerufen. Gestern Abend lag der Junge jedenfalls noch nicht hier.

Selikovsky sah zu den uniformierten Kollegen des Bezirkskommissariats hinüber. Ein junger Beamter sperrte die Fundstelle mit weiß-roten Bändern ab, und eine Polizistin führte die Kollegen von der Spurensicherung zum reglosen Jungen.

– Haben Sie etwas angefasst, Papo?

– Eigentlich nicht, Herr Kommissar.

– Also doch?

– Es hat doch so ausgesehen, als ob er einfach daläge und schliefe.

– Also haben Sie ihn angetippt …

– … und auch etwas hochgehoben. Dann erst bemerkte ich, dass sich der Körper bereits kalt anfühlte, und die andere Seite des Kopfes …

Selikovsky hörte einen unterdrückten Schrei und sah zu den Beamten der Spurensicherung hinüber, die den Oberkörper des Jungen etwas aufgerichtet hatten. Die rechte Seite des Schädels war aufgeplatzt, und eine gallertartige Flüssigkeit tropfte aus der zerbrochenen Schädeldecke zu Boden. Niemand der Anwesenden sprach ein Wort, und Papo sah mit hängenden Schultern zu Boden. Auf seiner Shorts und den behaarten Schenkeln war dieselbe grüngelbe Flüssigkeit bereits zu eingetrockneten Flecken erstarrt.

– Das Erbrochene neben dem Jungen ist meins, fügte Papo leise hinzu.

Selikovsky sah den jungen Parkwächter an und hatte beinahe Mitleid mit ihm. Es war ein seltsamer junger Mann mit einem Hang zu theatralischen Gesten und einer recht manierierten Ausdrucksweise. Bekleidet wie ein Bademeister, aber gebildet wie ein Dozent der Musikwissenschaften.

– Sie wissen, wer der Junge war, Papo.
– Ja, Herr Kommissar. Er heißt … er hieß … Alexander. Er kam öfter hierher in den Friedhof. Saß auf einer der Bänke und starrte Mozarts Grab an. Sprach kaum ein Wort. Aber er war trotzdem ein verdammt netter Junge. Jetzt wissen Sie auch, warum ich vorhin gekotzt habe.

Selikovsky streifte sich einen beigefarbenen Einweghandschuh über und griff nach dem Ausweis, den ihm einer der Beamten der Spurensicherung hinhielt, das heißt, eigentlich waren es zwei.

– Kugler, Alexander, geboren am 27. Januar, und 18 Jahre alt. Und auf dem zweiten Dokument steht, dass er erst 14 sei. Mit demselben Geburtstag. Merkwürdig, oder?

– Aber er heißt … oder … hieß Kugler?

– Warum fragen Sie, Papo?

– Weil ich jetzt weiß, warum er so oft Mozarts Grab angestarrt hat.

– Wäre schön, wenn Sie es mir auch verrieten.

– Kugler war jener Friedhofswärter, der nach der Überführung von Gassners Mozartgrabmal diese Gedenkstelle errichtet hat: eine abgebrochene Säule. Diesen trauernden Engel. Ein paar Spoiler aus anderen, längst aufgegebenen Gräbern. Vielleicht ist dieser Kugler ein Vorfahre des Jungen gewesen.

– Und Sie wissen wirklich nicht, wo der Junge gewohnt hat?

– Nein, aber weit weg kann es nicht sein. Er ist fast immer mit dem Fahrrad gekommen. Manchmal war auch ein fettes Mädchen dabei, ganz in Schwarz, eigentlich eine junge Frau. Ich glaube, sie ist Mitglied einer Dark-Metal-Band, die *Funeral* oder so ähnlich heißt.

Die Beamten der *Wiener Bestattung* trafen bei der Fundstelle ein und warteten, bis sämtliche Spuren gesichert und auch Papos Fingerabdrücke registriert waren. Zwei Polizeibeamte hielten eine Art Leintuch hoch, damit die Bestatter den Leichnam ungestört in den Zinksarg betten und für den Abtransport herrichten konnten. Aus den Baumkronen umliegender Buchen flogen sibirische Saatkrähen auf, und der dünne Regen wurde dichter und vertrieb die wenigen Schaulustigen, die sich in einiger Entfernung vor den rot-weißen Absperrbändern eingefunden hatten.

*

Das Melderegister hatte die genaue Wohnadresse und das tatsächliche Alter des toten Jungen binnen Sekunden ermittelt: Alexander Kugler, wohnhaft irgendwo im Elften Bezirk, laut Navigationssystem drei Komma sieben Kilometer oder sieben Autominuten entfernt, eine Zigarettenlänge vielleicht. Mit dem Fahrrad nicht mehr als 15 Minuten. Der Junge war 17 Jahre alt. Genauer gesagt hätte er am 27. Jänner sein 17. Lebensjahr vollendet.

Kommissar Selikovsky fragte sich, warum der Junge sich einmal älter und dann wieder jünger gemacht hatte. Sich für 18 auszugeben, war noch einigermaßen nachzuvollziehen, wenn man sich in gewisse Klubs oder Diskotheken mit strengen Türstehern hineinschmuggeln wollte. Aber jünger? Wofür sollte das gut sein? Kaum ein Teenager wollte jünger sein, als er ohnehin war. Selikovsky schüttelte den Kopf und überflog den Straßenverlauf auf dem Navigationsdisplay. Die eingegebene Wohnadresse des Jungen musste eine Reihenhausanlage am äußersten Stadtrand sein, weit draußen, noch hinter einem kleinen Industriegelände, dort, wo sich die Stadt vor brachliegenden Feldern ausdünnte und die Grundstücke etwas leistbarer waren.

Harald aktivierte den Routenverlauf zum eingegebenen Zielort und blickte durch das Seitenfenster auf den Leichenwagen und die drei Polizeifahrzeuge vor dem Eingangsbereich. Durch das offen stehende Tor sah er die jungen Kollegen vom Bezirkskommissariat den Kiesweg entlanggehen, gefolgt von den beiden Bestattern, die den Zinksarg abtransportierten. Eine Art umgekehrtes Begräbnis, bei dem der Tote den Friedhof verließ. Oder nein, die Parkanlage. Auf jeden Fall hatte die Wiener Bestattung recht behalten: Auch die letzte Fahrt von Alexander Kugler würde in einem Kombi stattfinden. In einem schwarzen Mercedes Van mit zugezogenen weißen Vorhängen.

Im Hintergrund rauchte Papo eine Zigarette und inspizierte dabei seine Bienenstöcke. Oder leerte die Mülleimer. Der Kommissar war sich sicher, dass der seltsame Parkwächter weitaus mehr wusste, als er vorhin zugeben wollte. Schließlich hatte er beim Auffinden der Leiche gekotzt. Jenes reglosen Toten, der ihm wichtig gewesen war. Aus welchen Gründen auch immer.

Selikovsky wartete, bis alle Fahrzeuge den kleinen Parkplatz vor dem Eingang des Sankt Marxer Friedhofs verlassen hatten und das Gelände hinter dem Eingangstor wieder den Toten aus längst vergangenen Zeiten überlassen war, an die sich kaum noch jemand erinnerte. Oder die im Gegenteil so furchteinflößend bedeutsam klangen wie der Name eines Genies, einer Symphonie oder eines anderen Meisterwerks im großen Kanon der Zeiten. Harald legte den Retourgang an und schob den alten Passat aus der Parklücke, verfolgte mit zusammengekniffenen Lippen, wie die Bestatter den Zinksarg in den Leichenwagen hievten, und dachte an den bevorstehenden Besuch an der Wohnadresse des Jungen, einen Besuch, der alles andere als angenehm verlaufen würde. Aber er musste hinfahren und wem auch immer die Todesnachricht überbringen. Auch das gehörte zu seinem Job. Ungefähr so wie das erste Kapitel zu einem Roman.

*

Die Reihenhaussiedlung lag etwas abseits der Ausfallstra-ßen, schon nahe der Stadtgrenze. In der Ferne konnte Seli-kovsky den Tower des Wiener Flughafens und die Raffi-nerie-Anlagen der Österreichischen Mineralölgesellschaft erkennen, zur rechten Hand gab es einige Gewerbeflächen, die mit Glashäusern der Wiener Gärtnereien oder mit unan-sehnlichen Stahlbetonhallen bestückt waren. Die Indus-triegegend wirkte verlassen und menschenleer, beinahe wie ein Friedhof: mit denselben Einfriedungen und über-mannshohen Mauern versehen, nur dass im Inneren der Anlagen keine Gräber aufgereiht waren, sondern Lager-hallen mit Rampenzufahrten oder schachtelförmige Büro-gebäude, alles in dunkelgrauen Farben gehalten. Anstelle von Nameninschriften waren Firmenbezeichnungen und die eine oder andere verblasste Werbetafel zu sehen, meist für Motorenzubehör, Winterreifen oder einen Kilometer weit entfernten Sexshop.

Die Reihenhäuser der Siedlung waren in einem orangefar-benen Ton und grellgelber Signalfarbe gestrichen, alle bis auf eines, das inmitten des bunten Farbeninfernos in nüch-ternem Weiß gehalten war, neutral wie ein Schiedsrichter zwischen zwei verfeindeten Mannschaften. Selikovsky ging auf das weiß gestrichene Reihenhaus zu, das von den übri-gen grell bemalten Wohnungseinheiten richtig umzingelt war, und las den Familiennamen am Briefkasten vor der Eingangstür ab: Kugler, Marianne und Ferdinand. Sicher die Eltern des tot aufgefundenen Jungen. Kommissar Seli-kovsky atmete noch einmal tief durch, bevor er sich einen Ruck gab und den Klingelknopf drückte. Und noch ein paar weitere Male, bevor Schritte im Inneren des Hauses zu hören waren und hinter dem satinierten Glas der Ein-

gangstür ein Schatten auftauchte. Nicht besonders groß,
dünn und dunkel. Ein Schlüssel drehte sich geräuschvoll im
Schloss, und eine Frau Mitte 40 erschien in der Tür.

– Ja, fragte sie leise und irgendwie scheu, beinahe erschrocken.
– Mein Name ist Selikovsky.

Der Kriminalkommissar hielt seine Dienstmarke in die Höhe
und fügte »Kriminalpolizei Wien« hinzu. Die Frau zuckte
zusammen und strich sich nervös die Haare aus dem Gesicht.

– Ist es wegen …
– … Alexander, ja. Ihr Sohn?

Marianne Kugler nickte und seufzte. Als wüsste sie schon,
wie der nächste Satz lauten würde. Und Selikovsky sagte
ihn. Beinahe tonlos. Mit verhaltener Stimme. Und einem
leichten Zittern darin. Nachdem er ihn ausgesprochen hatte,
vergingen vielleicht fünf Sekunden. Die Zeitspanne von
einigen Atemzügen, in der ein Auto vorüberfuhr. Und ein
Vogel irgendwo aufschrie.

– Ich habe es befürchtet, antwortete die Frau leise.
– Und warum, wenn ich fragen darf?
– Alexander ist …, nein, war ein seltsamer Junge. Mit vie-
  len Geheimnissen. Und großem Talent. Aber kommen
  Sie doch ins Haus.
– Wenn ich darf?
– Wieso nicht? Ich brauch jetzt dringend einen Kaffee, und
  Sie möglicherweise auch.

Kriminalkommissar Selikovsky folgte der zarten Frau in die Küche. Marianne Kugler trug eine schwarze Jogginghose und einen dunkelroten Sweater. Das Vorhaus und die Küche waren perfekt aufgeräumt, kein einziges Paar Schuhe, das irgendwo herumlag, keine Staubfussel, kein versehentlich fallen gelassenes Stück Papier oder eine halb unter einen Kasten gefallene Postkarte – alles in diesem Haushalt war ohne den leisesten Makel, als ob Familie Kugler erst vor einer Woche eingezogen wäre.

– Wir wohnen schon fünf oder sechs Jahre hier, erklärte Marianne Kugler und wandte sich in der Küche Kommissar Selikovsky zu. Eine erste Träne floss ihr über die rechte Wange herab, weichte dabei die schwarze Wimperntusche auf und färbte sie schmutziggrau ein. Alexander, fuhr die zierliche Frau fort, trug ausschließlich weiße Kleidung. Nur was er an Füßen und den Händen trug, musste unbedingt schwarz sein. Handschuhe, Hauben, Sneakers und Lackschuhe, alles in Schwarz. Bei Alexander ist einfach alles schwarz-weiß gewesen. Entweder Dur oder Moll. Hell oder dunkel. Laut oder leise. Ein Junge, der in den ersten Jahren seines Lebens nur geschrien hat. Bevor er verstummte. Und mit ungefähr viereinhalb Jahren wie ein kleiner Professor zu sprechen begann. Möchten Sie einen Espresso oder lieber eine Melange?

Kommissar Selikovsky antwortete »Espresso« und sah sich in der Küche um, die in Weiß gehalten und wie die übrigen Räume des Hauses blitzblank geputzt war.

– Ihre Antwort hätte Alexander gefallen. Ein schwarzer Mokka in einer blütenweißen Küche. Es hätte ihn irgendwie beruhigt. Sofern er sich überhaupt mit etwas beruhigen ließ.

Marianne Kugler hielt Kommissar Selikovsky die Espressotasse hin und nippte an ihrem Mokka, schloss dabei die Augen und dachte ganz sicher an ihren verstorbenen Sohn.

– Wo hat man ihn gefunden, fragte sie leise mit zitternder Stimme.
– Am Sankt Marxer Friedhof.
– Er ist öfters dort gewesen.
– Warum eigentlich? Teenager verbringen ihre Zeit eher weniger auf Friedhöfen, oder?
– Es ist eine Parkanlage, lächelte Marianne Kugler, vor 150 Jahren ist es ein Friedhof gewesen. Der letzte übrig gebliebene Friedhof des Biedermeier-Zeitalters. Mozarts Grab liegt auch dort. Und vielleicht sogar noch seine Gebeine.
– Dann kennen Sie Papo?
– Den Friedhofswärter, pardon – den Parkwächter?

Marianne Kugler versuchte zu lächeln und stellte die leer getrunkene Mokkatasse in die Nirosta-Abwasch. Selikovsky hatte das Gefühl, dass die Mutter des Jungen keine Antwort auf diese Frage geben wollte, aus welchem Grund auch immer.

– Ich könnte jetzt eine Zigarette vertragen? Rauchen Sie auch, Herr Kommissar?
– Ich habe bereits hundertmal aufgehört und einmal öfter wieder angefangen.
– Wie jeder von uns. Gehen wir auf die Terrasse? Es regnet zwar noch, aber eine Zigarette wird uns beiden guttun.

Kommissar Selikovsky begleitete die Mutter des toten Jungen auf die Terrasse hinaus und blickte auf einen brachliegenden Garten mit einigen Obstbäumen und militärisch kurz gehaltenem Gras, das bereits braun geworden und von herabgefallenem Laub bedeckt war. Die Steinterrasse war von schwarz-weißen Plastikvögeln umrahmt, die Möwen oder, nein, Pinguine darstellen sollten.

– Sie können eine von mir haben, sagte Marianne und hielt Selikovsky eine gerade angefangene Packung Filterzigaretten hin.
– Vielen Dank, antwortete der Kommissar und nahm sich eine der schlanken Damenzigaretten mit weißem Filter, wo ist übrigens Ihr Mann? Arbeitet er irgendwo?
– Er ist im Krankenhaus, antwortete die Frau und inhalierte die ersten Züge, nachdem ihr der Kommissar Feuer gegeben hatte, Lungenkrebs. Seit vorgestern befindet er sich in der Intensivstation. Es sieht ..., fügte sie hinzu und senkte den Blick, ... es sieht nicht besonders gut aus.
– Tut mir leid, antwortete Selikovsky und suchte nach ein paar aufmunternden Worten, die ihm diesmal nicht einfallen wollten.
– Kein Problem, antwortete Marianne Kugler und zuckte mit den Achseln, es ist, wie es ist. Die Gegenwart ist hässlich geworden, die Vergangenheit scheint wie eingefroren zu sein und die Zukunft wird sich als uneinlösbares Versprechen erweisen.

Die zarte Frau brach in haltloses Weinen aus und ließ sich erst nach Minuten langsam wieder beruhigen. Selikovsky griff in seine Manteltasche und gab Marianne Kugler eine Packung Papiertaschentücher, trank seinen Espresso aus und rauchte die Damenzigarette zu Ende. Das schmucke Einfamilienhaus war gewiss noch nicht abbezahlt, der Ehemann lag mit Metastasen in der Lunge im Krankenhaus, und der wahrscheinlich einzige Sohn war aus bisher ungeklärter Ursache gestorben. Das Familienglück, sofern es überhaupt eines war, schien für immer ausgeträumt und vorbei zu sein. Wie ein Versprechen, das endgültig gebrochen worden war.

– Darf ich Alexanders Zimmer sehen, fragte der Kommissar leise, nachdem sich Marianne Kugler einigermaßen beruhigt hatte.
– Wenn Sie unbedingt möchten.
– Eine Minute vielleicht.
– Das heißt, Alexander hat sich nicht selbst …
– Das steht noch nicht einwandfrei fest, antwortete Kommissar Selikovsky ausweichend, gewisse Umstände an der Fundstelle lassen auch andere Möglichkeiten zu, morgen wissen wir sicherlich mehr.
– Also wird mein Sohn …
– Ja, er wird obduziert. Heute Nachmittag noch.

Marianne Kugler sah den Kriminalkommissar mit verweinten Augen an und zuckte mit den Schultern.

– Alexanders Zimmer ist oben. Gleich das erste links an der Treppe. Sie können gern allein hinaufgehen.
– Ich würde es vorziehen, wenn Sie mich begleiten. Dann dauert es nicht so lang, und ich kann Ihnen gleich die eine oder andere Frage stellen.

Marianne Kugler nickte und begleitete den Kommissar in den ersten Stock hinauf, öffnete mit zartem Druck die

Schnalle des Kinderzimmers und ließ Selikovsky eintreten. Der Kasten, der Schreibtisch, die beiden Stühle, das Bett und die Wand – alles ebenso weiß wie das Pianino, das fast den gesamten Raum für sich einnahm. Im Wohnzimmer unten hatte Selikovsky einen riesigen Steinway-Flügel gesehen, ganz in edel lackiertem Schwarz.

– Alexander wollte es unbedingt so, erklärte Frau Kugler und versuchte sich an einem Lächeln, das sofort wie eine Seifenblase am nächsten Mauervorsprung zerplatzte, er konnte nur in weißen Räumen leben. Trug tagaus, tagein weiße Kleidung. Und aß ausschließlich weiße Speisen.
– Weiße Speisen?
– Reisgerichte. Butterfisch-Sashimi. Weiße Schokolade. Wurzelspeck, rohe Butter und Knoblauch, Frühlingszwiebel. Einfach Speisen in weißer Farbe. Damit konnte er viele nerven. Nicht nur mich. Auch die Betreiber von Schulkantinen und Lehrer, die Skikurse oder Sportwochen organisierten. Die Großeltern und alle Verwandten, und natürlich meinen Mann und mich. Trotzdem war er der süßeste Junge der Welt.
– Und die Fotos da an der Wand?
– Mozart, Albrechtsberger, Satie. Und Pinguine. Diese Vögel hat Alexander über alles geliebt. Deswegen auch die Plastikfiguren auf der Terrasse.
– Außer Mozart ist mir keiner der Namen geläufig.
– Die beiden sind ebenfalls Komponisten. Albrechtsberger war Mozarts Nachfolger als Adjunkt des Kapellmeisters im Stephansdom. Und Erik Satie war ein sehr seltsamer Komponist im 19. Jahrhundert, ein Pionier der Minimal Music, glaube ich. Alexander hätte Ihnen mehr darüber

erzählen können, sofern er überhaupt den Mund aufgemacht hätte.

Kommissar Selikovsky sah sich noch etwas im Zimmer um. Außer einem ebenfalls weißen Rucksack und schwarzen Laufschuhen gab es in diesem Raum kaum einen Gegenstand, der einem 16-jährigen Jungen gehört haben konnte. Außerdem schien das Zimmer seit Tagen nicht mehr bewohnt worden zu sein.

– Alexander ist oft nächtelang weggeblieben. Ist hier und dort untergekommen. Meist zum Klavierspielen. Das war seine große Leidenschaft: das Klavier. Ein Instrument mit weißen und schwarzen Tasten. Wenn mein Sohn nicht solche psychischen Probleme gehabt hätte, wäre er sicher ein toller Pianist geworden.
– Was hat dem Jungen gefehlt, fragte Selikovsky und gleich danach, ob er ein paar Aufnahmen von diesem Zimmer machen durfte.
– Fotografieren Sie ruhig, nickte Marianne Kugler und strich eine Deckenfalte glatt, setzte sich ein paar Augenblicke auf die Bettkante und sah dem Kommissar zu, der mit seinem Smartphone ein paar Aufnahmen machte: vom Schreibtisch, vom Pianino vor dem einzigen Fenster und den schwarz-weißen Komponistenporträts an der Wand. Auf dem Schreibtisch lag wie zufällig eine noch verschweißte Langspielplatte. *A Handful of Nights.* Von einer Band, die sich *Penguin Café* nannte.
– Alexander litt am Asperger Syndrom, seufzte Alexanders Mutter, stand auf und ging zum Fenster hinüber, an einer hochfunktionalen Form des Autismus. Alexander wollte mit seiner Umgebung Kontakt aufnehmen, aber

er konnte es nicht. Stand immer abseits. Wusste nie, was er sagen sollte. Und traute sich kaum, in die Gesichter der anderen Kinder zu sehen. Dafür wurde er gehänselt, verspottet und ausgegrenzt. Er fühlte sich todunglücklich dabei, von einer Umwelt umzingelt, die er nicht verstand – und die ihn nicht verstehen wollte. Als er sieben Jahre alt war, hat er meinem Mann und mir das Bild eines Klaviers gezeigt. Kauft mir so was, hat er gesagt, ich mag darauf spielen.

– Und Sie und Ihr Mann haben diesen Wunsch erfüllt?

– Ja, diesen und hundert weitere. Alle eigentlich. Sofern wir es uns leisten konnten. Schauen Sie die Katze da …

Selikovsky drehte sich zur Tür, und ein schwarzer Kater lief miauend ins Zimmer. Rieb sich am rechten Bein des Kommissars, sah zu ihm hoch und eilte dann zu Marianne Kugler hinüber, sprang auf den Schoß der Frau und ließ sich von ihr schnurrend streicheln.

– Ist ja gut, Noir, ist ja gut, seufzte Marianne und blickte zu Kommissar Selikovsky hinüber, darf ich Ihnen unsere schwarze Katze vorstellen: Monsieur Chat Noir, Alexanders vierbeiniger Freund.

– Warum heißt sie so, fragte der Kommissar leise und sah zu der Katze hinunter, die sich schnurrend gegen sein rechtes Bein schmiegte.

– Alexander hat sie nach einem Lokal in Paris um 1900 getauft. Wo Erik Satie aufgetreten ist. Jener Komponist, den Alexander genauso verehrt hat wie Albrechtsberger …

– … und wie Wolfgang Amadeus Mozart, fügte Kommissar Selikovsky hinzu – was vielleicht auch seine Besuche am Sankt Marxer Friedhof erklärt. Mozarts Grabstelle ist angeblich von einem gewissen Kugler erbaut worden.

– Ich glaube, das ist nur eine zufällige Namensgleichheit, antwortete Alexanders Mutter rasch und begleitete den Kommissar wieder nach unten, vielen Dank, dass Sie mir Gesellschaft geleistet haben.

– Ich hätte Ihnen lieber eine ganz andere Nachricht überbracht.

– Sie haben es sehr behutsam gemacht, und dafür danke ich Ihnen.

Marianne Kugler versuchte zu lächeln, öffnete die Haustür und sah zu, wie Harald Selikovsky in sein Auto stieg, den Motor startete und die Reihenhaussiedlung am Stadtrand mit ausdrucksloser Miene verließ.

II – KYRIE

Am nächsten Tag meldete sich Doktor Samuel Hörzer, kurz Sammy genannt, Dozent für Forensische Histologie und stellvertretender Leiter der Gerichtsmedizin Wien in der Sensengasse, gleich vis-à-vis vom alten Allgemeinen Krankenhaus. Wien hatte immer schon einen Sinn fürs Makabre. Sammy war 50 Jahre alt und einer der humorvollsten Menschen, die man sich vorstellen konnte. Als Amateur-Stimmenimitator konnte er ganze Gesellschaften unterhalten, egal ob es sich um eine Familienfeier, eine Hochzeit oder einen Leichenschmaus handelte. Wenn Sammy irgendwo auftauchte, waren die imitierten Mitglieder der Bundesregierung nicht weit, und auch der eine oder andere Burgschauspieler oder Fußballstar bekam sein Fett weg. So sehr Sammy andere Menschen zum Lachen bringen wollte, war er ein ebenso seriöser Gerichtsmediziner, dem Tod gleichermaßen wie dem Lachen verbunden.

– Hey, Harald, da hast du mir eine schöne Hausaufgabe in die Kühlkammer gestellt.

– Es geht um den toten Jungen vom Marxer Friedhof?

– Klar, warum fragst du? Willst du mir etwa noch eine Leiche andrehen? Vorsicht, wir gehen bald über vor Stromtoten und anderen fatalen Unfällen. Gestern hatten wir obendrein zwei Wasserleichen hier. Kein besonders schöner Anblick, kann ich dir sagen.

Kommissar Selikovsky blickte von seinem Bürofenster auf die Ringstraße hinaus, wo der Nachmittagsverkehr gemächlich vorüberfloss und sich die blätterlosen Baumkronen im Nordwind wiegten. Seit einigen Tagen war es kalt geworden in Wien, weshalb es morgens oft nach Schnee roch, der über Nacht einige Kilometer weiter im Wiener Wald vom Himmel geflockt war.

– Heraus mit der Wahrheit, Sammy. Der Junge ist nicht am Friedhof ums Leben gekommen, oder?
– Wenigstens das kann ich mit Sicherheit ausschließen.
– Drück dich etwas genauer aus, Sam.
– Wenn du dir die ganze traurige Wahrheit schon jetzt am Telefon genehmigen willst, dann halte dich fest, mein Freund, trink einen Espresso und versuche, so ruhig wie möglich zu bleiben.
– So schlimm?
– Sagen wir: ungewöhnlich. Hast du deinen Espresso?
– Ja, antwortete Selikovsky und schlürfte an einer kalten schwarzen Flüssigkeit herum, die nicht einmal ein Stammkunde von Fastfood-Lokalen als Kaffee identifizieren würde.
– Dieser Junge da, fuhr Sammy fort, ist erwürgt worden. Der Kehlkopf entzweigebrochen wie der Henkel einer Kaffeekanne, zweifellos durch Fremdeinwirkung. Das war alles andere als ein Unfall.
– Und weiter?
– Das Erdrosseln muss schon vor ein paar Tagen passiert sein, am 4. oder 5. Dezember vielleicht, ich würde sagen am 5.
– Und die Leiche wurde unmittelbar nach der Tat zum Sankt Marxer Friedhof gebracht, fragte Selikovsky in den

Telefonhörer hinein und nahm einen Kugelschreiber zur Hand, um gerade Linien auf ein Blatt Papier zu zeichnen, von links nach rechts und von unten nach oben, als ob er eine primitive Matrix entwerfen wollte.

– Sagen wir, es muss Umwege gegeben haben, antwortete die Stimme im Hörer, nach dem Erdrosseln wurde die Leiche zuerst einen Abhang hinuntergeworfen. Einen recht hohen, den inneren Verletzungen nach zu urteilen.

– Warum hätte das nicht auch in Wien passieren können?

– Weil dein großer Unbekannter den Leichnam mindestens auf die Spitze des Stephansdoms hätte hieven müssen. Der schnöde Asphalt vor dem Dom kommt allerdings gar nicht infrage dafür. Den vorgefundenen Aufprall-Spuren zufolge müsste der Boden aus grobem Schotter bestehen.

– Wo hätte man sich des toten Jungen sonst entledigen können, erkundigte sich Selikovsky, zerknüllte das mit Strichen vollgekritzelte Blatt Papier und warf es seufzend in den Papierkorb neben dem Schreibtisch.

– In Niederösterreich vielleicht, im Bezirk Neunkirchen möglicherweise, von Payerbach-Reichenau über Gloggnitz nach Stuppach im Semmeringgebiet. Was weiß ich. Dort, wo Beton oder Mörtel oder Gips für Stuck hergestellt wird, würde ich sagen. Aber das ist noch nicht alles.

– Wieso, fragte Selikovsky, was geschah noch?

– Na ja, du hast doch sicher bemerkt, dass die eine Gesichtshälfte – sagen wir – zerfetzt war. Das rührt keinesfalls von einem Aufprall auf grobem Schotter her.

– Sondern?

– Ich habe, und jetzt halte dich wirklich fest, Bissspuren festgestellt.

– Was? Selikovsky fiel beinahe vom Drehstuhl, der durch

die abrupte Bewegung aus dem Gleichgewicht gebracht worden war.

– Ich habe dir doch gesagt, du sollst dich festhalten.

Sammy grinste so breit, dass Harald die Schadenfreude des Gerichtsmediziners auch am anderen Ende der Leitung wahrnehmen konnte.

– Was meinst du mit Bissspuren?

– Die Leiche wird über Nacht in der niederösterreichischen Pampa gelegen sein. Mit offenem Schädelbasisbruch. So etwas zieht Raubtiere an, Wölfe oder Luchse zum Beispiel.

– Sag bloß …

– Vielleicht hätte es auch ein Rottweiler oder eine dänische Dogge gewesen sein können. Genaueres könnte eine DNA-Probe ergeben. Das muss und werde ich nachprüfen.

- Und wie ist dann die Leiche von dort weggeschafft worden?

– Lieber Harald, das ist jetzt wirklich dein Job, ich kann dir nur eines sagen: Der Mörder war es vermutlich nicht. Ich habe verschiedene menschliche Spuren an der Leiche gefunden. Ziemlich rätselhaft, das Ganze. Und wohl auch sehr schaurig.

– Das kannst du laut sagen, erwiderte Selikovsky und fragte, wann Sammy den Obduktionsbericht per E-Mail übermitteln könnte.

– Morgen hast du ihn, antwortete Sammy, dann kannst du mit deinen Ermittlungen loslegen. Bis dahin habe ich auch die Bissspuren analysiert. Meiner Einschätzung nach wird es ein Wolf gewesen sein oder ein Bergluchs. Solche Tiere siedeln sich gerade wieder im Gebiet zwischen Semmering und dem Wechsel an. Das wäre für den Augenblick

alles. Außer, du möchtest noch den Bundespräsidenten höchstpersönlich am Telefon haben.
– Ein anderes Mal, lächelte Selikovsky, trotzdem vielen Dank schon jetzt, Sammy.
– Einen Augenblick noch, erwiderte Alexander van der Bellens heiserer Bariton am anderen Ende der Leitung, die Kleidung, die der Bub am Sankt Marxer Friedhof trug ...
– Ja, fragte Selikovsky in den Hörer hinein und überlegte, ob er die Imitationskünste seines Gesprächspartners belächeln oder verfluchen sollte. Aber Sammy hatte bereits die Tonlage gewechselt und versuchte, die hektisch heisere Stimme des Innenministers wiederzugeben.
– Das war nicht das Zeug, das er während seiner Ermordung anhatte. Irgendjemand hat die Leiche in saubere Kleider gesteckt, nach Wien transportiert und am Sankt Marxer Friedhof entsorgt.
– Der aber nicht sein Mörder gewesen sein konnte?
– Wahrscheinlich nicht. Wie gesagt, habe ich verschiedenste DNA-Spuren gefunden. Am gesamten Körper und auch ..., aber willst du das jetzt schon wissen?
– Ja, klar, antwortete Selikovsky, wo noch?
– Im Mastdarm, erklärte Doktor Hörzer ganz ruhig.
– Also zuerst Missbrauch und dann Mord?
– Kann sein. Aber da ich bin mir nicht so sicher. Vielleicht gab es auch einen gewissen zeitlichen Abstand zwischen den beiden – wie soll ich es ausdrücken – Ereignissen.

Sammy hatte wieder zu seiner richtigen Stimme gefunden, die emotionslose, vernünftig klingende Stimme eines herausragenden Diagnostikers.

– Wieso?

– Missbrauchsopfer, gerade in dem Alter des Jungen, haben normalerweise Kratz- und Bissspuren, die wehren sich in höchster Verzweiflung, aber nichts davon konnte ich an dieser Leiche feststellen. Und im Blut sind weder Alkohol noch Drogen nachzuweisen gewesen. Der Junge wurde weder betäubt noch betrunken gemacht, nichts. Ach ja, an den Fingerkuppen des Jungen hatte sich eine dicke Hornhaut gebildet. Wahrscheinlich hat das Mordopfer Gitarre gespielt …

– Oder Klavier, ergänzte Selikovsky und dachte an seinen Sohn Simon, der neben einem Informatikstudium auch das Konservatorium für klassische Musik absolviert hatte. Die Meisterklasse Klavier.

– Dann muss der Junge nicht nur sehr talentiert, sondern auch ungewöhnlich fleißig gewesen sein, richtig besessen vom Klavierspiel. Die Hornhaut an den Fingerkuppen ist extrem dick.

– Seiner Mutter zufolge ist Alexander eine Art Autist gewesen. Asperger Syndrom. Aber sehr musikalisch.

– Er muss mehrere Stunden am Tag Klavier gespielt haben, aber gut, die Finger sind lang und schmal, vielleicht war der Junge tatsächlich ein besessener Klavierspieler.

– Wie dein Jüngster vielleicht, lächelte Selikovsky.

– Ach nein, Matthias ist längst nicht so fleißig. Aber du kennst ihn ja selbst.

Kommissar Selikovsky nickte und dachte an sein Patenkind, das gleichzeitig Sammys jüngster Sohn war, und der Gerichtsmediziner hatte noch fünf andere Jungs. Es schien, als wollte Doktor Hörzer so viele Kinder wie möglich in die Welt setzen, um dadurch den Tod in Schach halten zu können. Den Tod, der alles begrenzte, umfriedete, endlich und vorläufig machte. Jedes Leben auf dem Planeten umkreiste. Wie ein schwarzer Satellit, der eines Tages jeden Einzelnen für immer ausschalten würde.

– Der Tod gehört zum Leben, und das Leben gehört auch dem Tod. Das eine ohne das andere geht nicht. Leider. Und vielleicht auch Gott sei Dank. Oder willst du ewig dahinvegetieren, Harald?
– Nein danke, Sammy. 80 Jahre reichen völlig. Oder 75.
– Ganz meine Meinung. Sonst müssten wir Mozart kennengelernt haben, oder Johann Sebastian Bach. Adolf Hitler und Karl den Großen. Vielleicht sogar Hildegard von Bingen. Darauf kann ich verzichten. Meine sechs Söhne reichen mir völlig: der Stress dreier Weltkriege in einer Etagenwohnung. Den Rest vom Obduktionsbericht kriegst du dann morgen von mir. Die genaue Beschreibung der inneren Verletzungen und so. Keine besonders schöne Geschichte. An deiner Stelle würde ich ein paar Stunden vorher auf Essen und Trinken verzichten.
– Danke jedenfalls für die ersten Informationen, antwortete Selikovsky und legte den Telefonhörer auf. Dann drehte er seinen PC wieder an und googelte »Wolfgang Amadeus Mozart«, »Sankt Marxer Friedhof« und »Albrechtsberger«, notierte sich ein paar Daten und Fakten auf ein Blatt Papier und steckte es in die Sakkotasche. Mittlerweile war es 18 Uhr abends geworden. Die Nacht senkte sich wie ein Leichentuch über die frierende Stadt, und Selikovsky verließ das Landeskriminalamt, schlug den Mantelkragen hoch und nahm sich vor, einen Spaziergang quer durch die Wiener Innenstadt zu seiner Wohnung im dritten Bezirk zu unternehmen. Etwas frische

Luft und der eine oder andere Drink in einer Bar seines Vertrauens würden dem Kommissar an einem feuchtkalten Abend wie diesem guttun.

*

Die *L-Bar* befand sich in einer winzigen Quergasse zur Kärntner Straße in der Wiener Innenstadt, nur einen Steinwurf vom Stephansdom entfernt. Vor der Bar waren etwa 20 Tische aufgestellt, die von Heizstrahlern und einer eleganten grauen Markise mit dem Aufdruck einer Champagnermarke bewacht wurden. Trotz der Winterkälte saßen viele Leute an den Tischen und genossen ihre Drinks in Daunenjacken oder Wintermänteln. Ein paar Kellner tänzelten zwischen den Gästen umher, nahmen Bestellungen auf und brachten die gewünschten Drinks. Alles schien wie immer zu sein, zumindest seit 1908, als diese American Bar zum ersten Mal aufgesperrt hatte. Die ungewissen Monate der harten Lockdowns waren vorbei, und langsam kam das alte Leben zurück, kleinlaut noch und reumütig, wie ein halbwüchsiger Junge, der eine Zeit lang vor der elterlichen Enge davongelaufen war. Selikovsky setzte sich auf einen Barhocker vor dem Tresen und schickte sich an, den gewohnten Drink zu bestellen, obwohl er gerade kein großes Verlangen nach seinem üblichen *Kensington Sour* verspürte.

– Gibt es etwas Neues bei dir, fragte Barchef Mario mit Vollbart, langen Haaren und einer leichten Absinth-Fahne. Unter den hochgekrempelten Ärmeln des weißen Barhemdes waren die Tattoos von Dämonen oder den vier Reitern der Apokalypse zu sehen, dazu die Zahl 666 und

in gotischer Frakturschrift ›Effugiat risus‹ – das Lächeln
entfliehe.

– Allerdings, antwortete Selikovsky und wandte seinen
Blick von den Tattoos ab, um die Backbar zu betrach-
ten, ein toter Junge, erdrosselt in einem Wiener Friedhof aufgefunden, aber der Mord hat sich wahrscheinlich
ganz woanders ereignet. An der Leiche wurden Tier-
bisse festgestellt, möglicherweise von Wölfen. Der Junge
war 16 Jahre alt. Litt am Asperger Syndrom. War isoliert,
hatte kaum Freunde. Und spielte wahrscheinlich hervorragend Klavier. Der Rest steht morgen sowieso in der
Zeitung, oder vielleicht schon heute Abend. Ich brauche jetzt einen passenden Drink, mixe mir bitte einen,
egal welchen.

– Was für eine bizarre Geschichte, antwortete Mario und
überlegte einen Augenblick, sie scheint extrem traurig,
geradezu herzzerreißend zu sein. Für einen passenden
Drink benötigen wir unbedingt *Chartreuse*, diesen Kräu-
terlikör der Kartäuser-Mönche bei Grenoble. Und einen
guten klassischen Gin, *Plymouth* zum Beispiel. Etwas
Limettensaft und Eiswürfel, aber ich werde die letzte
Zutat austauschen. Der Kirschlikör in der Originalver-
sion funktioniert nicht, ein *Maraschino* strahlt Frühling,
Aufbruch und Lebensfreude aus, genau das Gegenteil von
dem, was heute unsere Gedanken verdunkelt.

– Streichen wir die verdammte Lebensfreude ersatzlos,
schlug Kommissar Selikovsky vor, oder nimm stattdessen Läuterzucker. Der ist neutral wie das Schicksal, das
uns alle bis auf die Knochen blankhobelt.

– Ich glaube, ich habe eine bessere Alternative für dich. Wir
genehmigen uns etwas aus dieser Flasche hier: *Italicus*, ein
Bergamotte-Likör. Sein Earl-Grey-Bukett strömt etwas

Vergängliches, Modriges, Untotes aus und passt deshalb
gut zu deiner Geschichte …
– … die aber grausame Wirklichkeit ist.

Selikovsky beobachtete die eleganten Handbewegungen
des Bartenders, der einige Eiswürfel in einen Shaker kippte,
danach mit dem Jigger *Plymouth* Gin, *Chartreuse*, Limettensaft und diesen Bergamotte-Likör hinzufügte und das
Ganze ungefähr 15 Sekunden lang zu schütteln begann.

– 16, um genau zu sein, eine Sekunde für jedes Lebensjahr
  dieses Toten.
– Am 27. Jänner wäre er 17 geworden.
– Und er ist vor ein paar Tagen umgebracht worden?
– Am 5. Dezember wahrscheinlich.
– Wirklich wahr?
– Warum fragst du?

Mario goss die gemixten Zutaten durch einen Strainer in
einen Bleikristall-Tumbler voller Eiswürfel und garnierte
den Cocktail mit drei schwarzen Brombeeren.

– Hier, bitte, mein Twist von einem ›Last Word‹. Für dich
  ›Ultima parola‹. Oder auf Lateinisch ›Extremum verbum‹,
  weil *Italicus* drin ist, Salute, mein Lieber. Auf dass die
  Toten nicht überhandnehmen.

Kommissar Selikovsky roch vorsichtig am gekühlten
Drink und genehmigte sich einen Schluck. Der Cocktail
schmeckte süß und bitter, weihevoll und irgendwie unbe-
kümmert zugleich.

– Du hast den Drink wirklich gut getroffen, Chapeau. Was ist an diesen beiden Tagen so besonders, Mario?

– Zuerst vielen Dank für das Kompliment, was den Cocktail betrifft. Und zu deiner anderen Frage: Am 27. Jänner ist Mozart geboren, am 5. Dezember ist er gestorben. Angeblich vergiftet. Aber vielleicht war es auch nur Syphilis oder das gemeine Frieselfieber. Der größte Komponist aller Zeiten ist nur 36 Jahre alt geworden und hat nicht einmal seine letzte Messe vollenden können.

– Welche Messe, fragte Selikovsky und schämte sich etwas, von Wolfgang Amadeus Mozart so gut wie keine Ahnung zu haben. Außer der *Zauberflöte* und der *Kleinen Nachtmusik* war ihm nichts von diesem großen Komponisten geläufig. Vielleicht noch, dass er in Salzburg geboren und in Wien gestorben war. Und am Sankt Marxer Friedhof begraben wurde, wie er auch erst seit gestern Nachmittag wusste.

– Eine *Missa Pro Defunctis*, gemeinhin auch Requiem genannt, antwortete Mario und deutete auf die gotische Frakturschrift und die drei Sechser auf seinem tätowierten Unterarm, eine Totenmesse. Jedes Lächeln entfleuche. Eine Orgie in verschiedensten Molltonarten oder den Tod in dunkelste Klangfarben gefasst. Feierlich, sakral, unvollendet – und schließlich von einem gewissen Süßmayr verhunzt. Irgendwie klingt die Messe nach dem Handwerk eines Musiklehrers, der die letzte Arbeit eines Vollendeten ruiniert hat. Aber was gilt mein Wort schon? Ich bin nur ein kleiner, fetter Bartender, der zu viel Alkohol trinkt. Und in einer Dark-Metal-Band Bass spielt. Einen Augenblick …

– Ja, fragte Kommissar Selikovsky und versuchte, eine der drei schwarzen Brombeeren zu erschlürfen, dieser Drink mochte wenigstens vom Aussehen her dem toten Jungen gefallen haben, schließlich war die Flüssigkeit vollkommen weiß. Nur mit diesen drei schwarzen Beeren garniert.

– Der tote Junge … er hat nicht zufällig Alexander geheißen?

– Doch, antwortete der Kommissar und blickte den Barchef der *L-Bar* durchdringend an, kennst du ihn etwa?

– Ich glaube, ja, antwortete Mario, aber nur oberflächlich. Alexander hat ein paar Choräle für unsere Band namens ›*Come to My Funeral*‹ geschrieben. Unser erster Tonträger soll nächstes Jahr herauskommen, ›*Real Fun*‹. Dieselben Buchstaben wie Funeral, nur in einer anderen Reihenfolge. Angie, unsere Leadsängerin, kennt den Jungen weitaus besser als ich. Sie hat ihn auch öfters am Sankt Marxer Friedhof getroffen.

– Wie sieht die junge Frau aus, fragte Selikovsky und hoffte, dass ihm Mario nicht vor lauter Absinth einen mittleren Bären aufband.

– Angie ist kaum zu übersehen, grinste Mario, pechschwarz gefärbtes, schulterlanges Haar, schwarze Schminke, weiß gepudertes Gesicht, Finger- und Fußnägel in der Farbe des Todes. Sie hat eine Stimme wie Zarah Leander oder Milva. Sie ist ungefähr einen Meter fünfundneunzig groß und wiegt mindestens 120 Kilo. Eine Art Riesenversion von Beth Ditto von *The Gossip*, nur auf viel gefährlicheren Drogen.

Mario grinste, goss sich etwas Absinth in den Jigger und prostete Kommissar Selikovsky zu. Dann drehte er sich nach einer der Flaschen in der Backbar um, goss etwas Bourbon, Eiswürfel, Limettensaft, Eiweiß und Läuterzucker in den Shaker und schüttelte einen ganz gewöhnlichen Whisky Sour zurecht, vier Portionen für die Gäste von Tisch Nummer 101, draußen im Schanigarten, am ersten Tisch links.

Als Kommissar Selikovsky die *L-Bar* verließ, piepste sein Smartphone in der Sakkotasche. Sechs Kurznachrichten, davon fünf von seiner Ex-Frau Elke. Ob Harald sie zurückrufen könne. Es wäre wegen der Meldung auf der Webseite des *Österreichischen Rundfunks* – Überschrift: 16jähriger Schüler tot in Wiener Friedhof gefunden. »Ich habe Alexander in Deutsch und Psychologie unterrichtet«, stand in der letzten Nachricht zu lesen.

Harald Selikovsky drückte auf den Namen seiner Ex-Frau in den gespeicherten Anrufen, und Sekunden später hörte er Elkes Stimme in seinem Ohr: etwas aufgebracht und nervös, aber auch mit einer tiefen Traurigkeit unterlegt.

– Du hast Alexander tatsächlich als Schüler gehabt?
– Ja, seit drei Jahren unterrichte ich am Realgymnasium Kundmanngasse im dritten Bezirk. Gleich gegenüber vom Wittgenstein-Haus. Ich dachte, es könnte dich interessieren. Oder bei deinen Ermittlungen helfen.
– Es sieht so aus, als ob der Junge ermordet worden wäre, begann Selikovsky zu flüstern, weil gerade einige Leute dicht an ihm vorübergingen, etwas aufgekratzt wirkende Studenten, die sich über Online-Seminare und heimliche Partys in Hobbyräumen und Dachgeschossen, in abgeschiedenen Gartenlauben oder auch nur in der Doppelgarage der elterlichen Villa unterhielten.

– Komm doch noch auf ein Glas Rotwein vorbei, bat Elke mit leisem Flehen in der Stimme, auf unserer alten zerschlissenen Ledercouch voller Erinnerungen, ich habe sogar Alexanders Schularbeitenheft da.
– Wie war der Junge als Schüler, fragte Kommissar Seli-

kovsky und überlegte, ob er Elkes Einladung nachkommen oder doch eine Gay-Sauna im fünften Bezirk aufsuchen sollte: »Hey Seli, bin im Römer-Dampfbad. Komm auch her, bevor ich mich sinnlos an anderen Kerlen verschwende. Lg Dominique PS: Bin bis 21 Uhr da. Ich hoffe du kommst früher. In mir.«

– Alexander hatte eine Inselbegabung. Er war hochmusikalisch, spielte wunderbar Klavier, brachte aber sonst kaum ein Wort heraus. Außer, irgendetwas interessierte ihn brennend, dann brach ein Wortschwall aus ihm heraus, den niemand für möglich gehalten hätte. Er war ein sehr guter und ein mieser Schüler zugleich. Und er hatte kaum Freunde. War ein Außenseiter, der trotzdem geliebt werden wollte. Und sich nur selten etwas anmerken ließ. Stilles Wasser und Mariannengraben zugleich. Außerdem liebte er Pinguine, diese schwarz-weißen Vögel in der Antarktis, die jeder noch so unwirtlich kalten Umgebung trotzen. Kommst du jetzt noch vorbei?

Kommissar Selikovsky löschte Dominiques letzte Kurznachricht, hauchte ein »Vielleicht« in das Smartphone und stieg in ein Taxi, das einsam am Hohen Markt stand. Mangels Kunden schien der Fahrer am Steuer eingeschlafen zu sein, aber als Selikovsky gegen die Scheiben trommelte, schrak der Inder hoch, rückte seinen Turban zurecht und fragte den Kommissar nach der gewünschten Adresse.

– Siebenter Bezirk, in der Nähe der Ulrichskirche. Sie können mich in der Burggasse aussteigen lassen.

Harald Selikovsky lehnte sich gegen den Rücksitz und dachte, wie ungewöhnlich dieser Mordfall begann: mit einem 16-jährigen Schüler, der am Asperger Syndrom litt, kaum Freunde hatte und den doch die halbe Stadt zu kennen schien. Vom griechischen Parkwächter angefangen über den Absinth-süchtigen Barkeeper der *L-Bar* bis hin zu seiner Ex-Frau Elke, die in der Altbauwohnung ihrer Eltern im siebten Bezirk lebte, die Harald immer noch anzog und abstieß zugleich: Unfähig, diesen Ort zu lieben, konnte er ihn ebenso wenig vergessen; die Wohnung schien Harald eine Metapher für alles Lebendige zu sein – wie ein kurzer Tanz auf dem Feuer vor dem Schwarz einer ewigen Nacht.

Elkes Wohnung in der Burggasse war noch immer genauso eingerichtet wie damals, als Harald seine Ex-Frau und den gemeinsamen Sohn verlassen hatte. Als er mehr oder weniger über Nacht aufgebrochen war, um in ein anderes Leben zu treten: als jemand, der es nach Jahrzehnten der Verdrängung endlich geschafft hatte, bei sich selbst anzukommen. Seitdem Harald nicht mehr hier lebte, verwaltete er seine Verantwortung für Elke und den gemeinsamen Sohn unspektakulär mit gelegentlichen Besuchen, überraschenden Geschenken und oder halbherziger Unterstützung für Simons neue Wohnung, für die Ledergarnitur oder den gebrauchten Konzertflügel, für jene Dinge, die seinen beiden Lebensmenschen wichtig sein mochten.

Dieser unentwirrbare Knoten vieler kleiner Geschichten lud sich wieder in Haralds Erinnerung hoch, als er an Elkes Tür läutete und sich fragte, ob er seine Ex-Frau in den Arm nehmen, ihr einen Kuss an die Wange drücken oder doch nur die Hand schütteln sollte wie einer ehemaligen Schulkollegin, mit der er vor 35 Jahren die Hauptschule in Landeck besucht hatte. Harald zählte die Sekunden, bis Schritte in der Diele zu hören waren, sich ein Schlüssel im Schloss drehte und Elkes vertraute Gestalt im Türrahmen zu sehen war, fern und viel zu nahe zugleich, wie eine dunkle Erinnerung, die sich aus dem Limbischen System löste und wieder unleugbare Wirklichkeit wurde.

– Schön, dass du da bist.
– Freut mich auch.

Harald drückte sich an seiner Frau vorbei, ein bisschen wie ein Schuljunge, der zu spät zum Nachhilfeunterricht kam. Auf dem Weg in den siebten Bezirk hatte er das Taxi vor einem Weinladen anhalten lassen, um eine Flasche Blaufränkisch zu kaufen, von jenem Weingut, das Elke noch immer so schätzte.

– Vielen Dank, sehr aufmerksam von dir.
– Das ist doch das Mindeste, wenn ich um diese Zeit noch bei dir aufkreuzen darf.
– Immerhin bist du beruflich da.
– Kann man so sagen.

Harald nahm auf dem abgesessenen Ledersofa Platz, und sofort tauchten vage Bilder eines höchst durchschnittlichen Familienlebens auf: die gemeinsam verbrachten Weihnachtsfeste mit dem Christbaum in der Mitte des Zimmers, die vielen Sonntagnachmittage, die Harald am Boden liegend mit seinem Sohn verbracht hatte, der an einer bestimmten Form von Autismus litt und kaum zu einem Lächeln, zu einer Äußerung zu bewegen war – außer Elke ging zum Plattenspieler hinüber und legte das *Air* von Bach auf. Dann blickte Simon aus seiner fremden Welt hoch, und Tränen liefen über sein blasses Kindergesicht – als ob die Dämonen in seinem Kopf für viereinhalb Minuten zum Schweigen gebracht werden würden.

Elke stellte Haralds mitgebrachten Rotwein und zwei *Riedel*-Gläser auf den kleinen Glastisch vor dem abgewetzten Chesterfield-Sofa, öffnete die Flasche und ließ den schweren Blaufränkischen in die Gläser blubbern.

– Auf uns drei.
– Also auf Simon, auf dich …
– … und ein kleines bisschen auf dich, lächelte Elke.
– Einen halben Schluck, allerhöchstens.
– Einverstanden.

Beide lächelten einander an, und das dünne Eis beginnender Fremdheit wich der trügerischen Nähe von früher. Als Elke Haralds Frau gewesen war – und Harald heimlich nachts gewisse Bars aufsuchte, um seine wahre Begierde zu stillen. Im *Sling*, im *Stiefelknecht*, im *Adlerhorst*. Und manchmal sogar im *Manhattan*, wo die sogenannten »jüngeren Schwestern« waren: feminine Jungs in engen Lederjacken und noch enger geschnittenen Jeans, in Markenklamotten wie *Replay* oder *Chevignon*, die es vielleicht gar nicht mehr gab. Der anonyme Darkroom-Sex, das Blasen in irgendwelchen Parks oder am Rücksitz des eigenen Wagens (den Kindersitz hatte Harald für die Zeit der heimlichen Begegnungen in den Kofferraum gesperrt) – diese kleinen Betrügereien und Heimlichkeiten waren einer gelassenen Stimmung zwischen abgeklärten Erwachsenen im fortgeschrittenen Alter gewichen: ich, Elke, Mittelschullehrerin in der Kundmanngasse im 3. Bezirk, 57 Jahre alt, und du, Harald Selikovsky, ein Jahr jünger, Kommissar im Morddezernat des Landeskriminalamtes Wien. Genau deswegen war er an diesem Abend gekommen: um bei einer Flasche Rotwein, zwei Gläsern, einem sich langsam füllenden Aschenbecher und etwas Knabbergebäck in der bunten Murano-Glasschale etwas Licht in einen ungeklärten Mordfall zu bringen.

Sooft das Gespräch zwischen den beiden Ex-Partnern ins Stocken geriet, betrachtete Harald das Porträt seines Sohnes auf dem niedrigen Glastisch: als Simon ungefähr zehn Jahre alt gewesen und an einem Weihnachtsabend am Klavier dort drüben beim Fenster gesessen war, um ein paar Etüden aus den *Kinderszenen* von Robert Schumann zu spielen, kurze Stücke, die *Wichtige Begebenheit*, *Träumerei* oder auch *Von fremden Ländern und Menschen* hießen.

– Alexander war seltsam, ein richtiger Schwarz-Weiß-Junge, fuhr Elke mit stockender Stimme fort, weil es ihr schwerfiel, von ihrem Schüler im Präteritum zu erzählen, entweder saß er stumm in der letzten Reihe und ließ den Unterricht über sich ergehen, oder aber er quoll über vor Worten und konnte dann gar nicht mehr aufhören zu sprechen. Er hatte kein Gefühl dafür, was wesentlich und unwichtig sein mochte, jedes Detail, jedes Wort, einfach alles schien ihm in solchen Redeschwallanfällen wichtig zu sein – bevor er wieder wochenlang stumm in der Schulbank saß und einfach ins Nichts schaute, durch uns alle hindurch, als ob wir nicht einmal kalte Luft für ihn wären.
– Aber er war musikalisch, warf Harald ein und trank einen weiteren Schluck Blaufränkisch Reserve, der dunkel wie

Schönbergs *Verklärte Nacht* war und nach Veilchen oder Marzipan schmeckte.

– Alexander war sogar ein hochtalentierter Klavierspieler, er hatte eine klare Inselbegabung dafür. Auf der anderen Seite konnte er sich kaum die Schuhe zubinden. Manchmal erbarmte ich mich und band ihm die Schnürsenkel wieder zusammen, stell dir vor, Harald, einem 15- oder 16-jährigen Jungen.

– War Alexander so ungeschickt?

– Ach, lächelte Elke wider Willen, ungeschickt ist gar kein Ausdruck. Außer Klavier spielen konnten seine Hände fast gar nichts. Schon seine Handschrift war ein einziges Chaos: ungelenk hingekritzelte, nach allen Seiten fallende Buchstaben, ich habe seine Schularbeiten immer ganz zum Schluss angeschaut. Manches konnte ich auch gar nicht entziffern. Oft habe ich ihm einfach eine gute Note geschenkt, weil ich nicht das beurteilen wollte, was er an wirrem Zeug abgeliefert hatte. Irgendwie schien Alex auf seinem eigenen Planeten zu leben. Unter lauter Außerirdischen, mit denen er sich überhaupt nicht auskannte. Deren Sätze und Absichten, deren Gesten und Kommunikationssignale er weder verstehen noch erahnen konnte. Außerdem waren ihm grelle Farben ein Gräuel. Eigentlich alle. Außer die Farben einer Klaviatur: Schwarz und Weiß.

– Und er hat tatsächlich fast nur helle Kleidung getragen?

– Was heißt hell, ausschließlich weiß. Nur Schuhe, Haube und Fäustlinge, also alles, was Hände und Füße bedeckte, musste rabenschwarz sein. Etwas Grünes, Blaues, Gelbes oder gar Rotes hätte Alex niemals freiwillig angezogen. Außerdem hat er nur weiße Gerichte gegessen, und die mussten wirklich weiß sein. Was hat er sich über Weißwein aufregen können – das ist Goldwein, hat er geschrien, nie im Leben ist diese Flüssigkeit im Glas weiß, das ist ein Goldwein mit grünen Reflexen. Aber nicht weiß. Das konnte ihn richtig wütend machen. Überhaupt war er entweder vollkommen teilnahmslos oder extrem wütend. Eine andere Gefühlslage gab es bei ihm eigentlich nicht. Er hat mir oft genug Angst gemacht. Aber genauso oft konnte man nur Mitleid mit dem Jungen haben.

– Damit war er bei den anderen Schülern nicht gerade beliebt, oder?

Harald stellte das leer getrunkene Weinglas ab und betrachtete Elkes schlanke Hand, die nach dem schwarzen Etikett auf dem Blaufränkischen griff, die grüne Glasflasche leicht nach vor kippte und das Weinglas erneut mit der nach Veilchen riechenden dunklen Flüssigkeit füllte.

– Zuletzt schien es ihm wenig auszumachen, dass ihn die anderen Schüler verlachten oder einfach links liegen ließen, antwortete Elke und fragte Harald, ob er etwas Salzgebäck wollte. Sie habe noch Grissini in der Küche, eine angebrochene Packung Erdnüsse oder eine Dose schwarze Oliven.

– Nicht notwendig, lächelte Harald und sah zum Klavier vor den hohen Altbaufenstern hinüber. Schon als kleiner Junge hatte Simon stundenlang darauf geübt, sehr ernsthaft, ganz in sich selbst versunken, so diszipliniert, dass es kaum zu fassen gewesen war: ein schmächtiger Zehnjähriger, der wie besessen immer neue Stücke einstudiert hatte.

– Auch Alexander hat auf diesem Klavier gespielt, und

manchmal hat er hier sogar übernachtet. Weil es weit nach Mitternacht geworden war und ich ihn nicht mehr nach Hause lassen wollte. Also habe ich ihm das Bett in Simons Zimmer gemacht, und er hat darin geschlafen. Aber er ging erst ins Zimmer hinein, nachdem ich alles richtig abgedunkelt hatte.

– Warum, fragte Harald und trank den nächsten Schluck Rotwein.

– Damit er die Farben nicht wahrnehmen musste, die cremefarbenen Kästen, den braunen Eichenholzboden und die bunte Deckenlampe vor allem. Freunde hat er kaum welche gehabt, außer einen, glaube ich.

– Und wen, fragte Selikovsky seine Ex-Frau und griff nach einer der schwarzen Oliven, die Elke schließlich doch auf den Couchtisch gestellt hatte.

– Josua Silbermayr, seinen Banknachbarn in der 6b.

– Weil er ihm ähnlich ist?

– Eigentlich das genaue Gegenteil. Josua ist Klassensprecher, sehr beliebt und ein Erfolgstyp, der es später ziemlich weit bringen wird. Er kann andere Menschen beeinflussen und manipulieren, ist schon jetzt kommunikativ, gut aussehend und redegewandt – ein echter Netzwerker. Außerdem spielt er Fußball in einer Nachwuchsmannschaft von der *Vienna*. Glaube ich jedenfalls.

– Hat ihn Alexander bewundert?

– Ja, aber umgekehrt auch. Weil Josua vollkommen unmusikalisch ist, aber seinen Eltern zuliebe Klavierspielen muss. Ich denke, er hat das Instrument gehasst und gleichzeitig Alexander respektiert, weil er so gut darauf spielen konnte. Irgendwie hat er ihn vor den anderen beschützt, unter seine Fittiche genommen. Ich weiß nicht, wie ich es besser ausdrücken kann.

Elke griff zu ihren Zigaretten und fragte Harald, ob es ihn störte, wenn sie sich eine anzünden würde.

– Nicht, wenn du mir auch eine gibst.
– Du rauchst wieder?
– Seit dem vorigen Winter.
– Als diese Mordserie in Ischgl war?
– Ganz genau.

Harald nahm sich eine Zigarette aus der angebotenen Packung und gab dann zuerst Elke und danach sich selbst Feuer. Langsam breiteten sich die Rauchschwaden im Zimmer aus, und Harald fragte sich, ob er nicht erst vor wenigen Wochen diese Wohnung verlassen hatte.

– Die beiden Jungen waren also eng miteinander befreundet?
– So gut man mit Alexander befreundet sein konnte. Ich glaube, die beiden waren einfach gerne zusammen. Haben miteinander gelernt. Und sich nach der Schule regelmäßig getroffen.
– Was für ein Schüler ist dieser Josua eigentlich, wollte Harald wissen, bevor er Elke bitten würde, Alexanders Schularbeitenheft durchblättern zu dürfen.
– Ein sehr guter, antwortete Elke, er steht fast überall auf einer Eins. Josua lernt leicht, ist geschickt und kann sich gut ausdrücken. Ihm scheint alles leichtzufallen. Ein echter Gewinnertyp. Und auch ein wenig blasiert. Sich seines Intellekts durchaus bewusst.
– Im Gegensatz zu Alexander, der sich alles außerhalb seiner Inselbegabung hart erkämpfen musste.
– Da hast du recht. Hier sind übrigens seine Deutsch-Schularbeiten.

Elke griff nach dem obersten blauen Heft eines Packens, der auf einem kleinen Bestelltisch neben dem Ledersofa lag, und überreichte es Harald. ›Alexander Kugler, 6a‹, stand auf dem Etikett des Heftes geschrieben, zusammen mit den Daten des laufenden Schuljahrs und dem Vermerk ›Klassenarbeiten‹. In einer eigenwilligen, krakeligen Schrift. Mit einigen Ausbesserungen, sogar am eigenen Namen.

– Typisch Alexander. Nicht einmal sein Name war ihm wirklich geläufig. Wenn ich ihn aufrief, zuckte der Junge richtig zusammen. Nicht weil er nichts gelernt hätte. Sondern weil er nicht wusste, was er tun sollte: aufstehen, vor die Tafel treten, ein Stück Kreide nehmen und ein unregelmäßiges Verb konjugieren. Oder einen Satz zu Ende schreiben. Nicht mit ihm. Er stand einfach da, mit herunterhängenden Schultern, und sein blasses Gesicht strahlte eine unheimliche Regungslosigkeit aus. Eine starre Maske, die nichts von diesem reichen Dahinter, diesem großen Innenleben, seinen Begierden und Wünschen preisgab.

Harald schlug das Heft auf und überflog die ersten Seiten. Eine traurig wirkende, unsichere Schrift, als ob ihr Urheber kaum die Füllfeder in der Hand halten konnte. Viele angefangene und wieder durchgestrichene Wörter. Aber was zuletzt übrigblieb, schien eine gewisse Ausdruckskraft zu haben und von einer großen Beobachtungsgabe zu zeugen.

›Mein bester Freund‹ stand als Überschrift zu lesen, und darunter: ›Eigentlich habe ich keinen besten Freund. Ich habe nie einen gehabt. Mein bester Freund müsste so funktionieren wie ich, also gar nicht, oder ganz anders als die anderen Schüler. Er müsste mit mir auf meinen Planeten kommen, der außerhalb von außen liegt, nämlich innen, tief drinnen in mir. Dort, wo keiner sonst hinkommt. Außer Josua vielleicht, manchmal. Er ist so anders als ich, so beliebt und smart und sieht super aus. Die Mädchen fliegen auf ihn. Wenn er wollte, könnte er Hunderte Girls haben. Später wird er sicher Vater von fünf Kindern sein. Eine richtig hübsche Frau und zwei Golden Retriever haben. Und eine riesige Villa im Grünen, mit einem 20-Meter-Schwimmbecken und diesem englischen Rasen. Aber dann werde ich längst tot sein, oder nicht mehr hier jedenfalls. Irgendwo auf meinem kleinen Planeten. Im Schwarz des Weltalls. Allein. Vielleicht wird ein Klavier dabei sein. Und ein Notenblatt. Es gibt da ein Stück, das man 840-mal hintereinander spielen muss. Ein Franzose hat es komponiert, ein gewisser Satie, Vorname Erik, aber mit k geschrieben. Weil er aus der Normandie stammte und Erik mit k in den nordischen Sprachen ›allmächtig‹ heißt, glaube ich. Wie Gott oder so. Ein Gott der wenigen Noten und der langen Pausen dazwischen. Das Stück dauert nur zwei Minuten, aber 840-mal hintereinander gespielt, dauert es mehr als einen ganzen Tag: 28 Stunden. Ich stelle mir vor, dass ich dieses Stück spielen würde, umgeben vom Schwarz meiner Existenz, und dass in glücklichen Augenblicken jemand wie Josua wenigstens einen Takt, eine kurze Tonfolge wahrnehmen könnte, wie ein Flüstern oder eine scheue Berührung. Was jetzt das Thema vom Aufsatz war, habe ich schon vergessen. Aber so bin ich halt. Ich vergesse dauernd was. Und weiß nie, was ich sagen soll. Vor all den anderen in der Klasse. Die wirklich andere sind, ganz seltsame Wesen. Na ja, egal. Das ist halt mein Aufsatz zum Thema, was immer das Thema gewesen ist. Sorry. Alex.‹

– So war er eben, seufzte Elke und fragte Harald, ob Alexander Kugler wirklich ermordet worden sei.

– Der Obduktionsbericht wird erst morgen fertiggestellt sein, aber so, wie es aussieht, müssen wir von Fremdverschulden ausgehen, antwortete Harald, leerte das Weinglas und drückte die letzte Zigarette im vollen Aschenbecher aus, ich würde gern mit diesem Josua sprechen.

– Dafür müsstest du mich im Gymnasium besuchen. In der Kundmanngasse 20 im dritten Bezirk.

– Dann sagen wir, gleich morgen?

– In der großen Pause? Am Schulhof? Unter Einhaltung eines Sicherheitsabstandes?

– Vielleicht gegen 13.30 Uhr am Nachmittag, nach der letzten Schulstunde? Im Beethovensaal. Da könnt ihr ebenso gut Abstand halten. Und etwas wärmer als im Freien wird es dort auch sein.

– Klingt ausgezeichnet, dein Vorschlag, vielen Dank.

Harald lächelte, sah auf seine Uhr und stand auf. Es war kurz vor 23 Uhr abends, und auf dem Display seines Smartphones hatte er eine WhatsApp-Eintragung erspäht: ›Bin ins Last Exit weitergezogen. Diese neue Speakeasy-Bar im siebenten Bezirk. Beim Sarggeschäft läuten. Ich warte drinnen auf dich. Dominique.‹

III – LACRIMOSA

Obwohl die neue Cocktailbar kaum zehn Gehminuten von Elkes Wohnung entfernt lag, war sie alles andere als leicht zu finden. Auf jeden Fall benötigte der potenzielle Gast mehrere Hinweise und vor allem ein Codewort, das anscheinend jede Nacht wechselte. Barkeeper mit Hipster-Bärten und einem abgebrochenen geisteswissenschaftlichen Studium liebten diese intellektuellen Schnitzeljagden und jede Menge Ironie, sowohl an den Wänden als auch in den Drinks. Eine ziemlich kopflastige Angelegenheit, die Selikovsky an die eigene Studentenzeit erinnerte, die er zuerst in einem dieser *Pfeilheime* und danach in einer WG mit neun lesbischen Frauen verbracht hatte. Die Wohngemeinschaft befand sich in einer geräumigen Etagenwohnung nahe dem Praterstern im zweiten Bezirk. Nie zuvor hatte Harald so dreckige Armaturen, versaute Haushaltsgeräte oder eine Küchenabwasch gesehen, in der sich Dutzende Käfer und Insekten herumtrieben. Ansonsten war die Wohnung in striktem Schwarz-Weiß gehalten, wie es damals durchaus üblich gewesen war – kurz nach Ende des Kalten Krieges, der Eisernen Vorhänge, dieser bleiernen Zeit.

Dominiques Kurznachrichten hatten den Weg in die Leichenhofgasse beinahe so exakt wie ein Navigationssystem beschrieben – wobei man wissen musste, dass es sich bei der schaurig klingenden Straßenbezeichnung um die harmlose Zollergasse handelte, Ecke Mondscheingasse oder im Barkeeper-Englisch: »Moonshiner-Street«. Dort befand sich eine psychotherapeutische Praxis namens *PAX* (»Psychologists against Xenophobia«), die in den Abendstunden zu einem Sarggeschäft umdekoriert wurde. Selikovsky starrte durch die hohen Glasscheiben auf Eichensärge und Urnen in allen erdenklichen Farben. Der Tod hatte nichts mehr mit dem traurigen Schwarz erzkatholischer Zeiten zu schaffen, sondern inzwischen ästhetische Anleihen bei der Popkultur und einer allgegenwärtigen Kaufhausästhetik genommen: Die Holzsärge und Blechurnen konnten in Hunderten Farben lackiert werden, der Tod war bunt geworden wie eine Gummibärchenansammlung oder ein Supermarktregal mit 100 verschiedenen Kartoffelchips-Dosen.

Kommissar Selikovsky überlegte einen Augenblick, ob er den verborgenen Klingelknopf mit der Aufschrift ›Hell's Bell‹ betätigen sollte. Irgendwie hatte er wenig Lust auf eine Speakeasy-Bar mit Särgen und Urnen im Obergeschoss, während unten im Kellergewölbe die Drinks »Cuban Inferno«, »Guardian Angel« oder »Teardrops from the Living Dead« hießen. »Shipwrecked Zombie« oder »Ice-Cube-Truck in Your Inferno«, vielleicht auch nur »Let's go to Hell« nach einem alten *God Bullies*-Song. Außerdem hielt Kommissar Selikovsky das Schularbeiten-Heft des toten Jungen in der Hand, das zu sperrig war, um es unauffällig in der Sakkoinnentasche oder im Staubmantel verschwinden zu lassen. Es war seltsam, kurz vor Mitternacht vor einem Sarggeschäft zu stehen, dreimal den roten Klingelknopf zu drücken und einem herbeieilenden Zwerg mit Vollbart und Ganzkörper-Tattoo das Codewort »Don't chase the Dead …« zuzuraunen – worauf die mickrige Gestalt »... or they will end up chasing you« antwortete und den späten Gast ins Innere des morbiden Ladens geleitete, zur Wendeltreppe hinüber, an dessen Geländer ein verrückter Kunstschmied das bekannte Zitat aus Dante Alighieris *Divina Commedia* geschmiedet hatte: »Lasciate ogni speranza voi ch'entrate«.

Dominique stand bereits unten an der Bar und winkte Kommissar Selikovsky mit großer Geste zu sich. Eigentlich hieß der junge Mann Janek Josephu und war in der Marketingabteilung der *Österreichischen Lotteriegesellschaft* angestellt, aber in den Gay-Foren des Landes nannte er sich Dominique Drouot, was nach mondäner Pariser Gesellschaft, nach Haute Couture oder übergroßen Champagnerflaschen klang – auf jeden Fall sehr französisch und nicht so kleinbürgerlich böhmisch daherkam. Dominique war ungefähr einen Meter fünfundsiebzig groß, dünn, hatte schwarze Haare, die mindestens zur Hälfte blond eingefärbt worden waren, und schminkte sich besser als jede Prostituierte in einer Table-Dance-Bar.

– Ich bin halt eine Schnepfe aus dem siebenten Hieb, lächelte er entschuldigend und schlürfte an seinem fünften *Mai Tai*.

Sooft sich Dominique eine blonde Haartolle aus der Stirn strich oder das geschwungene Fancyglas auf den Tresen stellte, zitterten die Armreifen und Freundschaftsbänder an seinem schmalen Handgelenk, während ein sanftes, aber anzügliches Lächeln den bohrenden Blick auf das Schularbeitenheft begleitete.

– Was hast du denn ... da? (Das »da« hatte er mindestens
   drei gestrichene Oktaven höher als die anderen Wörter
   in die abgestandene Barluft gekreischt.)
– Ein Heft gesammelter Schüleraufsätze.
– Wirklich? Was für ein bizarrer Einfall. Aber er gefällt
   mir. Und wie.

Dominique strahlte über das ganze Gesicht. Er liebte Rollenspiele, in denen er jung und unterwürfig war und wahlweise einem Polizisten, dem Hauptschullehrer oder einem Erzbischof begegnete, eine der vielen dominanten Rollen, die Harald bei den einzelnen Treffen durchziehen musste. In einem Park, einer verlassenen Kirche oder schwach beleuchteten Hinterzimmern eines Schwulenlokals. Manchmal auch vor Haralds Wohnung. Dreimal läuten. Dann das Öffnen der Tür abwarten. *Ich bin's, Domi, komme zur Nachhilfe, weil ich wieder einen Fetzen in Mathematik geschrieben habe, und das, obwohl ich schon so oft bei dir war, du musst mich jetzt ordentlich durchnehmen, ich verdiene es nicht anders, mit der Hand, mit dem Gürtel, mit dem Baseballschläger oder deinem Doppeldildo im Schlafzimmer.*

– Bestell dir einen Drink, Harry, aber einen möglichst
   kurzen. Ich stell mir bereits gewisse Sachen mit dir als
   Deutschlehrer vor. Die Bar hat übrigens ein geiles Klo
   dort hinten: schön finster und spooky. Ein Mausoleum
   mit Wasserthron, Spülkasten und einer riesigen Pissrinne.
   Außerdem ist sonst keiner da. Und wenn schon: diese Bar-
   Grufties stehen sowieso auf das Außergewöhnliche. Ist
   das wirklich ein richtiges ... Dominique verschluckte sich
   beinahe vor Begeisterung ... Schularbeitenheft?
– Allerdings, grinste Harald und legte es auf den Tresen.

Bestellte sich einen der weißen Signature-Drinks, die in schwarzen Kelchen serviert wurden. Irgendetwas mit Absinth, Gin und Mandelmilch. Und schwarzen Geleekügelchen mit Lakritzgeschmack.

– Ist ja irre, strahlte Dominique und blätterte durch die vielen rot angestrichenen Seiten, alles voller Rechtschreibfehler, grammatikalischen Baustellen und semantischen Störmanövern. Ich glaube, jetzt ist eine saftige Bestrafung fällig, Herr Professor.

– Beherrsche dich, Dominique, bitte nicht hier.

– Doch, jetzt auf der Stelle. Ich verdiene es nicht anders.

Dominique strich sich die nächste Haartolle aus dem Gesicht, leerte seinen *Mai Tai* und errötete leicht. Selikovsky war sich nicht ganz sicher, ob es nur schlecht unterdrückte Scham oder doch der Alkohol war.

– Also ich gehe jetzt aufs Klo, sperre mich in eine Kabine und harre der Strafe, die da kommen muss.

– Dominique, bitte.

– Schau dir dieses Meer an Fehlern an. Ich bin grottenschlecht in Deutsch, ich bin untalentiert und obendrein faul, ich verdiene es nicht anders. 30, 40, 50 Schläge aufs nackte Hinterteil. Für jeden verdammten Fehler einen. Mit deiner starken, mächtigen Hand.

Dominique lächelte mädchenhaft, strich die wenigen Falten auf seinem enganliegenden weißen Hemd glatt, dessen oberstes Drittel aufgeknöpft war: die gebräunte, jugendlich glatte Haut war selbst in diesem Halbdunkel der Speakeasy-Bar zu erkennen. Harald leerte seine Mandelmilch mit reichlich Gin und noch mehr Absinth und spürte, wie er

langsam jeden Widerstand aufgab. Alexander Kuglers Schularbeitenheft aus der Hand gleiten ließ. Sein *Lardini*-Sakko
zuknöpfte und sich nach allen Seiten umsah. Dominique
war bereits im Halbdunkel des Herren-WCs verschwunden, und die wenigen Gäste der Cocktailbar schienen wie
Marmorstatuen in sich selbst versunken zu sein. Der Barkeeper mit den tätowierten Schlangen an beiden Unter-
armen reinigte geschliffene Bleikristallgläser, und aus den
Boxen träufelte Klaviermusik von Erik Satie. Ein Ton hier,
ein Akkord da. Und viele Pausen dazwischen. Mehr Stille
als Klang. Harald strich seine braune Stoffhose zurecht und
folgte seinem Begehren ins Dunkel hinein – dorthin, wo
ihn Dominique mit zusammengebissenen Zähnen, rasen-
dem Herzschlag und heruntergelassenen Hosen ersehnte.

✳

Als am späteren nächsten Morgen Selikovsky sein Büro
betrat und den PC hochfuhr, hatte Sammy bereits den
Obduktionsbericht übermittelt. Die Todesursache war nun
eindeutig geklärt: Der Junge war erdrosselt und seine Leiche
mit hoher Wahrscheinlichkeit über eine Felswand geworfen worden. Die offenen Brüche hatten in der Folge Wölfe
oder Luchse angezogen, die ein Ohr und Teile der Schulter angebissen hatten. Wie auch immer: Jemand anderer
als der Mörder musste die Leiche am Fuße einer Felswand
oder eines hohen Abgrunds geborgen, ihr frische Kleidung
übergestreift und den leblosen Körper in den Sankt Marxer
Friedhof überführt und dort unmittelbar vor der Einfriedung im griechischen Teil der Anlage abgelegt haben. Viel
Sinn machte das Ganze nicht. Eigentlich überhaupt keinen.
Der Mörder hatte sich der Leiche entledigt. Und jemand

anderer musste den leblosen Körper nach Wien gebracht haben, aber weshalb eigentlich? Und welches Motiv hatte der Mörder? Ein Sexualmord konnte es nicht gewesen sein. Der Anus des Toten war zwar gedehnt, aber es hatte kein Geschlechtsverkehr unmittelbar vor dem vermuteten Datum des Gewaltverbrechens stattgefunden. Vielleicht einige Tage davor, aber durch wen? Und zu welcher Gelegenheit? War die sexuelle Handlung erzwungen oder doch einvernehmlich gewesen?

Die bei der Leiche gefundenen Habseligkeiten halfen Selikovsky auch nicht gerade weiter: zwei Schülerausweise, beide gefälscht, eine Brieftasche mit Bankomatkarte, einem Impfausweis sowie 15 Euro in bar. Außerdem gab es dieses mehrmals gefaltete Blatt Papier, auf dem vier Notenzeilen mit Violin- und Bassschlüsseln linkisch hingekritzelt worden waren, zusammen mit der Überschrift »Vexations« und dem Hinweis »to play 840 times in succession« sowie einem Summenzeichen und der Zahl 28 plus einem ungelenk hingekritzelten Buchstaben, der ein »H« sein konnte. Dieses Musikstück war auch in einem von Alexanders Aufsätzen erwähnt worden, die Harald gestern Abend in Elkes Wohnung durchgesehen hatte. In einem zweiten Brieftaschenfach befanden sich noch einige Aufnahmen von Pinguinen in der Antarktis. Die fetten schwarz-weißen Vögel standen dicht zusammengedrängt und schienen einander von der grimmigen Kälte einer lebensfeindlichen Umgebung beschützen zu wollen. Einer Umgebung, die nicht unbedingt die Antarktis sein musste, sondern auch eine der lebenswertesten Städte des Planeten sein konnte – eine Stadt wie Wien, möglicherweise.

Seltsam war vor allem der Umstand, dass der Junge kein Smartphone bei sich gehabt hatte. Was eigentlich unvorstellbar war. Jeder 16-jährige Junge, und mochte er noch so seltsam sein, besaß mindestens ein Smartphone, höchstwahrscheinlich auch zwei. Ein offizielles, von den Eltern gesponsert. Mit den üblichen familiären Kontakten. Und das zweite, wirklich geheime: ein Wertkartenhandy, vom monatlichen Taschengeld abgezweigt – genau das wäre jetzt hilfreich gewesen. Der Junge musste mehr als nur ein paar Geheimnisse gehabt haben. Möglicherweise hatte er sich in Bereiche gewagt, die immer gefährlicher und zuletzt auch tödlich geworden waren. In einen Bereich, der vielleicht weniger mit klassischer Musik zu tun hatte als mit sexuellem Missbrauch. Oder knallharten Drogen. Oder … Selikovsky wählte Marianne Kuglers Nummer und hoffte in den Pausen zwischen den Freizeichen, dass Alexanders Mutter stark genug war, um die endgültig gewordene Wahrheit zu ertragen: Ihr Sohn war ermordet worden. Und Kommissar Selikovsky musste herausfinden, wer für dieses Verbrechen verantwortlich war. Und warum es der Unbekannte verübt hatte. Aus welchen Motiven. In welchem Gemütszustand. Wie auch immer.

Auf der Ringstraße draußen fuhren die Autos vorüber. Die Sekundenzeiger auf der Armbanduhr bewegten sich lautlos im Kreis, und Marianne Kugler hob noch immer nicht ab. Schließlich unterbrach doch ein Knacksen das letzte Freizeichen, und eine müde Stimme sagte: »Hallo, Kugler hier.« Harald Selikovsky atmete noch einmal tief durch und begann, die grausame Wahrheit in kurzen, klaren Sätzen wiederzugeben.

*

– Schön, dass ich kommen durfte, sagte Harald und betrat das weiß gestrichene Reihenhaus zum zweiten Mal.
– Danke, dass Sie mir vorhin so direkt die Wahrheit gesagt haben.

Marianne Kugler trat einen Schritt zurück und bat Kommissar Selikovsky ins Haus. Ihre Augen waren entzündet, verweint. Ihre Mundwinkel zuckten. Seit einigen Stunden wurde ihr Mann auf der Intensivstation künstlich beatmet, und die Ärzte gaben dem Sterbenden nur noch wenige Tage. Dazu noch die Nachricht von diesem Mord an ihrem einzigen Kind. Die blätterlosen Bäume im Garten wogten unter einem aufkommenden Sturm. Das Licht im Wohnzimmer wurde schwächer. Und der riesige schwarze Steinway-Flügel sah wie ein blank polierter Grabstein aus. Endgültig. Nutzlos. Und schwer wie das Gewicht von Tausenden Welten.

– Alexander hat zwei gefälschte Ausweise bei sich gehabt.

Marianne Kugler lächelte wider Willen und zuckte mit den mageren Schultern.

– Ich glaube, viele Jungen in diesem verrückten Alter nehmen es mit Ausweisen nicht so genau.
– Außerdem hatte er kein Handy dabei.
– Alexander besaß aber eines.
– Wenn Sie mir vielleicht seine Nummer geben könnten, würden wir die Daten aus der Cloud organisieren, sagte Harald leise und bat Frau Kugler, die Smartphone-Nummer auf einen Zettel mit dem Hinweis »Kriminalpolizeiliche Ermittlungen – Mordfall Kugler« zu schreiben.
– Hatte er nur dieses Handy?

– Ich glaube schon.

– Vielleicht hat er auch ein zweites besessen.

– Möglicherweise. Aber ich weiß nichts davon.

Marianne Kugler gab Kommissar Selikovsky den Zettel
mit Alexanders Handynummer zurück und zündete sich
danach eine Zigarette an.

– Wollen Sie auch eine?

– Danke, heute nicht.

– Mit dem Rauchen aufgehört?

– Nein, aber … ich weiß auch nicht. Sagen Sie, war dieser
    Flügel nicht sehr teuer?

– Schon möglich, aber er war ein Geschenk.

– Von wem?

– Von den Silbermayrs. Ein Arztehepaar. Hals-Nasen-Oh-
    ren und sie Zahnärztin. Die Eltern von …

– … Josua.

– Ja, Alexanders einziger Freund. Das genaue Gegenteil
    meines Sohnes: groß, redegewandt, sportlich und hand-
    werklich begabt. Klassensprecher und bei allen beliebt,
    vor allem bei den Mädchen. Ein bisschen großspurig, bla-
    siert. Bei der *Vienna* hat er in einer Nachwuchsmann-
    schaft Fußball gespielt.

– Warum war ausgerechnet er Alexanders einziger Freund?

– Weil er ihn für sein Klavierspiel bewundert hat. Und von
    Alexanders Wesen beeindruckt war. Es gefiel ihm, dass
    mein Sohn nur weiße Kleidung trug, weiße Speisen zu
    sich nahm und jede Farbe als unglaublich grell und stö-
    rend empfand. Vielleicht hatte Josua auch nur Mitleid
    mit ihm. Weil er selbst so normal und Alex vollkommen
    anders war. Anders in jeder Beziehung.

– Keine Freundin?

Marianne Kugler schüttelte den Kopf und schluckte ein paar Tränen hinunter. Rauchte ihre Zigarette zu Ende und fragte Kommissar Selikovsky, ob er noch weitere Fragen habe. Sie müsse langsam ins Krankenhaus fahren. In die Rudolfstiftung im dritten Bezirk.

– Ich könnte Sie hinbringen, sagte Selikovsky und betrachtete den leeren Schemel vor dem riesigen Flügel. Wo Alexander lange Stunden verbracht und an seiner Anschlagtechnik gefeilt haben musste.
– Danke vielmals, ich komme allein zurecht.

Ein Satz, den diese Frau sicher schon oft gesagt hatte. Als ihr Mann den Job verloren hatte. Nachdem er ins Krankenhaus eingeliefert worden und Alexander tagelang nicht aufzufinden gewesen war. *Danke, ich komme allein zurecht.* Dieser Satz hallte in Kommissar Selikovskys Ohren nach, während er das weiß gestrichene Reihenhaus verließ, den Mantelkragen hochklappte und auf seinen Wagen zusteuerte. Ohne sich umzudrehen, hatte Kommissar Selikovsky das Gefühl, dass Marianne Kugler hinter einem der Fenster im Erdgeschoss stand und ihn beobachtete, wie er die Autotür öffnete, den Dienstwagen startete und langsam die abgelegene Wohnstraße am Stadtrand verließ.

Auf dem Weg zurück in die Stadt kam Selikovsky am Sankt Marxer Friedhof vorbei. Es war später Vormittag, und er hatte noch etwas Zeit, bevor er seine Ex-Frau im Realgymnasium Kundmanngasse treffen würde: Elke, die ihn mit Josua Silbermayr bekannt machen würde. Der einzige

engere Freund Alexanders. Klassensprecher und Mädchen-
betörer, wahrscheinlich ein junger Schnösel hoch zehn. Mit
dunkelblondem, leicht gewelltem Haar, breitem Schmollmund und diesem Gesichtsausdruck, der kein Wässerchen
trüben konnte. Zumindest auf dem Foto, das ihm Elke in
die Hand gedrückt hatte, der Ausschnitt eines Klassenfotos
der 6b, aufgenommen vor einigen Wochen. Zu Beginn des
Schuljahres. Als alles so vielversprechend begonnen hatte,
nach mehr als einem Jahr Homeschooling, Hausarrest und
digitalen Chats, die viele erst so richtig einsam und willen-
los gemacht hatten

Während Selikovsky den Wagen vor dem Eingang zum aufgelassenen Biedermeierfriedhof abstellte, rief ihn ein Kollege von der Datensicherung zurück. Man habe die Cloud
von Alexanders Smartphone anzapfen können, auf den ersten Blick nichts Spektakuläres. Außer jeder Menge Down-
loads von Notenmaterial. Mozart. Albrechtsberger. Erik
Satie. Außer Mozart kenne er keinen der anderen Komponisten. Selikovsky vielleicht? Der Kommissar murmelte
ein »Vielleicht« und erkundigte sich nach den Apps sozialer Medien wie WhatsApp, Kik, Snapchat, TikTok, Tele-
gram – womit Teenager üblicherweise miteinander kom-
munizierten.

– Ein paar Kontakte, aber sehr wenige, antwortete die
  Stimme. Die meisten Einträge beträfen einen gewissen
  Josua und Verabredungen mit ihm auf dem Sankt Marxer
  Friedhof. In der Nähe des Mozartgrabes. Immer am spä-
  teren Nachmittag. Kurz vor Schließung der Parkanlage.
– Und zweifelhafte Fotos, Pornodownloads und ande-
  ren Müll, erkundigte sich Selikovsky, weil er sich an

den Obduktionsbericht von Doktor Hörzer erinnerte: gedehnter Anus, Antikörper von Hepatitis C im Blut festgestellt, Verdacht auf eitrige Entzündung im Penisbereich.

– Auf den ersten Blick nichts dergleichen, antwortete der Kollege und verwies auf den detaillierten Bericht, den er bis morgen, spätestens übermorgen fertiggestellt habe, eines aber wäre ihm schon aufgefallen.

– Was wäre das, fragte Selikovsky ungeduldig nach und sah durch das Eingangstor des Friedhofs auf die kahlen Bäume und einsamen Gräber, kein Spaziergänger war heute zu sehen, die Parkanlage wirkte genauso verlassen und leer, wie man sich einen längst vergessenen Friedhof vorstellen mochte.

– Eine Menge an anonymen Anrufen, antwortete der Datensicherungsspezialist, mehrere am Tag, über Wochen hinweg. Auf der Voicemail allerdings meist nur Rauschen, elendslange Tonfolgen auf einem Klavier, und nur ein einziges Mal war in den aufgezeichneten Nachrichten ein Name zu hören, Rammberg oder so ähnlich. Aber Harald würde die Audiodateien sowieso übermittelt bekommen.

– Bis morgen Nachmittag spätestens, verabschiedete sich der Kollege, bevor er auflegte. Harald steckte sein Diensthandy in die Sakkotasche, trat in den einsetzenden Regen hinaus und beschloss, eine Runde in der Parkanlage zu drehen. Niemand würde sich im Friedhof aufhalten, garantiert niemand.

Am Rand des Kieswegs war eine beschädigte Marmorsäule zu sehen. Daneben ein marmorner Engel, der sich bestürzt an den Kopf griff. Dazu die Inschrift ›W.A. Mozart 1756-

1791‹. Ein paar brennende Grablichter, ein kleiner Kranz, zwei Blumenbuketts. Die einzigen frischen Blumen unter all den aufgelassenen Gräbern. Und dabei war es nicht einmal Mozarts Grab, nur eine Art Platzhalter. Das richtige Grabmal war zu Mozarts 100. Todestag auf den damals neu eröffneten Zentralfriedhof überführt worden. Die Gebeine des Komponisten lagen vielleicht immer noch hier. Waren zumindest bisher nicht gefunden worden. Blieben vielleicht für immer in der Nähe dieser Andachtsstelle begraben.

Harald Selikovsky zündete sich eine Zigarette an und stieß den Rauch in kleinen Ringen in die feuchtkalte Luft. Dort drüben, nicht weit von dieser steinernen Gedächtnisstelle entfernt, lag das Grab von Albrechtsberger, der möglicherweise als Einziger Mozarts Sarg hier heraus nach Sankt Marx begleitet hatte. Am 6. Dezember 1791. Vom Stubentor bis zu diesem Grab waren es knapp vier Kilometer. Durch Regen oder Schneematsch. Oder vielleicht doch trockenen Fußes. Wie das Wetter an diesem Nikolaustag vor mehr als 230 Jahren gewesen war, konnte mangels genauer Aufzeichnungen niemand mehr wissen.

Selikovsky drückte die Zigarette an der feuchten Lehne einer Parkbank aus und drehte sich um, weil er das Gefühl hatte, beobachtet zu werden. Tatsächlich stand jemand nur wenige Meter von Harald entfernt. Regungslos. Abwartend. Eine imposante Gestalt. Einen Meter neunzig groß. Äußerst mollig. In einem schwarzen Ledermantel, der mit Totenköpfen und Schlangenbildern bestickt war. Hohe Lederstiefel mit Metallspangen dran, tätowierte Hände und Dutzende Nickelringe an den Fingern. Das halbe Gesicht war tätowiert und gepierced. Selikovsky ahnte bereits, wer diese bedrohlich wirkende Gestalt sein musste.

– Ich bin Angie, stellte sich die junge, üppige Frau trotzdem vor, und Sie müssen der Kommissar sein, der in diesem Fall ermittelt.
– In der Mordsache Alexander Kugler, bestätigte Selikovsky und wies sich der Ordnung halber mit seiner Dienstmarke aus.
– Sie werden ein paar Fragen an mich haben, vermutete Angie und zündete sich eine Zigarre mit schwarzem Deckblatt an, kniff dabei die Augen zusammen und konzentrierte sich auf die sich langsam entwickelnde Glutspitze der gerollten Tabakblätter.
– Was haben Sie eigentlich mit Alexander zu tun, fragte Selikovsky und starrte wieder Mozarts Andachtsstelle an, war er ein Freund, ein Kumpel, ein …
– Er war vor allem strange, antwortete Angie mit ihrer tiefen Stimme, ein ziemlich unnahbarer Junge, aber musikalisch hoch talentiert. Alexander hat die Synthesizer-Parts für unsere Band zusammengestellt und sogar ein paar Songs komponiert. »Je te veux« zum Beispiel, oder »Exit Only for the Dead«. Wir haben uns oft hier auf dem Friedhof getroffen. Unsere Band heißt *Funeral*, aber wir mussten den Namen auf *Come to my Funeral* ändern, weil der ursprüngliche Name schon besetzt war. Von einer *Death Doom Band* aus Norwegen. Anfang nächsten Jahres kommt unser erster Tonträger heraus: »*Real fun*« – dieselben Buchstaben wie in Funeral, nur anders angeordnet.
– Und wie sind Sie zu Alexander gekommen – oder er zu Ihnen, wollte Selikovsky wissen.

– Papo hat ihn empfohlen.

– Der Friedhofsgärtner von hier.

– Ja, oder der Parkwächter. Er wohnt in diesem Backstein-
haus neben dem Eingang. Aber er spielt auch Orgel in
der Pfarrkirche Simmering und leitet angeblich einen
Chor, aber fragen Sie mich nicht, welchen. Auf jeden
Fall hat er Alexander das Orgelspiel beigebracht und
ihm ein paar Tricks beim Komponieren gezeigt. Eigentlich habe ich Papo gefragt, ob er unsere Synthe-Lines
machen will. Aber er hatte keinen Bock drauf. Papo ist
ziemlich faul. Und züchtet lieber Bienen auf diesem aufgelassenen Friedhof. Sein *Mozarthonig* verkauft sich bis
nach Japan. Stattdessen hat er uns diesen Jungen empfohlen, und Alex hat die Sache richtig gut gemacht. Obwohl
er verdammt lange brauchte, um überhaupt etwas fertigzustellen. Irgendwie hatte er eine Million Ideen im Kopf,
aber trotzdem keinen richtigen Plan.

– Nur wenige 16-Jährige wissen, wo es langgeht, antwortete
Selikovsky und fragte Angie, wo sie eigentlich wohnte.

– 16? Alex war doch schon achtzehneinhalb, hat er zumindest immer behauptet. Dieses Alter ist sogar auf seinem
Ausweis gestanden. Wie auch immer. Ich wohne drüben im dritten Bezirk, in der Nähe der Arena. In einem
Monat werden wir dort unser First-Release-Konzert spielen, nur im dritten Raum, nicht in der großen Halle. Aber
immerhin. Und das Album wird sogar auf einem richtigen Label erscheinen. Auf *Meat-Wagon-Records* aus
Huntsville in Texas.

Angie versuchte sich an einem Lächeln, das wie ein Oli-
venzweig im Winter erstarrte und schließlich abbrach, zu
Boden fiel und dort langsam verdorrte. Sie rauchte die

Zigarre in gierigen Zügen und inhalierte sogar die Hälfte des Qualms. Ihre Stimme war dunkel, tief, rau – sie musste wirklich eine tolle Sängerin für rabenschwarze Balladen zwischen einem Totenbett und dem Jenseits sein.

– Gestatten Sie mir die nächste Frage, setzte Kommissar Selikovsky nach, gab es so etwas wie Freundschaft zwischen Alexander und Ihnen?
– Wir hatten drei- oder viermal Sex miteinander.
– Sex?
– Ja, Geschlechtsverkehr halt. War irgendwie drollig. Ich mit meinen 120 Kilos und Alex mit seinem Federgewicht. Er hat sich richtig kalt angefühlt. Die Hände, die Beine, der Po schlecht durchblutet oder so. Weiß wie frisch gefallener Schnee. Aber der Sex war alles andere als übel. Nicht auf nett oder so, eher hart. Emotionslos. Wütend und blicklos. Als ob er ganz woanders gewesen wäre mit sich und seinen verdammten Gedanken.
– Wo sind Sie eigentlich in den letzten Tagen gewesen, fragte Selikovsky schnell und zündete sich noch eine Zigarette an, die letzte für heute, wie er sich schwor. Aber er wusste, er würde dieses Vorhaben binnen kürzester Zeit wieder aufgeben.
– Im Tonstudio.
– Doch nicht die ganze Zeit über.
– Und zu Hause. Aber irgendwie ist es dasselbe. Einmal im Erdgeschoss, und einmal im oberen Stockwerk.
– Wohnen Sie in einer WG?
– Kann man so sagen.
– Mit wieviel anderen?
– 42.
– Wie bitte?

– Na ja, es sind nur Katzen. Alles rabenschwarze Katzen. Alexander hat sogar vor ein paar Monaten eine von denen geklaut. Er liebte schwarze Katzen und Pinguine, aber egal. Ich lebe in einem heruntergekommenen Haus in der Nähe der Wiener Arena. Am Ende der Baumgasse. Am Ende von allem.

Angie zuckte mit den Achseln und rauchte die Zigarre zu Ende. Das Gespräch mochte eine halbe Stunde gedauert haben. Jedenfalls war die kubanische Rauchsäule zu einem grauen Stumpen erloschen, und von irgendwoher schlug es 13 Uhr.

– Wir mochten uns, obwohl wir uns oft gestritten haben, fügte Angie leise hinzu, Alexander verstand die Bedeutung zwischen den Worten nicht. Die Ironie. Die Metaphern. Diesen semantischen Hof um das Gesagte.
– Keine Ahnung, worauf Sie hinauswollen, murmelte Selikovsky und drückte seine Zigarette ebenfalls aus. In einer knappen halben Stunde musste er im Realgymnasium Kundmanngasse sein. Im Barocksaal dieser Schule würde er Josua treffen. Josua Silbermayr, Alexanders einzigen Freund. Wenn man von dieser fülligen Dark-Metal-Sängerin absah.
– Nicht so wichtig, murmelte Angie und steckte ihre tätowierten Hände in die tiefen Taschen des Ledermantels. Irgendwie sah das Kleidungsstück nach Drittem Reich aus. Nach Gestapo und Dauerverhör. Nach etwas Gefährlichem, Menschenfeindlichem jedenfalls.
– Alex, fuhr Angie fort, war eigentlich nur ein unreifer Junge. Aber musikalisch unglaublich begabt. Einerseits konnte er sich kaum die Schuhe zubinden, andererseits

spielte er Klavier wie ein außergewöhnlicher Pianist. Mit seidenweichem Anschlag. Und unbewegter Miene. Ich habe ihn nie lachen sehen. Ich glaube, er konnte es gar nicht.

– Geben Sie mir bitte Ihre Handynummer und halten Sie sich für etwaige Auskünfte bereit, antwortete Selikovsky und speicherte die Nummer der Dark-Metal-Sängerin auf seinem Handy. Dann nickte er der imposanten Erscheinung noch einmal zu und verschwand im einsetzenden Nebel – wie ein Gespenst, das ein Gespenst zurückließ. In diesem Friedhof, der eine Parkanlage war. Und dann doch wieder ein Friedhof. Ein schmales Stück Land zwischen der Wirklichkeit der Lebenden und der Endgültigkeit des Todes.

✳

Elke erwartete ihren Ex-Mann vor dem Eingang des Bundesrealgymnasiums Kundmanngasse. Die Schule lag in der Nähe des Rochusmarktes und stand sogar unter Denkmalschutz, weil sie Ende des 19. Jahrhunderts als Pendant zum Palais Rasumofsky gegenüber erbaut worden war – ursprünglich mit einem kleinen Park dazwischen, der inzwischen zu einem Sportplatz umgebaut worden war. Die Schule legte auf körperliche Ertüchtigung genauso hohen Wert wie auf eine fundierte intellektuelle Ausbildung, mit Schwerpunkt Sprachen, Mathematik und auch Musik beziehungsweise Bildnerische Erziehung. Eine für Österreich untypisch liberale Stimmung schien an diesem Realgymnasium vorzuherrschen, die Schüler wurden angehalten, mehrere Fremdsprachen zu beherrschen und vor allem die Welt kennenzulernen: Immerhin war das Gymnasium auch Partnerschule für eine *Buffalo Grove High School* in den USA, die *Riverside Secondary High School* in Vancouver und für die sogenannte *Schule Nummer 8* in Lemberg, in der heutigen Ukraine. Seit vor 15 Jahren in der Aula ein Schüler brutal zusammengeschlagen worden war, fanden regelmäßige Projekte zum Thema »Zivilcourage« statt, wie Elke ihrem Ex-Mann gegenüber ausführte, oft auch in Zusammenarbeit mit der Kriminalpolizei, die der Schule immer wieder wertvolle Tipps für Selbstverteidigungskurse und praktische Übungen im Umgang mit gewaltbereiten Personen zukommen ließ.

– Auch viele prominente Persönlichkeiten sind hier zur Schule gegangen, fuhr Elke fort, während sie mit ihrem Ex-Mann die Aula durchquerte und auf den sogenannten *Beethovensaal* zusteuerte, wo bereits Josua Silbermayr auf Harald Selikovsky warten würde, auf der Bühne des Veranstaltungssaals unmittelbar neben einem schwarzen *Bösendorfer* Flügel, der, einer der vielen Schullegenden zufolge, aus dem *Beethovenhaus* in Döbling stammte, daher auch der Name des Saals.

– Heimito von Doderer, begann Elke mit der Aufzählung der Berühmtheiten, die hier vor Jahren und Jahrzehnten die Schulbank gedrückt hatten, Ernst Jandl, Robert Menasse, aber auch Sportler und Schauspieler wie Gunther Philipp, Ingrid Wendl oder der ehemalige tschechische Außenminister Karel Schwarzenberg, nicht zu vergessen der Verfasser des sogenannten »Buchenwaldliedes« Fritz Löhner-Beda, der ebendort von den Nazis ermordet worden war, dazu noch Hanns Eisler oder sogar Brigitte Bierlein, die vor kurzem noch als erste Frau Österreichische Bundeskanzlerin war …

Elke quoll fast über vor Stolz über die Geschichtsträchtigkeit dieses Gymnasiums, an dem sie seit drei Jahren unterrichtete, Deutsch, Geschichte und Philosophischen Einführungsunterricht, wer könnte besser über die ehemaligen Schüler dieses Realgymnasiums referieren als Haralds Frau, deren Wohnung vor Büchern, Musikinstrumenten und Kunstdrucken an den Wänden überquoll, diese geräumige Altbauwohnung in der Burggasse 88, wo vor Jahrzehnten ein gewisser Doktor Asperger gewohnt hatte, einen Stock über Elkes Wohnung, ein Kinderpsychiater, der als Erster diese später nach ihm benannte Sonderform des Autismus wissenschaftlich beschrieben hatte.

Elke drückte eine große eiserne Türschnalle nach unten, und die schwere Eichenholztür öffnete sich zu einem modern gestalteten Veranstaltungssaal, in hellem Beige ausgemalt, mit einer dunkelbraunen Holzdecke. In der Mitte erhellte ein originaler Lobmeyr-Luster den Raum, und ganz vorne auf dem Podium lehnte ein junger, schlaksiger Mann gegen den restaurierten *Bösendorfer*-Flügel: vielleicht einen Meter achtzig groß, 70 Kilogramm schwer, mit gewelltem dunkelblondem Haar und ebenmäßigen Gesichtszügen. Bekleidet mit Markenjeans, die an den Knien diese modisch gewordenen Löcher aufwiesen, dazu ein weißes tailliertes Hemd und ein Tweed-Gilet, das nur sehr lose zugeknöpft war. Ein junger Mann, attraktiv und von sich selbst überzeugt, aus bestem Haus – wie Harald schon aus 20 Metern Entfernung erkannte. Josua sah Elke und ihrem Begleiter mehr als gelassen entgegen, ziemlich entspannt für jemanden, der erst vor wenigen Stunden erfahren hatte, dass sein bester Freund tot im Sankt Marxer Friedhof aufgefunden worden war.

– Silbermayr, Josua, freut mich, Ihre Bekanntschaft zu machen, sagte der Junge und ging Harald ein paar Schritte entgegen, macht es Ihnen etwas aus, hier oben Konversation zu betreiben, gleich neben diesem Beethoven-Flügel?

Kommissar Selikovsky stieg die paar Stufen zum Podium hoch, nannte seinen Namen und berührte mit dem Ellenbogen die hingehaltene Faust des Jungen, der sich äußerlich ganz gelassen gab und nicht das kleinste Anzeichen von Nervosität offenbarte.

– Ich lass euch jetzt beide allein, lächelte Elke vor dem Podium, eine Viertelstunde, 20 Minuten vielleicht, wird das reichen?
– Vielen Dank, das passt gut, lächelte Kommissar Selikovsky und sah Elke hinterher, die mit ein paar Büchern unter den Armen den Saal durchschritt und nach einer halben Minute die schwere Eichenholztür, so behutsam es ging hinter sich schloss.
– Sie sind wegen ihm da, oder, fragte Josua, kurz nachdem Elke den *Beethovensaal* verlassen hatte.

Selikovsky fiel auf, dass Josua seinen besten Freund nicht mit dem Namen erwähnt hatte, aber vielleicht war ihm die Befragung einfach nur peinlich, eine Angelegenheit, die er möglichst schnell hinter sich bringen wollte.

– Wie lange habt ihr euch gekannt, fragte der Kommissar, um irgendwo zu beginnen. Der Junge kam ihm auf eigenartige Weise bekannt vor, als ob er ihn schon einmal irgendwo gesehen, gehört oder auch nur wahrgenommen hätte.

– Seit der Unterstufe, antwortete Josua ohne Umschweife und lächelte, von sich selbst überzeugt, dabei, ich denke, wir haben uns das erste Mal bei den Spinden im Kellergeschoss getroffen, Alexander saß auf der niedrigen Holzbank davor und versuchte, die Schnürsenkel seiner Schuhe zu binden, aber er schaffte es nicht. Ich fand es echt schräg, dass er sich mit 13 noch nicht die Laufschuhe schnüren konnte. Ich kniete mich also hin und band ihm die verdammten Sneakers zu, sah hoch zu ihm. Und er schaute zurück. Sein Blick war wie ein Schwert, das einem das Herz durchbohrt, schmerzhaft, irgendwie tödlich. Ein Blick, der eine Wunde namens Leidenschaft hinterlässt. Seitdem sind oder waren wir Freunde. Total unterschiedlich, aber doch irgendwie ähnlich. Ich, der scheinbar Überlegene, der ihm trotzdem oft Recht gab. Alexander mochte ungeschickt und tollpatschig hoch zehn gewesen sein, war aber am Klavier ohne Übertreibung ein – Gott. Ein Genie. Ein Meister, der die Tasten beherrschte. Und der fast alles auswendig spielen konnte.

Josua klappte den Klaviaturdeckel des Konzertflügels hoch und begann, mit dem rechten Zeigefinger eine Melodie zu klimpern, die sogar Harald bekannt vorkam. Es war eine Etüde von Chopin oder Schumann, aber linkisch und vollkommen aus dem Rhythmus gespielt, und die eine oder andere Note war fürchterlich falsch angeschlagen. Josua hob seufzend den Kopf und lächelte Kommissar Selikovsky schuldbewusst zu.

– Ich bin eine Null am Klavier. Genauso ungeschickt, wie Alex seine Sneakers nicht zubinden konnte. Seit der letzten Unterstufenklasse drückten wir dieselbe Schulbank. Besuchten uns gegenseitig. Im Werkunterricht baute ich ihm die blöden Vogelhäuser und Holzkisten zusammen, die wir gegen Semesterende abliefern mussten. Mit seinen Händen konnte Alex absolut nichts anfangen. Außer Klavier spielen, das dafür richtig gut.

– Sonst hatte er keine Freunde?

Josua schüttelte energisch den Kopf, klappte den schwarzen Deckel wieder zu und strich mit der rechten Hand über die lackierte Oberfläche des Flügels.

– Keinen einzigen. Woher auch? Alex hat kaum was gesprochen. Nicht einmal, wenn er etwas gefragt wurde. Er verstand auch alles vollkommen falsch. Als ob er Deutsch auf einem anderen Planeten erlernt hätte. So ein Wort wie »Sackgasse« hat er gar nicht verstanden. Warum heißt das so, fragte er dann, ist doch gar kein Sack da, nicht einer. Dasselbe bei »Buttermilch«, »Steckenpferd«, »Regenbogen« oder »Geschlechtsverkehr«. Die Darstellung von Blutbahnen, Muskelgewebe und inneren Organen hat ihn komplett irritiert. Dass der Mensch zu 60 Prozent aus Wasser besteht, aus Knochen, Gewebe und Blut und diesem Nervensystem, den Synapsen im Hirn und das alles. Biologie hat Alex komplett in den Wahnsinn getrieben. Nur in Musik und in Bildnerischer Erziehung war er gut, was heißt gut, er war ausgezeichnet. Und in Informatik. Da hat er mir immer die Hausaufgaben geschrieben. Und ich habe viele Deutschaufsätze für ihn verfasst. Dabei extra viele Fehler gemacht, damit es ja nicht auffällt. Das alles hat uns irgendwie zusammengeschweißt. Wenn er einmal zu jemandem

Vertrauen aufgebaut hatte, hörte Alex gar nicht mehr auf zu reden. Er wollte dann alles auf einmal sagen, und am besten alles zugleich.

– Ein seltsamer Junge, nickte Kommissar Selikovsky, ich habe schon mit Alex' Mutter gesprochen.

– Vor allem einzigartig, korrigierte Josua sein erwachsenes Gegenüber, ich würde ihn als absolut einzigartig bezeichnen. Auch sehr liebebedürftig. Aber liebebedürftig auf eine ganz besondere Weise.

– Was meinst du, Verzeihung, was meinen Sie mit ›liebebedürftig‹, fragte Selikovsky nach und sah zu einem der hohen Seitenfenster hinaus. Draußen schien sich der Regen zu verziehen, und ein paar schwache Sonnenstrahlen verirrten sich durch die Glasscheiben in den Schulsaal herein.

– Sie können beim Du bleiben, lächelte Josua gönnerhaft, ich bin es gewohnt. Mit 17 wird man noch oft wie ein kleiner Junge behandelt. Die meisten Erwachsenen switchen beim Gespräch mit mir ständig zwischen Sie und Du hin und her.

– Das war nicht so gemeint, entgegnete Selikovsky und sah Josua beinahe entschuldigend an.

– Kein Problem, lächelte der Gymnasiast, liebebedürftig, na ja, er wollte, er mochte, er … darf ich ganz ehrlich sein, Herr Kommissar? Ich meine, ohne dass Sie groß was weitersagen?

– Ja klar, antwortete Selikovsky, ich behalte es für mich – solang es nichts Ungesetzliches ist. Schließlich bin ich Kriminalkommissar und kein Beichtvater.

– Wissen Sie, wir hatten was miteinander. Ich meine, Sex und so. Das war das Einzige, das Alexander neben der Musik interessierte. Er mochte es, härter angefasst zu werden.

Streicheln oder Herumknutschen war ihm richtig verhasst. Ich glaube, er besaß ein viel geringeres Schmerzempfinden als die meisten anderen Menschen. Er war dünn, fast zerbrechlich, aber er wollte die härtere Gangart. Seine Liebebedürftigkeit konnte man nicht mit Küssen oder sanften Berührungen stillen.

– Was meinst du damit, fragte Selikovsky leise und sah auf das blank polierte Klavier, einen wirklich großen Konzertflügel, der sich selbst auf dem geräumigen Podium imposant ausnahm.

– Schlagen, Boxen, Kneifen, Zwicken und noch viel mehr. Härter angefasst werden halt. Genau das habe ich von ihm gelernt. Rosa Wölkchen zählen war nicht gerade unsere Stärke.

– Bist du dann auch ...

– Homosexuell? Schwul?

Josua brach in hysterisches Lachen aus, ein Lachen, das in diesem Saal übertrieben und aufgesetzt klang.

– Nein, ich bin vielleicht bi. Ich mag es mit beiden, glaube ich. Es ist nichts Besonderes, Abwechslung mögen ja viele.

– Du hast eine Freundin?

– Immer wieder eine. Für das große Ding namens Liebe bin ich nicht wirklich gemacht.

– Schon eher für so Sachen zwischendurch?

– Das haben *Sie* gesagt, Herr Kommissar, das heißt, einen Augenblick, helfen Sie mir, wir kennen uns doch, oder?

– Das habe ich mich auch schon gefragt, antwortete Selikovsky einen Augenblick zu früh, weil es ihm plötzlich auch eingefallen war. Ein Chat. Auf einer dieser Plattformen. Wo es ausschließlich um das Eine ging. Und vielleicht noch um die Lissabonner *Traviata*. Josua nickte und wurde dabei nicht einmal rot.

– Es war diese Schwulen-App, oder? Sie wollten, oder du wolltest zuerst etwas von mir und dann …

– … dann habe ich mir gedacht, dass du nicht 23 bist, sondern …

– 16?

– Zu jung jedenfalls. Viel zu jung.

– Deshalb hast du mich weggewischt.

– Und du hast meine Reaktion nicht gleich akzeptiert.

– Ja, ich war richtig sauer auf dich.

– Deswegen auch die gefälschten Ausweise. Bei Alex und bei dir, oder?

– In unserem Alter fälscht jeder einmal irgendwas, wich Josua aus und blickte zum Saaleingang hinüber. Jetzt lief dem Jungen doch etwas Schweiß von der Stirn, seine rechte Hand stützte sich auf dem Konzertflügel auf, und Josua schien noch etwas sagen zu wollen, das dann doch ungesagt auf den Lippen kleben blieb. Bevor Kommissar Selikovsky die nächste Frage stellen konnte, ging die Eingangstür auf, und Elke lächelte zu ihrem Ex-Mann und dem plötzlich verstummten Klassensprecher der siebenten Gymnasialklasse hinüber.

– Seid ihr fertig geworden?

– Kann man so sagen, lächelte Harald und wandte sich nochmals dem Jungen zu, wenn dir noch etwas Wichtiges einfallen sollte …

– … dann melde ich mich, natürlich. Danke für die Visitenkarte, Herr … Magister … Seli… na egal, bis bald, sehr wahrscheinlich.

Der Junge steckte Selikovskys Visitenkarte ein, nickte dem Kommissar noch einmal kurz zu und verabschiedete sich aus dem *Beethovensaal*. Elke trat auf Harald zu und sah ihrem Ex-Mann etwas zu direkt in die Augen.

– Ein sehr von sich selbst überzeugter Junge, oder?
– Intelligent und beredt, da hattest du recht.
– Was hältst du wirklich von ihm, fragte Elke und hakte
   sich bei Harald ein, bevor sie gemeinsam den Veranstaltungssaal verließen.
– Ich glaube, er weiß mehr, als er zugibt.
– Er wird doch nicht …
– … nein, das glaube ich nicht, aber irgendetwas scheint er
   mir zu verschweigen.

Selikovsky knöpfte seinen Staubmantel zu und folgte seiner ehemaligen Gattin durch die Aula und das Eingangstor in den erneut einsetzenden Regen hinaus. Elke lächelte
ihrem Ex-Mann zu und wies ihn auf ein paar eingetrocknete Flecken auf dem grauen Mantel hin.

– Ich weiß, antwortete Selikovsky zerknirscht und versuchte, Elke trotzdem in die Augen zu sehen, ich hätte
   den Mantel in die Reinigung geben müssen, ich bin ein
   achtloser, schlampiger Mensch …
– Ich vermisse dich, antwortete Elke rasch und knöpfte
   sich die Wollweste zu, ich vermisse dich wirklich. Und
   Simon auch. Deinem Sohn gehst du noch viel mehr ab.
– Ich bin ein verdammt schlechter Vater – und ein Versa-
   ger als Ehemann.
– Du lebst einfach dein eigenes Leben, antwortete Elke und
   winkte Harald noch einmal zu, vielleicht hast du ja die

für dich richtigen Entscheidungen getroffen. Wir beide waren nicht füreinander gemacht. Du mochtest die Männer und ich …

– Stehst du etwa auf …, versuchte Harald, ihren Satz zu ergänzen, aber als er endlich dieses eine Wort »Frauen« aussprechen konnte, war Elke längst hinter der schweren Eingangstür des Realgymnasiums verschwunden.

IV – OFFERTORIUM

Am Nachmittag des folgenden Tages meldete sich eine gewisse Edith Burgstaller aus dem Innenministerium. Harald Selikovsky hatte keine Ahnung, wer sich hinter diesem Namen verbarg, außerdem war die Rufnummer unterdrückt, aber das konnte bei den Kollegen vom Ministerium schon einmal vorkommen. Frau Burgstaller, oder Magistra Burgstaller, wie die Anruferin mehrmals betonte, hatte eine sonore Altstimme und kündigte eine baldige Durchschaltung des Gesprächs zum Herrn Minister persönlich an. Kommissar Selikovsky trommelte ungeduldig mit den Fingerspitzen auf der Tischplatte herum und fragte sich, was zum Teufel der Innenminister ausgerechnet von ihm wollte.

Nach einem kurzen Knacks in der Leitung war der Chef persönlich dran, Herr über mehr als 33.000 Exekutivbeamte im Namen von Schutz und Sicherheit für alle 8,9 Millionen Einwohner Österreichs. Oder zumindest für die allermeisten davon. Selikovsky presste den Hörer ans Ohr und hörte sich den markigen Redefluss des Ministers für Innere Sicherheit an: zuerst eine kurze Einleitung, gefolgt von der üblichen Lobhudelei zu Selikovskys erreichten Erfolgen – bevor der eigentliche Grund für den Anruf an die Reihe kam: die geplante Überreichung des Goldenen Verdienstkreuzes der Republik Österreich. Genau dieselbe Auszeichnung, die bereits sein Vorgänger erhalten hatte, jener Hofrat Sellner, den Harald von einem Hubschrauber aus in einem

Schneefeld bei Ischgl erschossen hatte. Nachdem der ehemalige Profiler neun Menschen aus nichtigstem Anlass aus dem Weg geräumt hatte.

– Vielen Dank auch von meiner Seite für Ihr Engagement zur Aufrechterhaltung der Ordnung und zum Schutz nicht nur der österreichischen Bevölkerung, sondern auch unserer geschätzten internationalen Touristen. Sie müssen jetzt gar nichts sagen, Major Selikovsky. Eine Einladung zur offiziellen Verleihung übermittelt Ihnen meine Büroleiterin Burgstaller noch heute per E-Mail. Wir lernen uns in Kürze kennen, Glück auf! Und viel Erfolg bei Ihren nächsten Ermittlungen. Ich überlasse Sie jetzt wieder Ihrem Tagesgeschäft, einen Augenblick, bleiben Sie noch kurz dran.

Es machte noch einen Knacks in der Leitung, und eine vertraute Stimme war am anderen Ende der Verbindung zu hören.

– Na, wie war dein Chef?
– Sammy, du?

Lautes Gelächter drang durch die kabellose Verbindung. Die Vorzimmerdame des Innenministers, der Chef aller Polizisten höchstpersönlich.

– Du hast doch nicht etwa alle beide imitiert?
– Um ein Haar wärst du darauf hereingefallen, feixte Doktor Hörzer in den Hörer hinein, du musst zugeben, Charlys Vorzimmerdrachen und den Innenminister habe ich richtig gut drauf. Gratulier mir gefälligst oder sag etwas Nettes.

– Leck mich, grinste Harald Selikovsky über das ganze Gesicht und versuchte, mit der freien Hand die Grünpflanzen auf dem Fensterbrett zu gießen. Mehr als die Hälfte des Blumenwassers rann über die Fensterbank und den Heizkörper hinab auf den ohnehin schon ramponierten Sternparkett-Boden.

– Sei nicht so verkrampft, gab sich Doktor Hörzer etwas enttäuscht, schließlich habe ich dir gerade das Goldene Verdienstkreuz am blauen Band verleihen wollen.

– Das war doch nicht der Grund deines Anrufes, oder? Sonst müsste ich mir Sorgen um deinen Geisteszustand machen.

– Sei beruhigt, ich wollte dir nur noch etwas Wichtiges mitteilen, aber lieber telefonisch als in einem E-Mail, man weiß ja nie. Jedes Schriftl ein Giftl, wie der gelernte Wiener Bürokrat weiß.

– Hast du noch etwas zur Todesursache herausgefunden in der Mordsache Alexander Kugler.

– Allerdings, ich habe einen kleinen Test vorgenommen. An einigen meiner toten Patienten. Es dauert ungefähr 20 Sekunden, bis man einen Kehlkopf gebrochen hat. Und ich bin ein sportlicher Typ, habe sogar den Siebenten Dan seit dem vorigen Jahr.

– Sammy, du hast doch nicht bei deinen Leichen …

– Doch. Dir zuliebe habe ich diesen kleinen empirischen Test post mortem durchgeführt. Die drei waren ohnehin längst verstorben. Ein Eisenbahner, der in den Stromkreis geraten war, eine überfahrene Pensionistin und der Nachtportier eines Hotels, der ziemlich sicher an harten Drogen abgekratzt ist. Ich habe allen dreien den Hals umgedreht und die Dauer des Vorgangs mit meinem Chronografen gestoppt. Einmal 22, einmal 17 und das letzte Mal 19 Sekunden. Macht ungefähr 20 Sekunden im Schnitt. Aber du musst kräftig sein und sehr große Hände haben, die ordentlich zudrücken können.

– Sammy, das ist Störung der Totenruhe.

– Ach komm, alter Freund, ich habe dir nur einen heißen Tipp gegeben. Der Mörder des Jungen wird männlich, ungefähr Mitte 40 bis Ende 50 und von sehr kräftiger Statur sein. Damit kannst du alle Verdächtigen bis auf zwei oder drei streichen. Ich habe dir reichlich Ermittlungsarbeit abgenommen, mein Lieber. Eigentlich müsstest du mir dein verdammtes Goldenes Verdienstkreuz abtreten.

Jetzt lachten beide sekundenlang in den Hörer hinein. Selikovsky schüttelte den Kopf und dachte, was für eine komisch-tragische Nummer sein alter Kumpel Sammy abgezogen hatte: sich zuerst als Vorzimmerdame des Innenministers auszugeben, dann Haralds obersten Chef zu imitieren und zuletzt auf Zeit ein paar Leichen den Kehlkopf zu brechen, in durchschnittlich 20 Sekunden.

– Tja, mit mir ist es wirklich nicht fad, grinste Sammy in den Hörer hinein.

– Da stimme ich dir ausnahmsweise zu.

– Was machst du jetzt? Rausgehen und ein paar Leute verhaften?

– Ich fürchte, nein. Nach einer ersten Analyse von Alexanders WhatsApp-, Kik- und Snapchat-Verläufe tappe ich noch ziemlich im Dunkeln.

– Nichts Spannendes dabei?

– Nein, außer dass Alexander meinen Sohn Simon gut gekannt haben muss. Und er dürfte der Liebhaber von einem Klassenkollegen gewesen sein.

– Augenblick, doch nicht dein Simon?

– Doch, genau der. Anscheinend haben die beiden zusammen intensiv Klavier gespielt.

– Ist doch schön.

– Aber jetzt ist der Junge tot.

– Also wirst du …

– … Simon heute Abend besuchen. In der *Intermezzo-Bar* des InterContinental Hotels. Wo er an einem Piano sitzen wird und klassische Standards spielen wird. Aber ich werde ihn nicht als Vater besuchen, sondern …

– … als Kriminalkommissar.

Sammy pfiff durch die Zähne und stieß einen Seufzer in den Hörer hinein.

– Es wird sich schon alles aufklären.

– Das auf jeden Fall.

– Aber Simon ist eher zart gebaut, schmächtig.

– Ja und?

– Also kommt er als Täter gar nicht infrage. Ist doch gut, wenn ich dir zuliebe solche Experimente durchführe. Und dabei möglicherweise meine Stelle riskiere.

– Tausend Dank, Sammy, flötete Harald in den Hörer hinein, ich glaube, ich brauche heute Abend ein paar stärkere Drinks.

– Wer braucht die nicht, gab Doktor Hörzer zurück, du kannst ja später das Speakeasy meines ältesten Sohnes besuchen.

– Das *Last Exit*?

– Genau.

– Da war ich gestern schon.

– Ich weiß.

– Woher zum Teufel weißt du das?

– Weil du dort ein Schularbeiten-Heft liegengelassen hast.
  Pikanterie am Rande: Es gehört einem gewissen Alexander Kugler. Deine Ex-Frau scheint ziemlich streng zu ihm
  gewesen zu sein. So viele rote Linien habe ich seit meiner
  Unterstufen-Zeit nicht mehr gesehen.
– Und wo ist das Heft jetzt?
– Beim Innenminister, nein, lassen wir die Scherze: bei mir.
  Aber ich kann es dir gerne in der *Intermezzo-Bar* hinter-
  legen. Bei Thomas, dem Barchef. Ich werde es mit meinem Parfüm bestäuben, sonst riecht es zu sehr nach einem
  gewissen Örtchen.

Sammy lachte in den Hörer hinein und legte auf. Harald
Selikovsky hatte inzwischen den Fußboden vom Gießkan-
nenwasser gereinigt und das Smartphone auf die Tischplatte gelegt. Manche seiner Freunde konnten ziemlich
anstrengend sein. Vor allem, wenn sie sich als Stimmen-
imitatoren versuchten und gewisse Beweisführungen unter
fragwürdigen Umständen unternahmen. Doktor Samuel
Hörzer war diskret wie ein Wiener Hausmeister, charmant
wie ein grantiger Oberkellner in einem Wiener Kaffeehaus
und so ehrlich wie ein Gebrauchtwagenhändler, der ros-
tige Wracks als Schnäppchen der Woche an Ahnungslose
aus der hintersten Provinz verkauft. Trotzdem war er einer
der wenigen engen Freunde Selikovskys, jedenfalls einer,
auf den man sich verlassen konnte. Und das wog viel in
dieser Stadt, die sich ständig im Möglicherweise-Univer-
sum verlor. In einem riesigen Vielleicht mit einigen Fra-
gezeichen dahinter.

*

Kurz nach 18 Uhr verließ Selikovsky das Büro, mit hochgeschlagenem Mantelkragen, den Hut tief ins Gesicht gedrückt und die Aktentasche mit Laptop und einigen Datenträgern in der rechten Hand. Vor dem Eingang des Bundeskriminalamts sprach ihn ein fülliger Typ Ende 40 an, Selikovsky kannte den Journalisten in der viel zu engen Lederjacke und abgetragenen Jeans allzu gut: Alfred Regitnig, gebürtiger Kärntner und die graue Eminenz für Verbrechensberichterstattung bei der auflagenstärksten Zeitung des Landes.

– Sie ermitteln doch im Mordfall Kugler, Herr Kommissar?

Harald nickte und hoffte, nach einem kurzen Wortwechsel unbehelligt weitergehen zu können. Regitnig war bekannt für seine Aufdringlichkeit, ein abgebrühter Gerichtskiebitz, der stundenlang im Dauerregen ausharrte, um irgendein Gerücht, einen Hinweis oder ein wichtiges Detail für die Schlagzeilen von morgen in Erfahrung zu bringen. Die Gier nach der neuesten Top-Meldung, einer aufsehenerregenden Sensation und der nächsten fetten Headline war mit beiden Händen zu greifen. Sogar wenn man keine eigenen Hände mehr hatte.

– Und Sie haben auch schon eine erste Spur?
– Tut mir leid, Regitnig, wir stehen ganz am Anfang der Ermittlungen. Der Junge ist vorgestern am Marxer Friedhof aufgefunden worden, und das Obduktionsergebnis habe ich erst vor wenigen Stunden erhalten. Ich bedaure, im Moment mit nichts anderem als der soeben rausgegangenen OTS-Meldung dienen zu können.

Kommissar Selikovsky versuchte, sich an der fülligen Gestalt vorbeizudrücken, aber der Gerichtsjournalist dachte nicht daran, den Weg freizugeben. Der Geruch von süßlichem *Ottakringer Bier* und hastig gerauchten Filterzigaretten wehte Selikovsky wie ein Dunst aus der Vergangenheit an. Dazu noch diese *Chevignon*-Jacke. Die viel zu engen *Replay*-Jeans. Und die schütter gewordene Haartolle im Gesicht. Als ob ein pubertärer Mod-Junge aus den mittleren 80er-Jahren binnen einer halben Minute um vier Jahrzehnte gealtert und um 50 Kilo schwerer geworden wäre.

– Aber ahnen Sie, was wirklich dahinterstecken könnte? Alexander Kugler, der Marxer Friedhof, die Rückkehr des Biedermeier-Zeitalters und Mozarts 230. Todestag im kommenden Jahr – na, läuten da nicht die Alarmglocken?
– Keine Ahnung, worauf Sie hinauswollen. Aber vielleicht verraten Sie es mir ja.

Alfred Regitnig grinste hämisch wie ein Mittelschullehrer, der sich gerade an der kläglichen Darbietung eines Unterstufenschülers vor der Schultafel erbaute. Eine bedrohliche Stille breitete sich aus – kurz bevor das nächste Nichtgenügend im Notizbuch des allmächtigen Professors eingetragen werden würde. Obwohl Regitnig kaum mehr als ein abgebrochenes Studium der Musikwissenschaft vorweisen konnte.

– Ich sage nur: Wolfgang Amadeus Mozart.
– Okay, die Leiche des Jungen wurde in der Nähe der Gedächtnisstätte aufgefunden, und weiter?
– Der Schüler war ein Nachfahre des Friedhofwärters gleichen Namens. Der Mozarts – wie Sie es nennen –

Gedächtnisstätte errichtet hat. Kurz nach der Überführung der Gebeine eines gewissen Albrechtsberger, der weiland Mozart in der Position eines Adjunkten des Hofkapellmeisters nachgefolgt war.

– Und was hat das alles mit dem Mord an einem 16-jährigen Jungen zu tun?

– Es geht um ganz was anderes, als Sie denken, Selikovsky, raunte der Journalist und kam mit seinem unrasierten Pockennarbengesicht noch etwas näher. Der faulige Atem aus kaltem Zigarettenrauch, süßlichem Lagerbier und schlecht verdauten Leberkäs-Semmeln war mehr als deutlich zu riechen.

– Ich sage nur: Mozarts Schädel.

– Wie bitte?

Kommissar Selikovsky hatte ganz vergessen, dass der versoffene Journalist während seiner fünf Semester an der Musikhochschule Wien ein paar Kärntner Lieder verjazzt hatte, zusammen mit einer Band, die sich *Feichtwipfelmassaker Unlimited* genannt hatte. Irgendwie hatte Selikovsky noch das LP-Cover mit einer Flasche Schnaps und den Karawanken am verschwommenen Horizont im Gedächtnis behalten. Von diesem Tonträger waren höchstens 250 Stück verkauft worden, mehr als 80 Prozent davon im Ausverkauf auf diversen Wühltischen des Landes.

– Vor 14 Jahren noch hatten Musikwissenschaftler geglaubt, im Besitz des Totenkopfs von Wolfgang Amadeus Mozart zu sein. Angeblich gelangte das Relikt – oder sollte ich besser Reliquie sagen – vom Totengräber Rothmayer an einen Wiener Anatomen namens Joseph Hyrtl. Anfang des 20. Jahrhunderts wurde der Schädel dem *Mozarteum* in Salzburg überlassen. 2006 schließlich wurde anlässlich des 250. Geburtstags des Komponisten eine DNS-Analyse des Schädels in Auftrag gegeben.

– Und was kam dabei heraus, fragte Kommissar Selikovsky mit ungeduldigem Unterton in der Stimme, weil das Gespräch viel länger als gewollt dauerte und der füllige Journalist für Vermischtes und Verbrechen aller Art immer näher rückte.

– Natürlich nichts, grinsten die faulen Zähne des Boulevard-Journalisten, der besagte Totenschädel erwies sich als Fälschung. Dieser Totengräber Rothmayer war ein versoffener Tunichtgut, der einfach irgendeinen Schädel aus dem nächstbesten Schachtgrab entnommen und ihn für Mozarts Totenkopf ausgegeben hatte. In Wirklichkeit hatte er keine Ahnung, wo der größte Komponist aller Zeiten tatsächlich begraben worden war.

– Und ausgerechnet Sie wissen das, Regitnig, ich bitte Sie, das Ganze ist mehr als 200 Jahre her, längst verrottete Geschichte. Und was soll das alles mit dem toten Jungen vom Marxer Friedhof zu tun haben?

– Mehr, als Sie glauben, wiederholte Regitnig energisch und rückte näher an Selikovsky heran, der abgestandene Geruch aus Leberkäse, *Ottakringer Bier* und Filterzigaretten wurde noch stärker und benebelte den Kommissar wie eine giftige Wolkenbank aus ekelerregenden Zutaten. Mozart wurde nicht von Rothmayer, sondern von einem Simon Preuschl begraben, einem ehrenwerten Angehörigen des Sankt Marxer Bürgerspitals. Und Albrechtsberger war der Einzige, der Mozarts Sarg nach Sankt Marx begleitet und vielleicht sogar die beiden Tage der Aufbahrung abgewartet hatte, möglicherweise hoffte er auf das Wunder, Mozart käme in der Totenkammer wieder zu sich, aber …

– Worauf wollen Sie jetzt hinaus, Regitnig, unterbrach Harald Selikovsky den mehr als aufdringlichen Journalisten.

– Wahrscheinlich hat Preuschl Albrechtsberger das originale Schachtgrab gezeigt. Vielleicht lag es ganz woanders, in der fünften Reihe das zwölfte Grab zum Beispiel. Verstehen Sie, der 5.12., Mozarts Sterbedatum, der fünfte Dezember. Ein flaches, nur für diesen einen Sarg ausgehobenes Grab. Albrechtsberger hatte zehn Jahre Zeit, um den Schädel auszubuddeln.

– Warum soll ausgerechnet er so etwas gemacht haben?

– Weil Albrechtsberger Mozart verehrt hatte. Nicht nur, weil er selbst Mozarts Nachfolger als Adjunkt des Hofkapellmeisters geworden war. Ziemlich sicher wollte er dem Genie des Meisters so nahe wie möglich sein. Auf jeden Fall war höchstwahrscheinlich Albrechtsberger in den Besitz des Totenschädels gelangt, und nicht etwa Rothmayer, der versoffene Narr. Als Mozarts Frau im Jahre 1809 nach dem Grab Ausschau halten wollte, war die Stelle bereits anderweitig belegt worden. Rothmayer und Preuschl waren beide längst verstorben. Und Albrechtsberger lag entweder auf dem Totenbett oder hatte ebenfalls vor kurzem das Zeitliche gesegnet. Wahrscheinlich hat er Mozarts Totenkopf mit ins Grab genommen – daher müssen in seinem Sarg zwei Schädel gewesen sein.

– Und falls es so war – was zum Henker hat jetzt Alexander Kugler mit dieser Geschichte zu tun?

– Einen Augenblick, lächelte Regitnig und blickte sich nach allen Seiten um, als ob die verhassten Kollegen vom *Kurier*, vom *Standard*, der leitende Redakteur der *Presse* oder ein Konkurrent vom Staatsrundfunk jeden Augenblick um die Ecke biegen könnten. In Regitnigs Augen blitzte die Sensationsgier auf wie das gleißende Licht eines Suchscheinwerfers. Der Journalist rückte an Selikovsky bis auf wenige Zentimeter heran. Aus seinem Mund drang der faulige Gestank von schlechten Genussmitteln und fortgeschrittener Parodontose.

– Albrechtsberger ist Ende des 19. Jahrhunderts vom Sankt Marxer Friedhof auf den neuen Zentralfriedhof überführt worden. Im Unterschied zu Mozart befanden sich seine Gebeine unter dem Grabmal. Ein gewisser Alexander Kugler hat das Skelett ausgebuddelt, ist möglicherweise auf die zwei Totenköpfe gestoßen – und hat einen davon behalten. Kugler wusste, wem der viel ältere Schädel gehörte. Er war zwar nur ein einfacher Mensch, ging aber öfters zu Konzerten und liebte Mozarts Musik, spielte sogar selber leidenschaftlich Violine, wenn auch nur äußerst dilettantisch und auf einem sehr billigen Instrument. Aber er liebte Mozarts Kompositionen und bewahrte den Totenschädel des Meisters heimlich auf, bis er selbst starb.

– Und weiter, wollte Selikovsky wissen und sah auf die Uhr, weil er spätestens um 19.30 Uhr in der *Intermezzo-Bar* des InterContinental Hotels sein wollte, wo sein Sohn Simon den Barpianisten gab, an drei oder vier Abenden pro Woche.

– Dieser Alexander Kugler war der gleichnamige Urgroßvater des Jungen. Vielleicht wurde der Totenkopf innerhalb der Familie weitergegeben oder auch nur irgendwo deponiert. Möglicherweise hat der Gymnasiast den Schädel auch zufällig gefunden.

– Und woher sollte ein 16-jähriger Junge wissen, dass ein herumliegender Totenschädel Wolfgang Amadeus Mozart gehört haben könnte?

– Weil Albrechtsberger vor lauter Ehrfurcht das Geburts-
und Sterbedatum auf den Schädel des Meisters notiert
hat, 27.1.1756 und 5.12.1791. Vielleicht waren die Zif-
fern mittlerweile verblasst oder verschmiert, aber höchstwahrscheinlich doch noch erkennbar. Na, was sagen Sie
jetzt, Herr Kommissar?

Selikovsky musste zugeben, dass er ziemlich erstaunt war.
Die Story klang so hanebüchen wie erfunden und trotzdem
irgendwie möglich. Adrett zurechtgedacht und in ein Meer
aus biografischen Daten gebettet. Trotzdem war die ganze
Geschichte nicht viel mehr als reine Spekulation. So greif-
bar wie eine Sprechblase, die aus dem Mund eines Fantas-
ten quoll und nicht viel mehr als Mitleid oder ungläubiges
Staunen hervorrief.

– Sehen Sie, grinste der Boulevard-Journalist und trat ein
paar Schritte zurück – wie ein Provinzmaler, der sein
neuestes Stillleben betrachtete, diese Geschichte ist unbe-
zahlbar. Und noch dazu wahr. Oder wird wahr gemacht
werden. Von mir, von uns, von der auflagenstärksten Zeitung des Landes.

Im Bartstoppel- und Pockennarbengesicht des abgehalf-
terten Gerichtskiebitzes leuchteten bereits die atemberau-
bend hohen Auflagen des Boulevardblattes auf, die Regitnig zumindest die Beförderung zum Chefredakteur und
vielleicht sogar das Verdienstkreuz am Seidenband Erster
Klasse einbringen würden. Selikovsky seufzte. Wie so oft
war Regitnig von der eigenen Herrlichkeit fasziniert und
stand doch nur im Weg herum, wie zum Beispiel jetzt, gegen
19 Uhr abends, vor dem Eingang der Polizeidirektion Wien.

Die Drinks an der *Intermezzo-Bar* schienen weiter in die Ferne gerückt zu sein als der Andromeda-Nebel.

– Vielen Dank auch für die interessanten Ausführungen, Regitnig.
– Sie glauben mir nicht?
– Ich habe nur einen einfachen Mord an einem 16-jährigen Jungen aufzuklären. Der am Asperger Syndrom litt und ein talentierter Klavierspieler war. Der vielleicht von anderen Menschen ausgenutzt oder sogar missbraucht wurde.
– Aber die Dimensionen dahinter, die Musikgeschichte, der Kult um den größten Komponisten, den die Welt je hervorgebracht hat? Schauen Sie doch einmal über den Tellerrand Ihrer Alltagsgeschichten, Herr Kommissar.
– Soweit ich mitbekommen habe, geht es nur um einen verblichenen Schädel, sofern er überhaupt noch irgendwo existiert.
– Sie haben nicht die geringste Ahnung von der Bedeutung dieses Fundstücks, seufzte Regitnig und drehte sich um, Sie werden sehen, Selikovsky, was wir alles noch aufdecken werden. Die Musikgeschichte wird umgeschrieben werden müssen, daran besteht schon jetzt kein Zweifel.
– Haben Sie einen schönen Abend, erwiderte Selikovsky und wusste, was er in wenigen Minuten an der *Intermezzo-Bar* des *InterContinental-Hotels* bestellen würde: einen klassischen *Last Word*. Mit reichlich Gin, Limettensaft, Chartreuse und Maraschino. Der Kirschlikör konnte seinetwegen durch diesen neuen Bergamotte-Likör ersetzt werden. Italitus oder so ähnlich. Nach der Begegnung mit Regitnig benötigte Selikovsky jedenfalls einen ordentlichen Drink. Oder vielleicht sogar drei.

✳

– Du kippst den Cocktail ziemlich schnell hinunter, lächelte Simon und blickte kurz vom Klavier hoch, während er Beethovens *Mondscheinsonate* zu Ende spielte.

In der geräumigen Lobby des InterContinental Hotels waren nur wenige Gäste zu sehen – hauptsächlich Business-Leute, die trotz der schwächelnden Wirtschaftslage irgendwelchen Geschäften in Wien nachgehen mussten. Die unauffälligen Männer in den dunklen Maßanzügen saßen freudlos bei einem Glas Wein oder einem doppelten Scotch und tippten irgendwelche Nachrichten in ihre Smartphones hinein. Zwei ältere Kellner schlichen mäßig motiviert zwischen den Tischen herum und warfen alle 30 Sekunden einen Blick auf die Uhr, wie in einer billigen Dramatisierung von Thomas Manns *Zauberberg*, die gerade in einem Kurtheater draußen in Niederösterreich bis zur Schamlosigkeit entstellt wurde. Kommissar Selikovsky zuckte mit den Achseln und nippte an seinem zweiten *Last Word,* der diesmal in einem Tumbler mit Eiswürfeln serviert worden war. Der Chartreuse legte sich genauso sanft über seinen Gaumen wie sich die letzten Noten der Klaviersonate in der riesigen Lobby verloren.

– Auf dich, Simon, ich habe schon immer gern getrunken.

Simon nickte und griff mit seiner schmalen rechten Hand nach dem Wasserglas, das auf einem Underliner auf dem schwarz lackierten Holz des Bösendorfer Flügels stand.

– Auf uns, Papa.

Selikovsky zuckte bei diesem Wort noch immer ein bisschen zusammen. Papa, das klang nach Familie, gemeinsamer

Wohnung und sonntäglichen Ausflügen, nach den unver-rückbaren Standsäulen einer bürgerlichen Existenz, nach etwas Immerwährendem, Festem, Unabdingbarem jeden-falls. Papa, dieses Wort klang in Haralds Ohren nach einer längst vergangenen Zeit. Vor mehr als 14 Jahren war er aus der gemeinsamen Wohnung ausgezogen und hatte sich eine Eigentumswohnung im dritten Bezirk zugelegt, gar nicht weit vom Rochusmarkt und dem Realgymnasium in der Kundmanngasse entfernt. Damals hatte er sich mehr oder weniger über Nacht aus dem Staub gemacht, hatte Elke und den damals zehnjährigen Sohn in aller Eile verlassen, wie in Panik, das richtige, noch vor ihm liegende Leben zu verpas-sen, ein Leben in schlecht ausgeleuchteten Räumen, dampf-enden Saunakabinen und Whirlpools, in denen es richtig zur Sache ging, so von Schwanz zu Schwanz sozusagen, meilenweit von jeder familiären Verantwortung entfernt.

– Auf uns, wiederholte Harald leise und versuchte, sein schlechtes Gewissen wie eine lästige Schmeißfliege in der Küche zu verscheuchen.
– Ich hätte nie gedacht, dass du mich hier besuchen kommst, lächelte Simon, stellte das Wasserglas auf den Flügel zurück und fragte seinen fernen Vater, ob er vielleicht einen Musikwunsch habe, für dich spiele ich alles, lächelte Simon und strich seine schwarze Krawatte zurecht, na ja, fast alles; bei Helene Fischer oder Kerstin Ott würde ich es vorziehen zu passen.
– Könntest du mir vielleicht das vorspielen, fragte Seli-kovsky leise und griff in die Innentasche seines Sak-kos, holte ein zusammengefaltetes Blatt Papier hervor und legte es auf den Flügel, gleich neben dem Wasser-glas. Simon warf einen flüchtigen Blick darauf, hob die

Augenbrauen und fragte, ob er das kurze Musikstück wirklich 840-mal hintereinander spielen solle, das dauert dann ungefähr 28 Stunden, fügte er noch schelmisch hinzu.

– Wieso 840-mal, fragte Kommissar Selikovsky und genehmigte sich einen weiteren Schluck aus dem Tumbler.

– Weil es die *Vexations* von Erik Satie sind, auf Deutsch *Quälereien*. Ich glaube, du hast die Anmerkungen des Komponisten unter dem scheinbar kurzen Stück ignoriert – woher hast du die Noten?

– Ich habe den Zettel in der Brieftasche eines toten Jungen gefunden. Zwischen einer Bankomatkarte und zwei gefälschten Personalausweisen.

Simon legte die Hände auf eine bestimmte Tastenkombination und sah seinen Vater erschrocken an.

– Dann war dieser tote 16-Jährige am Sankt Marxer Friedhof wirklich der …

– Du kennst ihn, oder?

– Ja. Der Junge heißt Alex. Alexander. Alexander Kugler. Elke hat ihn schon vor Jahren zu mir geschickt. Nachdem er ihr auswendig ein paar Chopin-Etüden auf unserem Klavier in der Burggasse vorgespielt hat. Alexander war hochbegabt. Er hatte fast denselben Anschlag wie Dino Lipatti.

– Wie wer?

– Ein rumänischer Pianist. Der mit 16 Jahren bei einem Klavierwettbewerb im Jahr 1932 in Wien nur den zweiten Platz belegt hat. Worauf einer der Juroren unter Protest den Wettbewerb verließ und später der Lehrer des begabten Pianisten wurde. Leider hat Lipatti nicht lange gelebt. Er litt an Lymphdrüsenkrebs, wurde deshalb nur 33 Jahre alt und musste bei seinem letzten Konzert die Darbietung eines Chopin-Walzers abbrechen. Nach einer Pause hat er das Konzert doch zu Ende gespielt. Und sich mit dem folgenden Stück nicht nur von seinem Publikum verabschiedet, sondern auch von der fragilen Gegenwart seiner von Schmerzen durchfluteten Welt.

Simon zögerte ein wenig, legte dann doch die schlanken Finger auf die Tasten und spielte etwas von Johann Sebastian Bach. Nur drei oder vier Minuten lang, in denen unaufhörlich Tränen über seine hohlen Wangen flossen.

– Jesus bleibet meine Freude, flüsterte Haralds Sohn und trocknete seine Tränen mit einem weißen Stofftaschentuch, tut mir leid, dass ich jetzt geweint habe. Aber es muss wohl so sein. Alex war ein extrem talentierter Junge, ein Ausnahmetalent. Und ein seltsamer, fast zerbrechlicher Mensch obendrein. Wusstest du, dass er nur weiße Sachen anzog und ausnahmslos Speisen derselben Farbe zu sich nehmen wollte?

Harald nickte and erzählte von der Auffindung der Leiche am Sankt Marxer Friedhof, von seinem Besuch bei Alexanders Mutter und auch von der Begegnung mit diesem Josua Silbermayr im Bundesrealgymnasium Kundmanngasse.

– Alex war ein bizarrer Junge. Der auf seinem eigenen kleinen Planeten lebte. Einsam wie dieser kleine Prinz von Saint-Exupéry. Er verstand kaum, was die anderen sagten, und die meisten hielten ihn für bekloppt. Aber Klavier spielen konnte er hervorragend – auch wenn er sich sonst kaum die Schuhe zubinden konnte. Er hatte diesen einmalig zurückhaltenden Anschlag, der manchmal auch sehr bestimmt sein konnte. Wie in diesem Stück hier.

Simon legte das kopierte Blatt mit den vier Notenzeilen auf die Ablage über den Tasten und spielte das kurze Erik-Satie-Stück in nicht einmal zwei Minuten vom Blatt. Dann noch einmal. Und ein drittes, viertes und fünftes Mal. Insgesamt wiederholte er das Stück 15 Mal. Eine Quälerei für jedes Lebensjahr des ermordeten Jungen. Insgesamt 33 Minuten lang. Oder eine Minute für jedes Lebensjahr, das Dino Lipatti erlebt hatte.

– Alexander liebte Erik Satie.
– Und Mozart, fragte Kommissar Selikovsky.
– Oh nein, Mozart mochte er gar nicht. Oder sagen wir, er verstand ihn nicht richtig. Zu viele Noten, hatte Alex immer geseufzt, und zu wenig Pausen. Bei Erik Satie war es umgekehrt. Fast nur Pausen. Und kaum Noten dazwischen. Wie auch immer. Alexander Kugler war der seltsamste Mensch, den man sich vorstellen konnte. Und außerdem liebte er Pinguine. Weil sie einander in der erbärmlichsten Kälte wärmten. Und weil sie schwarzweiße Vögel waren, flugunfähig zwar, aber dafür großartige Taucher.
– Hast du eine Ahnung, wer … fragte Kommissar Selikovsky und sah auf seinen Sohn, auf die weißen und schwarzen Tasten des Klaviers herab und wünschte, er hätte viel mehr Zeit für Simon und sein musikalisches Talent aufgebracht. Der junge Barpianist schüttelte nur den Kopf und begann, ein anderes Stück von Erik Satie

zu spielen: *Ogive Nummer eins*. Ganz langsam. Mit wenigen Noten. Und sehr vielen Pausen dazwischen.

– Das ist ein Stück, wie für Alex geschrieben. Eigenwillig. Verschroben. Irgendwie ungelenk. Genau wie sich der Junge bewegte. Man hätte glauben können, er würde jeden Augenblick umfallen. Als ob er etwas getrunken hätte. Dabei hat er Alkohol nicht angerührt.

– Und Drogen? Tabletten? MDMA oder so?

– Papa, Alex war 16. Er hat Milch getrunken. Und gerne ein Stück Malakoff-Torte gegessen. Oder weißen Wurzelspeck. Ohne Brot dazu. Und trotzdem war er so dünn wie ein Zahnstocher. Alexander ist doch nicht auf dem Sankt Marxer Friedhof umgebracht worden?

– Nein, antwortete Harald, er wurde wahrscheinlich ganz woanders erdrosselt. Irgendjemand hat dann seine Leiche auf diesem Biedermeierfriedhof deponiert. Aber wer? Und warum?

– Hast du schon Angie kennengelernt, fragte Simon leise und sah durch die hohen Fenster neben dem Klavier in die Nacht hinaus.

– Diese Sängerin einer Dark-Metal-Band?

– Genau die. Alex war so etwas wie ihr Freund. Die beiden hatten jedenfalls etwas miteinander. Es war eine sexuelle Beziehung der etwas außergewöhnlichen Art.

– Was meinst du damit, Simon?

– Sie praktizierten wohl Fesselspiele und härtere Sachen. Alex konnte sanfte Berührungen oder Küsse kaum aushalten. Dagegen mochte er es, gekratzt, geschlagen und sogar getreten zu werden. Es hat ihm nichts ausgemacht, ganz im Gegenteil: Es hat ihn höchstwahrscheinlich erregt.

– Und Angie …

– … hat nicht nur mitgespielt, sondern das Ganze erst angefacht, weiterentwickelt, perfektioniert. Manchmal waren die beiden tagelang wie vom Erdboden verschluckt. Niemand wusste genau, wo sie waren. Nicht in Wien jedenfalls. Das alles geschah, kurz bevor die Aufnahmen zum ersten Tonträger ihrer Band begannen.

– Alex hat bei dem Bandprojekt mitgemacht?

– Ja, er hat fast die gesamten Basslines geschrieben und dieses Satie-Chanson ins Unheimliche transponiert. »Je te veux«, im Original klingt das so.

Simon spielte ein paar heiter klingende Tonfolgen an und unterbrach das Stück nach wenigen Takten.

– Eigentlich nichts als ein kitschiger Walzer. Aber in Moll gehalten und äußerst langsam gespielt, klingt dasselbe Stück nach Vergänglichkeit, Trauer, beinah nach Verdammnis.

Simon wiederholte das Stück, aber die zuvor so heitere Melodie klang jetzt bedrohlich und dunkel, aus dem Takt, aus der Welt, aus allen Gesetzmäßigkeiten geraten.

– Wenn du die Noten auf einem verfremdeten alten Moog-Synthy spielst, wirkt das Stück noch düsterer, fügte Haralds Sohn hinzu, Alex hat sich gut in dunkle Parallelwelten einfühlen können. Weil er sich sowieso einsam und unverstanden vorgekommen ist. Wie ein einzelner Pinguin in der Antarktis, ausgeliefert in einer unendlichen Kälte. Eines für ihn unbewohnbar scheinenden Planeten. Nur diesen Josua hat er näher an sich herangelassen. Noch näher als Angie. Vor Frauen hatte er auch irgendwie Angst. Wie ohnehin vor fast allem.

Selikovsky leerte seinen Drink und bestellte sich noch einen Chivas Regal 18 years old, sechs Zentiliter im Tumbler, ohne Eis, ohne alles. Der tote Junge kam ihm immer unheimlicher vor: hochtalentiert, zutiefst verunsichert und kaum sozialer Regungen fähig. Andererseits konnte er hervorragend Klavier spielen und komponierte sogar. Und er hatte sich oft auf diesem Biedermeierfriedhof aufgehalten, der längst zu einer Parkanlage mutiert war. Zu einem Naherholungsgebiet. Selikovsky leerte den schottischen Whisky in einem Zug und sah auf die Uhr. Es war kurz vor 21 Uhr. Irgendetwas sagte ihm, dass er noch einen Abstecher hinaus auf den Friedhof machen sollte. Er bezahlte seine Drinks, gab Simon ein üppiges Trinkgeld und streichelte seinem Sohn ganz leicht über den Kopf, eine Handbewegung, die ihm erotisch und überflüssig zugleich vorkam.

– Pass auf dich auf, sagte Harald verlegen und sah Simon tief in die Augen. Der junge Klavierspieler wich dem Blick aus und starrte nur auf das schwarz-weiße Tastenensemble des riesigen Konzertflügels. Eine Stille breitete sich zwischen den beiden aus wie eine viel zu lange Pause, die alle bisher gespielten Tonfolgen unwiderruflich auslöschte.

– Ich hätte besser auf Alexander achtgeben sollen, erwiderte Simon und spielte noch einmal die *Vexations* an, knappe zwei Minuten lang, während sein Vater die Hotellobby verließ, ein dunkler Schatten, der in die Nacht hinauseilte, einer vagen Vermutung folgend, die ihn hinaus Richtung Friedhof führte, dorthin, wo jede Hoffnung einem Grabstein gewichen war. Einem verwitterten Holzkreuz oder auch nur sechs Quadratmetern Wien.

*

Ein nächtliches Wien glitt an Selikovskys Wagen vorüber, feindselig, grau und sich selbst überlassen. Noch immer waren abends die Straßen wie leergefegt, und nur wenige Passanten hielten sich auf der sonst so belebten Landstraßer Hauptstraße auf. An einer Straßenecke knutschten wenigstens zwei junge Leute miteinander, zwei junge Männer, zwei Frauen oder ein sehr junges Heteropaar – ein bisschen sah es so aus, als ob ein Paar letzte Zärtlichkeiten vor dem Weltuntergang oder wenigstens vor der nächsten fetten Schlagzeile austauschen wollte: »Toter Junge vom Sankt Marxer Friedhof – Führt die Spur zu Mozarts verschollenem Schädel?«

Selikovsky seufzte, während er vor einer auf Rot stehenden Ampel die Schlagzeile des weggeworfenen Kleinformats las. Die Blätter der Tageszeitung wurden vom aufkommenden Wind in alle Richtungen verstreut, nur der Sportteil mit der Heldengeschichte eines prominenten Tennisspielers blieb am Pfosten einer Straßenlaterne hängen. Aus dem Autoradio quollen Nachrichten wie Wolken aus übelriechendem Rauch. Ungarn, das sämtliche Menschenrechte in Abrede stellte und gerade die gleichgeschlechtliche Ehe verbot. Das polnische Parlament, das soeben die Abtreibung für illegal erklärt hatte. Weißrussische Aktivisten, die letzte Nacht zu Hunderten in Minsk verhaftet worden waren. Zuletzt die gezogenen Lottozahlen 5, 9, 11, 12, 16, 17, Zusatzzahl 43. Zahlen, die Selikovsky bekannt vorkamen. Das Sterbe-

datum Mozarts. Das Alter des toten Jungen. Und die Haus-
nummer seiner Heimatadresse. Alles schien sich um diesen
mysteriösen Alexander Kugler zu drehen. Sogar das knut-
schende junge Paar da draußen erinnerte Selikovsky an den
Gymnasiasten und seinen seltsam aalglatten Freund, dessen Name dem Kommissar gerade nicht einfallen wollte.

Nachdem die Ampel auf Grün gesprungen war, bog Harald
Selikovsky in die Leberstraße hinein und fuhr ganz langsam am Eingangstor des bereits geschlossenen Friedhofs
vorüber. Im Wärterhaus brannte noch Licht, und irgendwo
waren ständig wiederkehrende Tonfolgen zu hören. Ein
paar harte Anschläge auf einem verstimmten Klavier. Ein
dunkler Mittelklassewagen stand unweit vom Friedhofsein-
gang, und hinter den dunklen Scheiben schien sich der füllige Oberkörper eines Mannes im fortgeschrittenen Alter
zu bewegen. Harald überlegte, seinen Passat anzuhalten
und ein paar Blicke in das verdächtige Fahrzeug zu riskieren – als das Handy mit leisen Summtönen anschlug. ›Anonymer Anruf‹ stand auf dem Display, und Harald zögerte
ein wenig, bevor er doch zum Handy griff und sich leise
mit seinem Nachnamen meldete.

– Er ist tot, sagte die Stimme, entschuldigen Sie, Herr Kom-
    missar, hier ist Marianne. Marianne Kugler. Mein Mann ist
    vor wenigen Stunden gestorben. Verzeihen Sie mir, aber
    ich wusste nicht, wen ich sonst anrufen sollte.
– Mein Beileid, antwortete Selikovsky und starrte auf die
    regennasse Fahrbahn hinaus, weil er glaubte, da draußen
    im Nieselregen eine schmale Gestalt erkennen zu können,
    die sich rasch aus seinem Gesichtsfeld entfernte.
– Es wäre schön, wenn Sie vorbeikommen könnten. Ein-

fach so. Auf einen Kaffee, einen Schnaps, auf irgendetwas, das meine Einsamkeit unterbricht und diese verdammte Trauer in mir.

– Ich kann in zehn Minuten bei Ihnen sein.

– Sie waren jetzt ... dort, habe ich recht?

– Nur beinahe, antwortete Selikovsky leise und lenkte den Wagen aus der Stadt hinaus, an diesem stillgelegten Gewerbegelände vorbei, dieser Reihenhaussiedlung am Stadtrand entgegen, dort, wo es die Ansammlung aus orangefarbenen und gelben Einfamilienhäusern gab – und dieses eine, ganz in Weiß gestrichene Haus.

Harald stand in der Nähe des Steinway-Flügels im Wohnzimmer, mit einem Glas Wasser in der Hand, und hörte Marianne Kugler zu. Im Vorzimmer stand noch der graue Trolley, den ihr Mann ins Krankenhaus mitgenommen hatte, dazu ein dunkles Tweed-Sakko und ein Paar Hausschuhe, die in einem gelben Plastiksack steckten.

– Ferdinand hätte gern noch einmal seinen Sohn gesehen, flüsterte Marianne Kugler, ich habe ihm gesagt, Alexander sei krank und dürfe nicht kommen. Ganz zum Schluss habe ich meinen Mann angelogen, weil ich es nicht übers Herz gebracht habe, ihm in der Intensivstation die Nachricht vom Tod unseres einzigen Sohnes zu überbringen. Er ist am späten Nachmittag unter Dutzenden Infusionsschläuchen und dem Beatmungsgerät verstorben. Krebs. Multiples Organversagen. Eigentlich ist Ferdinand an seinem Jobverlust verreckt. Die *Aspanger Motorenwerke* haben ihn rausgeschmissen, nach über 20 Jahren, zusammen mit Hunderten anderen Leuten. Rationalisierung. Werksauflassung. Profitmaximierung.

Wachstum ohne Rücksicht auf irgendwas oder irgend-wen. Schön, dass Sie so schnell gekommen sind, Herr Kommissar.

Harald Selikovsky nippte an seinem Wasserglas und stellte es auf eine Papierserviette am Steinway-Flügel. Es war ein schönes, sehr gediegen wirkendes Klavier, das diesen nicht besonders großen Raum wie ein riesiger schwarzer Kubus einnahm.

– Ich war vorhin im InterContinental Hotel, wo mein Sohn sich zwei- oder dreimal die Woche etwas als Barpianist verdient. Er hat Informatik und Betriebswirtschaft stu-diert, aber eigentlich möchte er nur noch Klavier spielen.
– Er heißt Simon, habe ich recht, fragte Marianne Kugler und wischte sich eine Träne aus dem Gesicht, er war öfters hier und hat auf diesem Flügel mit Alexander geprobt. Angeblich ein Stück, das sie gemeinsam komponiert haben, aber Genaueres weiß ich auch nicht, sie saßen oft stundenlang da und haben vor sich hin geklimpert. Ganz dunkle, verhaltene Töne. Seltsam, die beiden. Alexander genauso wie Simon.

Kommissar Selikovsky hob die Augenbrauen und sah Mari-anne Kugler erstaunt an. Dass sein Sohn mit dem talentier-ten Jungen Klavier gespielt hatte, war ihm bekannt, nicht aber, dass sich Simon auch hier aufgehalten hatte.

– Nicht nur einmal, fuhr Marianne Kugler fort, als hätte sie Haralds Gedanken erraten, mindestens ein Dutzend Mal, und stets einen halben Tag lang. Auf dem Flügel lagen Notenblätter verstreut und schwarze Filzstifte. Das Stück, an dem sie schrieben, hat düster und traurig geklungen. Fast alles war in Moll komponiert, glaube ich. Entschuldigen Sie, wenn ich Sie damit belästige, Herr Kommissar.

– Ganz im Gegenteil, erwiderte Harald Selikovsky und setzte sich ans Klavier, öffnete das schwarz lackierte Tastenverdeck und begann, eine ganz einfache Melodie zu spielen, eine Chopin-Etüde, die er nach wenigen Taktfolgen abbrach, ich kann überhaupt nicht gut spielen, schüttelte Harald den Kopf, schon gar nicht so außergewöhnlich wie Alexander oder Simon oder …

– … Papo, fügte Marianne Kugler rasch hinzu, Sie kennen doch sicher den Parkwächter von Sankt Marx, er spielt Orgel in der Pfarrkirche Simmering und hat ein abgebrochenes Musikstudium hinter sich, Kontrapunkt und Klavier, glaube ich. Jetzt hütet er ein paar tausend Bienen und die längst verblichenen Toten …

– Kugler, murmelte Selikovsky und blickte Marianne aufmunternd an, der Name ist doch auch mit diesem ehemaligen Friedhof verbunden.

– Ja, der Urgroßvater meines Mannes muss dort diesen Andachtsort für Mozart erbaut haben, mehr oder weniger aus irgendwelchen Fundstücken des Friedhofs zusammengestohlen, eine abgebrochene Säule, diesen erschüttert dreinblickenden Kinderengel, eine Schiefertafel und so. Aber ich glaube, Ferdinand hat diese Geschichte nie interessiert. Er war ein Ingenieur, hatte die HTL für Maschinenbau absolviert und nach ein paar Jahren als Bundesheer-Offizier im *Aspanger Motorenwerk* angeheuert. Er war ein Bastler, wie er im Buche steht. Und richtig traurig darüber, wie ungeschickt sein einziger Sohn war. Alexander hasste Motoren. Mit dem Geruch von Schmieröl und Putzbenzin konnte man ihn wie ein Gespenst vertreiben. Am liebsten fuhr er mit seinem weißen Fahrrad stundenlang durch die Stadt. Eine Melodie auf den Lippen, ein paar Tonfolgen im Ohr. Oder er besuchte Josua, Angie, Ihren Sohn Simon oder diesen seltsamen Papo. Alexander hatte überhaupt nur seltsame Freunde. Keine richtigen jedenfalls, außer diesen Josua vielleicht, aber der ist auch nicht ganz normal.

– Wieso glauben Sie das, fragte Selikovsky, schloss das Klavierverdeck und leerte das Wasserglas.

– Es ist so ein Gefühl, antwortete Marianne und blickte auf die Uhr, mein Gott, ich habe Sie fast anderthalb Stunden aufgehalten. Sie sollten längst gehen und Ihren Feierabend nicht bei einer verhärmten Witwe verbringen.

– Ich bin gerne gekommen, lächelte Harald Selikovsky und fragte Marianne Kugler, ob sie allein zurechtkommen würde.

– Machen Sie sich keine Sorgen, Herr Kommissar, ich bin schon die ganze Zeit über einsam gewesen. Die Ehe war nicht besonders harmonisch. Ferdinand und ich haben uns bereits nach wenigen Jahren auseinandergelebt. Wenn unser Junge nicht so seltsam gewesen wäre, hätten wir einander schon längst aus den Augen verloren. Vielleicht war unsere Ehe auch ein einziger Irrtum – ein Irrtum, der fast 18 Jahre gedauert hat. Ferdinand hat seine Motoren geliebt, an seiner Harley herumgeschraubt oder für betuchtere Bekannte Oldtimer instandgesetzt, er konnte mit Autos weitaus besser umgehen als mit Menschen. Fast genauso verschlossen wie sein Sohn. An anderen Menschen wenig interessiert. Wenn er fünf Sätze gesprochen hat, war das schon viel.

Marianne Kugler begleitete den Kommissar zur Tür und flüsterte, dass sie morgen ganz sicher Besuch von ihren

Verwandten bekommen würde. Es klang, als hätte sie davor Angst und wollte vor dieser kollektiven Neugier am liebsten Reißaus nehmen.

– Wenn Sie noch etwas brauchen …

– … melde ich mich, ergänzte Selikovsky den zaghaft begonnenen Satz und öffnete die Fahrertür seines Dienstwagens. Auf dem dunklen Wagenblech lagen ein paar Millimeter Schnee, eine erste Ahnung vom Winter. Die Lichter in den angrenzenden Häuser waren längst gelöscht, nur hinter einem Vorhang war noch das bläuliche Licht eines aufgedrehten Fernsehgerätes zu sehen.

– Wann immer Sie wollen, versuchte Marianne Kugler mit fester Stimme zu erwidern und schüttelte den Kopf. Das dunkelbraune Haar fiel ihr in dichten Strähnen ins Gesicht und verdeckte die Tränen, die ihre Wangen hinabrannten.

Selikovsky setzte sich an das Lenkrad und steuerte den Wagen in die Nacht hinaus. Auf dem Parkplatz vor dem Sankt Marxer Friedhof stand kein einziges Fahrzeug mehr, das Wärterhaus war vollkommen dunkel, nur hinter dem verschlossenen Tor war das Licht einer flackernden Kerze zu sehen – als ob eine verirrte Seele auf dem Friedhof herumstreunte und die Sterblichkeit auf Erden beweinte.

*

– Herr Professor, es tut mir leid, aber ich habe schon wieder die Schularbeit verbockt.

Dominique stand in enger Satinjacke, halb geöffnetem Seidenhemd und einer Jeans, die mehr aus Löchern als aus

Denim bestand, vor Haralds Wohnungstür und hielt dem Kommissar ein paar Zettel voller Formeln und rot angestrichenen Rechenaufgaben hin, zusammen mit der abschließenden Benotung: Erreichte Punkteanzahl 13/59. Endnote: Nicht genügend.

– Ich habe es nicht anders verdient, fügte Dominique kleinlaut hinzu, trat über die Türschwelle, zog die schwarzen Stiefeletten aus und ging in Socken zum verspiegelten Schlafzimmer hinüber, du musst die Peitsche holen, Herr Professor, die Bitch-Klatsche reicht nicht mehr aus, ich brauche es mit der Siebenschwänzigen auf den haarlosen Hintern. Mach schon. Die Zeit drängt. Wir haben bereits Dezember und sind nur einen Mathematiktest bis zum Halbjahr entfernt. Wenn ich im Zeugnis eine Fünf stehen habe, komm ich ins Heim.
– Josephu, begann Harald, der dem jungen Mann ins Schlafzimmer gefolgt war, lass bitte den albernen Unsinn und benimm dich wenigstens wie achtzehneinhalb. Was sollen die Nachbarn denken?
– Aber Herr Professor, entrüstete sich der inzwischen von allen Kleidungsstücken befreite Angestellte der *Österreichischen Lotterien*, ich bin doch Dominique, der große Blonde aus der 7b, erste Reihe, rechts außen, ganz bei der Tür. In ungefähr fünf Minuten muss ich wieder einmal aufs Klo und hoffe, du folgst mir dann – ohne Abstand und störende Bekleidung. Nur die Ledermannmaske darfst du dir gerne aufsetzen.

Harald rollte mit den Augen, zog die Vorhänge zu und fügte sich in das Schicksal seiner momentanen Rolle als Mathematikprofessor, den der bescheidene Intelligenzquotient seines hübschesten Schülers sowohl an den Rand der Verzweiflung als auch zu Wollust und Raserei trieb. In der nächsten halben Stunde ging es im Schlafzimmer wie in gewissen Clips auf *YouPorn* zu, danach stellte Harald eine Flasche Champagner, zwei Gläser und die Sonos-Box auf den Nachttisch. Beethovens *Mondscheinsonate* beschallte das Schlafzimmer, und der Inhalt der französischen Schaumweinflasche blubberte in die mundgeblasenen *Riedel*-Gläser. Das gemeinsame Perlen aus Tonfolgen und winzigen Luftbläschen belebte die Stille im Raum.

– Die Rollenspiele mit dir sind immer so heiß, flüsterte Dominique alias Josephu, das nächste Mal musst du wieder einen konservativen Minister oder den Erzbischof spielen, einen richtig perversen Kerl jedenfalls.
– Auf dich, lächelte Harald und hörte dem langsamen ersten Satz der Beethoven-Sonate hinterher.
– Klingt auch ein wenig nach Mozarts *Don Giovanni*, lächelte Dominique Harald aufmunternd zu, bevor er das Glas leerte und zu einem Schularbeitenheft auf der anderen Seite des Bettes griff, da ist ja wieder dieses Deutschheft, mit dem du mich schon das letzte Mal im »Last Exit« ganz verrückt gemacht hast.
– Hey, Josephu, lass das bitte, erwiderte Selikovsky und warnte Dominique vor dem Schlimmsten, sonst wirst du nie wieder den Minister, einen Kardinal oder eine andere Autoritätsperson in Uniform treffen.
– Oh mein Gott, kreischte die jugendliche Lottofee und überließ Harald das Beweisstück, wenn das so ist, rühre ich nie wieder etwas anderes als dieses Champagnerglas und deinen wunderbaren Na-du-weißt-schon-was an.
– So ist's recht, lächelte Harald und schaute auf die Uhr, es

war Samstag, kurz vor Mitternacht, und in der Wohnstraße vor den Fenstern waren wieder die Stimmen von Menschen zu hören, die von einer Bar in das nächste Nachtlokal zogen und sich dabei wie Soldaten anhörten, die auf das erfolgreiche Ende eines langen Krieges anstoßen wollten, auf die gemeinsam bewältigte, unabänderlich gewordene Geschichte. So unverrückbar vergangen wie diese grauen Grabsteine am Sankt Marxer Friedhof, der eigentlich gar kein Friedhof mehr war, sondern eine Parkanlage. Ein Naherholungsgebiet. Oder was auch immer.

– Dieser Aufsatz ist richtig toll geschrieben, flüsterte Dominique und deutete auf eine aufgeschlagene Doppelseite im Schularbeitenheft, der mit dem Titel *Mein bester Freund*. Kann es sein, dass dieser Junge auch schwul war?

– Dominique, bitte …

– Ich wette sogar 20 Euro darauf! Ich meine, wer schreibt mit 16 so gefühlvoll über seinen … Freund. In diesem Alter habe ich mir nur den Verstand aus der Seele gewichst. Oder mich auf einer Bahnhofstoilette mit älteren Kerlen getroffen.

– Andere Jungs spielen dafür Klavier, komponieren Musikstücke und essen nur Speisen in weißer Farbe.

– Ach komm, verarsch einen anderen, Herr Professor. An deiner Stelle würde ich einmal einen Blick auf die allerletzte Seite im Heft werfen.

Dominique schlug die Decke zurück, zog sich den knappen roten Slip an und ging ins Badezimmer hinüber. Harald hörte das Wasser aus der aufgedrehten Regendusche prasseln und überlegte, ob er nicht doch den letzten Joint aus dem Tresor holen sollte. Während er seufzend die *Mondscheinsonate* auf der Sonos-Box deaktivierte, fiel sein Blick auf die aufgeschlagene letzte Seite des Schularbeiten-Hefts. In vielen kleinen Kugelschreiberpunkten stand da ein Name geschrieben. Nicht Joseph. Nicht Josua. Nicht Jonny. Sondern, Harald kniff die Augen zusammen – J-O-S-Y vielleicht? Josy. Der Name eines Mädchens, das Alex vielleicht heimlich verehrt hatte. Mit 16 konnte man sich jeden Tag in einen anderen Menschen verlieben. Die Hormone im Körper spielten verrückt, der Verstand brach widerstandslos in sich zusammen, und die Akkorde und Tonfolgen durchdrangen die feinen Ohrmembrane und tauchten noch den grauesten Alltag in das betörende Licht von *Photoshop*-Sonnenuntergängen – hör nicht auf zu spielen, Alex, solang du spielst, ist deine verrückte Welt im Lot und alles in Ordnung. Eine innere Stimme, die den Jungen zum ständigen Spielen anspornte. Oder gehörte die Stimme zu Angie, oder doch zu Josua, gehörte sie etwa zu Simon, zu Elke oder zu Papo? Und wer oder was in aller Welt konnte sich hinter diesem Kürzel Josy verbergen? Harald starrte an den Ventilator an der Decke, und dann fiel es ihm wieder ein. Josua hatte eingeräumt, einige Deutschaufsätze für seinen Freund geschrieben zu haben, vielleicht sogar diesen. War Josy, überlegte Kommissar Selikovsky, am Ende etwa ein anderer Name für …

– Du denkst schon wieder an die Arbeit, seufzte Dominique, nachdem er ins Schlafzimmer zurückgekehrt war und sich aufreizend langsam die engen Jeans anzog, das taillierte Seidenhemd zuknöpfte und sich wieder in einen ernsthaften jungen Mann zu verwandeln begann, der sein Studium beendet und vor kurzem einen guten Job in der Marketing-Abteilung der *Österreichischen Lotterien* angetreten hatte. Ein smarter Twen, der klassische Musik bevorzugte, am liebsten italienisch essen ging und sich manchmal älteren Männern hingab, für ein heißes Rollenspiel lang, das dennoch ziemlich viel Wahrheit enthielt. Eigentlich nichts als die Wahrheit. Und deshalb so wahrhaftig rüberkam. So authentisch. Einfach Dominique. Der in Wirklichkeit Josephu hieß. Und dann doch wieder dieser Junge mit dem französischen Namen war. So verräterisch elegant. So bescheuert pubertär. Wie ein in die Wirklichkeit gebeamter Peter Pan: eine Comicfigur, anziehend, jung und niemals erwachsen.

V – SANCTUS

Die auflagenstärkste Tageszeitung des Landes schien gut die Hälfte aller verfügbaren Plakatwände, Cityboards und Litfaß-Säulen in der Wiener Innenstadt gemietet zu haben, um die neueste Artikelserie zu pushen: *W.A.M. – Mythos, Genie, Legende und Wahnsinn.* Regitnig hatte sich offensichtlich bei der Chefredaktion durchgesetzt und bastelte gerade an seinem Opus Magnum herum: einer ganzen Serie von schülerhaft formulierten Artikeln, die sich weniger mit dem Leben und Werk als dem Tod des Komponisten befassten und den damit verbundenen Reliquien ausführlichen Raum schenkten: mehrere angeblich echte Haarlocken des Meisters, die bronzefarbene Totenmaske, der als unecht eingestufte Totenkopf aus dem Rothmayer-Hyrtl-Nachlass oder Edlingers Bild aus dem letzten Lebensjahr des Schöpfers von *Don Giovanni*, dem *Requiem* und der *Zauberflöte* – all diese Natura-Morta-Gegenstände schienen weitaus wichtiger als das eigentliche Werk des Komponisten geworden zu sein. Als ob der versoffene Gelegenheitsjournalist eine Art Frankenstein wäre, der aus den Residuen des Mozart-Totenkults eine Art Monster für die Allgemeinheit basteln wollte, so bieder wie eine Spieldosenmelodie aus den berühmten Akkorden der *Kleinen Nachtmusik*, allerdings ohne jedes Vorzeichen wiedergegeben.

Harald Selikovsky schüttelte den Kopf und starrte die nächste Litfaß-Säule an der Ringstraße an. Am Ende der Artikelserie würde der echte Totenkopf des Meisters erscheinen, der Schädel, dessentwegen – so lautete wenigstens Regitnigs an den Haaren herbeigezogener Verdacht – ein 16-jähriger Schüler ermordet worden war, nur weil er Kugler hieß und diesen verrotteten Totenkopf gehortet haben könnte – wer weiß aus welchem Schachtgrab des Sankt Marxer Friedhofs gebuddelt. Obwohl es dafür nicht den leisesten Anhaltspunkt gab, war die Jagd nach dem vermeintlichen Schädel beschlossene Sache. Die Klatschpresse würde mit riesigem Aufwand mehrere Friedhöfe umgraben lassen, um der knöchernen Kostbarkeit endlich habhaft zu werden. Gegen jede Vernunft und gegen jeden historisch belegten Sachverhalt. Im Grunde wollte Alfred Regitnig einfach Chefredakteur werden. Und diese Story sollte ihn endgültig in den Olymp der Klatschpresse hieven.

Ein Besuch bei Angie hatte Kommissar Selikovsky auch nicht weitergebracht. Die Dark-Metal-Sängerin hauste in einer aufgelassenen Fleischkonservenfabrik in der Nähe der Wiener Arena, einem verwilderten Veranstaltungsgelände, das gleichermaßen von Gestrüpp, Graffitis und weggeworfenen Bierdosen zugewuchert war, aber in Punk- und Dark-Metal-Kreisen noch immer eine gewisse Reputation hatte. Sogar Patti Smith war dort aufgetreten, oder *Laibach*, die *Einstürzenden Neubauten* oder die *Dead Kennedys*, Michael M. Gira von den *Swans* und weiß der Teufel noch wer, vielleicht sogar der Beelzebub höchstpersönlich.

Im Parterre der ehemaligen Konservenfabrik gab es ein gut eingerichtetes Tonstudio namens Hell's Gate, in dem Angie den ersten Tonträger ihrer Band *Come to my Funeral* aufgenommen hatte. Die 200 Quadratmeter waren an einen langhaarigen Nerd vermietet, der mindestens 50 Jahre alt war und vom Aussehen her (Rauschebart, 180 Kilo Lebendgewicht und eine schwarze *Ray Ban*) an einen jüngeren Doppelgänger Rick Rubins erinnerte und eine Gothic-Dark-Metal-Band nach der anderen produzierte. Angie hauste im oberen Stockwerk – hausen war genau das richtige Wort dafür: ein leerer loftähnlicher Raum mit riesiger Doppelmatratze, wenigen Stühlen, dem geräumigen Vintage-Kühlschrank und einem offenen Metallkoffer, aus dem Second-Hand-Kleidungsstücke quollen, allesamt in finsterstem Schwarz gehalten. Die ehemals weißen Wände waren mit Totenköpfen und Hunderten Symbolen des Leibhaftigen besprüht. Auf einem Brett, das zwischen zwei leere Bierkisten gestellt war, brannte eine einsame Kerze. Neben einer verwelkenden weißen Rose. Und einer schwarz umrahmten Aufnahme von Alexander. Einem Bild, das in dieser Loftgruft aufgenommen worden war, wahrscheinlich von einer Polaroidkamera, weil die Konturen des Jungen in diesem Rotton der 70er-Jahre gehalten waren. Vielleicht hatte Angie den halbwüchsigen Jungen sogar geliebt, auf jeden Fall hatten sie Sex miteinander gehabt, auf der Matratze, auf dem rohen Holzboden, im versifften Klo nebenan – und wahrscheinlich an noch viel krasseren Orten. Wo immer die gewesen sein mochten.

Harald drehte das Autoradio leiser, weil die monotonen, bassläufigen Stücke wie »Neunter Höllenkreis«, »Last Exit for Everyone« oder eben »Je te veux« äußerst depressiv klangen: düstere Klangteppiche, die sogar einen abgebrühten Kommissar an die letzten Dinge denken ließen – oder an die vorletzten wenigstens, weil sich Dominique via WhatsApp mit einer Einladung zu einem Staatsopernbesuch gemeldet hatte.

Heute Abend 19.30 Uhr, Don Giovanni in einer exzellenten Besetzung. Ich habe über einen früheren Liebhaber zwei Karten organisiert, in der berühmten Mittelloge, ganz vorne. Mit einem fantastischen Blick auf die Bühne. Es kostet dich keinen Cent, außer einer kleinen Nachbereitung mit der siebenschwänzigen Peitsche, an einem krassen Ort deiner Wahl. Heiße Grüße, Domi a.k.a. Your Bottom.
Dazu drei Smileys und ein Emoji mit heraushängender Zunge.

Harald lächelte und löschte den begonnenen WhatsApp-Chat mit dem durchgeknallten Angestellten der *Österreichischen Lotterien*, der auf die nächste Staatsopernvorstellung genauso fixiert war wie auf sexuelle Erlebnisse der ganz besonderen Art. Auf dem Display seines Smartphones erschien ein Hintergrundbild, das Haralds Exfrau und Simon bei einer Wanderung auf dem Schneeberg in Niederösterreich zeigte, und Harald erinnerte sich plötzlich, dass Josua ihn vor einem Jahr via Grindr kontaktiert hatte: ein zuvorkommend lächelnder junger Mann mit dunkelblondem, gewelltem Haar, kantigem Gesicht und hohen Wangenknochen, mit perfekten Proportionen und angeblich 23 Jahre alt. Ein Student der Medizin, der nicht einmal gewusst hatte, wo sich genau die Universitätsklinik befand. Harald hatte den Avatar namens *Jesse23xl* weggeklickt und längst wieder vergessen – bevor sich das Rätsel vor wenigen Tagen im *Beethovensaal* des Realgymnasiums Kundmanngasse von selbst gelöst hatte. Vielleicht hatte sich nicht nur Josua, sondern auch Alexander Kugler auf dieser Plattform herumgetrieben, vielleicht hatte der Junge deshalb einen gefälschten Ausweis gehabt, der ihn für volljährig ausgab. Um gewisse Herrschaften mit gewissen Absichten in einem finsteren Park oder im *Gasometer-Einkaufszentrum* oder auch vor dem Sankt Marxer Friedhof zu befriedigen. Gegen ein sogenanntes Taschengeld, ein paar freundliche Worte oder auch nur um die Zeit totzuschlagen, von einem Schultag zum nächsten.

Harald Selikovsky stellte seinen Dienstwagen in der Garage des Polizeigebäudes ab und schickte Dominique ein Foto von Alexander Kugler: das Porträt eines 16-jährigen Jungen mit kurzem schwarzem Haar, dunkelbraunen Augen, blassem Teint, schmalen Lippen und schlankem Hals. Weißer Hemdkragen, die ersten beiden Knöpfe geöffnet, leichter Adamsapfel. Und dieser in sich gekehrte, vielleicht auch spöttisch wirkende Blick. *Ihr könnt mich alle da draußen. Ich lebe auf meinem eigenen kleinen Planeten.* Der ganz in Weiß getaucht ist, vielleicht mit ein paar schwarzen Flecken darin. *Ich spiele dort einfach Klavier. Ihr Idioten wisst nicht einmal, wer Erik Satie gewesen ist. Oder Albrechtsberger. Alles, was ihr kennt, ist Mozarts Haarlocke. Seine Totenmaske. Nicht einmal das Lacrimosa-Motiv aus dem* Requiem *würdet ihr auf Anhieb erkennen. Ihr seid echt arm, ihr biederen Spinner da draußen.*

Selikovsky fügte ein paar Angaben zum Bild des halbwüchsigen Jungen hinzu und übermittelte die Datei Dominiques *Grindr*-Account. Seufzend nahm er die graue Aktentasche vom Beifahrersitz und verließ die Garage, betrat den Lift zu den Büros im zweiten Stockwerk und nahm sich vor, die Musik des größten klassischen Komponisten etwas näher kennenzulernen. Und den verdammten Totenkult rund um Wolfgang Amadeus Mozart zu verdrängen. Was gar nicht so einfach war. Schließlich lag da draußen die angeblich lebenswerteste Metropole der Welt. Eine Stadt, die andererseits den Tod noch im letzten Heurigenlied beschwor, den Tod und den Wein, die Musik und die Weiberleut. Oder die Schnepfen vom Siebenten Bezirk. In einigen Stunden würde Harald seinen jungen Bekannten in der Nähe der Wiener Staatsoper treffen, zu einem Aperitif in der Intermezzo-Bar des InterContinental Hotels. Einen hübschen Twen, der genauso viele Herzen eroberte wie er Träume zerstörte. Der seinen jungen Körper jedem, der wollte, hingab und sich dabei selbst abhandenkam, ein Hasardeur und Verführer zwischen den Welten.

*

Dominique lehnte sich gegen das schwarze Klavier wie ein Opernsänger während eines Konzertabends. Er hatte die obersten drei Knöpfe seines taillierten weißen Hemds geöffnet und lächelte Simon zu, der die ersten Takte einer Arie aus »Don Giovanni« spielte und das Lächeln schüchtern erwiderte, ohne dabei die Noten aus den Augen zu verlieren. »Dalla Tua pace la mia dipende«, begann Dominique halblaut zu singen und öffnete dabei den nächsten Hemdknopf, drückte seine haarlose Brust heraus und fuhr mit heiserer Stimme fort: »quel che a te piace vita mi rende«. Die Gäste der Intermezzo-Bar begannen bereits zu tuscheln und versuchten, ein peinlich berührtes Lächeln zu unterdrücken, aber der hübsche Angestellte der Österreichischen Lotterien strich sich eine blonde Haarlocke aus der Stirn und fuhr fort, Fritz Wunderlich, Peter Burian oder Michael Spyres zu imitieren, wenn auch mit ziemlich unlauteren Mitteln: »Quel che ti incre_sce morte mi dà.«

Barchef Thomas brachte sich in der Nähe des Albin-Fürstl-Klaviers in Stellung und versuchte Dominique mit eindeutigen Handzeichen zu einer stimmlichen Mäßigung zu bewegen, aber der junge Mann dachte nicht daran, mit seiner Darbietung aufzuhören: »Se tu sospira, sospiro anch'io; è mia quell'ira, quel pianto è mio«. Ein russischer Gorilla in schwarzem Anzug trat auf Dominique zu und versuchte die heisere Stimme mit einem Fluch zum Schweigen zu bringen, aber Dominik eilte in wenigen Schritten zu Simon hinüber und begann die mageren Schultern des Pianisten zu streicheln. »E non ho bene, se tu non ne ha«

Simon spielte die letzten Takte zu Ende und lehnte sich mit geschlossenen Augen gegen den ziemlich unbedarften Tenor. Harald Selikovsky betrat die Hotelhalle, drehte sich nach der Intermezzo-Bar um und sah, wie sein Sohn aufstand und Dominique zu den Aufzügen folgte. »Dalla Tua pace la mia dipende«, wiederholte der der gerissene Verführer, fasste nach Simons Hand und drückte einen Knopf zu den höheren Stockwerken hinauf.

Kommissar Selikovsky war einigermaßen überrascht. Dominique. Sein Sohn Simon. Das aufgeregte Getuschel der Hotelgäste. Und Barchef Thomas, der Harald alles bis ins kleinste Detail erzählte. Die beiden werden in einer Juniorsuite unseres Hotels eine nette Zeit haben, schloss der Bartender im weißen Dinnerjackett und Selikovsky begab sich an den gewaltigen Vierkant-Tresen unter einem noch großartigeren Luster und bestellte sich einen »Last Word«, mit Italicus anstelle des üblichen Maraschino-Likörs. Nach einer Viertelstunde bestellte er sich noch einen, und weitere zehn Minuten später den nächsten, bis irgendwann kurz vor Beginn der Opernvorstellung Dominique auftauchte. Mit schlecht zugeknöpftem Hemd, nassem Haar und der schwarzen Hose seines überhastet in die Nacht geflüchteten Liebhabers.

– Was war das eben, fragte Harald den jungen Mann mit drohendem Unterton.
– Nichts, erwiderte Dominique, setzte sich neben dem Kommissar an die Bar und bestellte sich eine Mandelmilch mit etwas Absinth.
– Du warst mit meinem Sohn …
– Das war doch nur ein kurzes … Intermezzo, lächelte der Angestellte der Österreichischen Lotterien und nippte an seiner Milch mit etwas viel Schuss, das passt doch ganz gut zum Namen dieser Hotelbar.
– Du hast Simon verführt.
– Er hat es so wollen. Hat mich angeschaut, ist mir nachgelaufen.
– Lass deine verdammten Finger von ihm, entgegnete Harald und trank den vierten Last Word aus, wollten wir nicht in die Staatsoper hinüber?
– Beruhige dich, Simon ist doch ein ganz heißer …
– Halt die Klappe.
– Tu ich nicht. Wenn du wüsstest, wie geil dein süßer Sohn …
– Zum letzten Mal, lass meinen Jungen in Ruh!
– Du brauchst mich nicht anzuschreien.
– Tu ich nicht.
– Tust du doch.
– Und wenn schon? Soll ich dir vor allen Leuten eine kleben?
– Mach's doch, du brutaler Polizist, du.
– Anzeigen müsste ich dich.

– Ach komm, lass deinen Helikopter im Hangar. Was du
schon alles gemacht hast mit mir. Dominique trank seine
Mandelmilch aus und griff nach einem Barmesser hinter
dem Tresen.

– Lass das liegen, du Miststück.

– Im Gegenteil, soll ich dir ein schönes Herz in den Hals
ritzen?

– Dominique, pass auf, was du sagst. Oder ich …

– Oder du … Dominique starrte Kommissar Selikovsky
kaltherzig an. Ohne Empathie. Ohne die leiseste Gefühls-
regung, ich könnte zustechen, wenn ich wollte.

– Dann wäre ich tot, und du dreißig Jahre im Gefängnis.
Auf acht Quadratmetern mit einem anderen Gewalttä-
ter eingesperrt. Du wirst die ersten tausend Nächte kein
Auge zudrücken, Kleiner.

Dominique ließ das Messer fallen und eilte zum Ausgang
hinaus. Harald zuckte mit den Achseln, hob das Messer
vom Boden auf und legte es auf das Schneidebrett zurück.

– Was war das eben, fragte Barchef Thomas.

– Vergessen Sie's, antwortete Kommissar Selikovsky, nur
ein kleiner Ausraster.

– Sollen wir die Polizei rufen?

– Die ist sowieso schon da, lächelte der Kommissar, zückte
seine Dienstmarke und bezahlte die Drinks. Die Mandelmilch mit Absinth stellte Barchef Thomas sowieso nicht
in Rechnung.

– Und jetzt, fragte der Hotelangestellte im weißen Dinnerjackett, darf ich Sie noch auf einen Scotch einladen?

– Danke, aber ich muss in die Staatsoper hinüber. In zehn
Minuten fängt die Vorstellung an.

– Sie haben vielleicht Nerven, lächelte der Barchef und
fragte, welche Oper auf dem Spielplan stünde.

– Don Giovanni, antwortete Harald, stand auf und begann seinen hellen Mantel zuzuknöpfen.

– Um ein Haar wären Sie zum Komtur geworden, nickte der opernfeste Bartender, sta a veder che il malandrino Le farà precipitar.

– Auch wenn ein Mörder mich tödlich verwundet und ich die Seele aus meinem Körper fliehen fühlte – ich liebe ihn trotzdem.

– So ist das Leben, lächelte der Barchef und sah dem Kommissar hinterher, drehte sich um und beschloss, sich selbst einen doppelten Scotch einzuschenken. Der Job im Hotel konnte manchmal wirklich anstrengend sein. Oft genug war er kaum auszuhalten. Der Scotch blubberte ölig in den Bleikristall-Tumbler, und ein Aroma aus Heidekraut, Honig und etwas Torf stieg aus dem Glas auf. Der Barchef schloss die Augen und genehmigte sich einen satten Schluck, während aus dem Lautsprecher der Intermezzo-Bar das Auftrittslied von Leporello aus Don Giovanni erklang: » *Voglio far il gentiluomo, e non voglio più servir, no, no, no, no, no, non voglio più servir.* «

*

Den ersten Akt von Don Giovanni verbrachte Harald ohne Begleitung in der Mittelloge. Dominique war weder rechtzeitig zu Vorstellungsbeginn eingetroffen noch hatte er ein SMS oder eine andere Kurznachricht geschrieben. Er blieb verschollen, unerreichbar für Harald, irgendwie der Welt abhandengekommen. Auf dem leeren Stuhl neben Harald wucherte die Einsamkeit: eine unsichtbare, üppige Pflanze, die sich wie eine Boa Constrictor um seinen Brustkorb zu schlängeln begann, bevor sie mit aller Gewalt zudrücken würde. Zwei Reihen weiter saß ein dünner älterer Mann mit Monokel und einem schwarzen Zylinder auf dem kahlen Schädel und las die Partitur mit. Bewegte die Lippen dazu. Notierte sich ab und zu etwas auf den Notenblättern. Oder runzelte an gewissen Stellen die Stirn. Ein Musikkritiker oder Experte, der Harald irgendwie bekannt vorkam. In der Pause wusste er schließlich, warum. Es war jemand, der diesem französischen Komponisten aus dem 19. Jahrhundert ähnlich sah, Erik Satie. Ein Epigone, dem es gefiel, im Stil seines längst in die Ewigkeit eingegangenen Meisters aufzutreten. Alexander Kugler hätte vielleicht seine Freude an dieser Erscheinung gehabt. Oder er hätte ihm einfach etwas auf dem Konzertflügel in einem der Pausenräume vorgespielt.

In sogenannten »Gustav-Mahler-Saal« der Staatsoper wurde eine kleine Ausstellung über Mozart-Aufführungen in diesem Haus am Ring präsentiert. Auf vielen Schwarzweiß- und einigen Farbbildern wurde an längst vergessene Sänger, an bedeutende Regisseure oder legendäre Aufführungen erinnert. Ganz am Ende der Schautafeln war ein kleines, in der Masse der Abbildungen beinahe unscheinbares Bild zu sehen: ein spindeldürrer, kleiner Mann in einem schlechtsitzenden Anzug, mit einem verbeulten Hut in der Hand. Neben einem dunklen Klavier mit dem riesigen handbemalten »f« an der Längsseite, und daneben ein Name in Serifenbuchstaben ›A. Förstl‹. Rechts neben der Aufnahme war eine kurze Notiz angebracht: ›A. Kugler, Friedhofswärter am St. Marxer Friedhof und Errichter der Mozart-Grabstelle. Das abgebildete Instrument steht heute im Hotel InterContinental in Wien.‹

Harald las den Eintrag mehrere Male und pfiff dabei leise durch die Zähne. Das Instrument, das Simon an einigen Abenden pro Woche in diesem Hotel bespielte, stand in einem Bezug zum Urgroßvater des tot aufgefundenen Jungen – Alexander Kugler. Amateurmusiker, Mozartverehrer und Leichenbestatter. Ein unscheinbarer Mann mittleren Alters. Nicht besonders groß. Zart gebaut. Mit demselben spöttischen Blick, den auch sein Urenkel hatte. Auf halbem Weg zwischen Wolfgang Amadeus Mozart und der Gegenwart, hier und jetzt, in der Staatsoper, im ersten Drittel des 21. Jahrhunderts.

– Das ist doch der Uropa des ermordeten Jungen, flüsterte eine Harald sehr vertraut klingende Stimme. Ein Ruck, und der Kommissar starrte in Dominiques Gesicht, das von Hämatomen und blutigen Striemen durchzogen war. Das enge weiße Hemd unter einem grauen Gilet war zerrissen, die von Simon ausgeliehene Hose wies zahlreiche Brandlöcher und Schmutzflecken auf, und die noch vor zwei Stunden blank polierten Stiefeletten aus schwarzem Chateaubriand-Leder waren für immer ruiniert.
– Dominique, du? Was ist passiert?
– Nichts.
– Das glaubt dir nicht einmal ein taubstummer Blinder in einem Hospiz, antwortete Kommissar Selikovsky, du blutest ja im Gesicht. Deine Hände sind verschrammt, deine Nase womöglich gebrochen. Du gehörst in ein Krankenhaus, nicht in die Staatsoper.
– Ich habe Schluss gemacht mit dem Kerl.
– Welchem Kerl?
– Diesem irren Griechen aus dem Sankt Marxer Friedhof.
– Papo?

– Ja. Kann sein. Ist auch egal. Ich war mit ihm lose zusammen. Er hatte ganz seltsame Vorlieben. Zuerst war es ja geil, aber dann … Dominique senkte die Stimme und flüsterte. Ich hätte dabei draufgehen können. Kannst du mir noch einmal verzeihen?

Dominique sah Harald tief in die Augen und versuchte sich an einem Lächeln, das mit den aufgesprungenen Lippen unter der blutenden Nase wie aus einem Horrorfilm entsprungen schien. Der Pausengong ertönte, und das Publikum beeilte sich, die Sektgläser zu leeren und wieder die Plätze im Zuschauerraum aufzusuchen, mit gedämpften Stimmen und die Umgebung ignorierenden Blicken, die wie Irrlichter den Raum vermaßen wie Laserpointer einen verlassenen Nachthimmel.

Harald lächelte, holte ein Stofftaschentuch aus seinem Sakko und tupfte Dominique sanft über die blutenden Stellen. Ein bisschen kam er sich wieder wie ein Vater vor, der gerade versuchte, seinen halbwüchsigen Sohn vor dem Schlimmsten zu bewahren.

– Und was hat Papo abbekommen?
– Gar nichts. Er hat mich gefesselt und losgelegt. Ich glaub, er war einfach auf irgendwas drauf.
– Und was ist in der schwarzen Tragtasche drinnen, wollte der Kommissar wissen.
– Glenn Gould. The Complete Bach Collection. Die Originaledition. Für einen begabten Nachwuchspianisten, den ich nach der Vorstellung treffe.
– Wer soll das wieder sein?
– Verrate ich nicht. Du würdest das sowieso nicht verstehen,

lächelte Dominique und folgte Harald in den Zuschauerraum, wo die Musiker des Staatsopernorchesters bereits
den Dirigenten des Abends mit ihrem Kammerton »a«
zu rufen begannen.

*

*Nacht, draußen. Heldenplatz Wien. Nebelschwaden ver-
hüllen die Reiterstatuen, und ein kalter, unaufhörlicher
Regen setzt ein, hartnäckiger Nieselschauer, der sich nicht
entscheiden kann, ob er in Flocken oder doch in fetten pras-
selnden Tropfen die gefrorene Erde erreicht. Wir beide. Du.
Ich. Und ein Tisch, der bereitet ist. Wein. Brot. Fisch und
Fleisch, alles in Weiß. Im Schatten der Statue, die über uns
wacht, ein grimmiger Fürst, ein Feldherr, ein großer Com-
mendatore. Genau Mitternacht. Oder noch später nachts.
Wir haben uns hier getroffen, weil ich dir etwas sagen muss.
Dir etwas zu geben habe. Ich lächle dich an. Sehe dein
Gesicht, deine ebenmäßigen Züge. Ich habe Lust, deine
Wange zu streicheln, das Grübchen am Kinn, schau nicht
so spöttisch. Lass mich einfach machen, entspann dich
dabei, trink vom Wein, wenn du willst, nimm etwas vom
Essen. Schwere Musik setzt ein. Du starrst mich an. Wie
einen Geist. Ein Gespenst. Ein Wesen aus einer anderen
Welt. Dabei bin ich nur gekommen, um dich zu umgar-
nen. Dich heimzuholen in meine, in deine, in unsere Welt.
Du hörst mich sprechen, du bleibst steif vor Schreck, lässt
mich machen, deine großen Augen sehen mich an, gewei-
tet vor Schreck, vor Erstaunen, du siehst meine Hände auf
deinem Gesicht, du fühlst mein Streicheln, du siehst meinen Mund näher kommen, das Maul eines Raubfisches, das
sich öffnet und größer wird, ich möchte dich küssen, meine*

Zunge dringt in deinen Mund, ich spüre deinen kalten Spei-
chel, und jetzt hält mich nichts mehr.

Die Statue, flüsterst du und willst fliehen, aber es geht
nicht mehr, deine Beine verschmelzen mit dem Boden, wer-
den eins mit dem Beton, die Statue, schreist du und dann
wird dein Du ein Ich, das die Szene wie ein Journalist kom-
mentiert. Ich, sagst du, sehe wie der große, Stein gewordene
Mann sich zu bewegen beginnt, erst den einen Arm hebt,
dann seinen zweiten. Seine steinernen Augen springen auf,
aber seine Blicke bleiben starr und kalt, das angewiderte
Starren eines Toten, der für die kurze Dauer der Rache
zum Leben erwacht, die Statue, schreist du, schreie ich, sie
steigt von ihrem Podest, sie schüttelt ihre Haare im Regen,
sie kommt näher mit tonnenschwerem Schritt, streckt den
Arm nach dir aus wie der Greifer eines Krans, die grauen
Finger aus hartem Granit berühren deine Schulter, graben
sich in dein Fleisch, du schreist auf wie der Kumptur im
ersten Akt aufgeschrien hat, als du ihn gekillt hast. Mit der
ganzen Kraft eines Höllenwesens packt er dich und wirft
dich zu Boden, streckt verächtlich grinsend seine steinerne
Hand nach dir aus, schlag ein, du Wicht auf dem Boden,
schlag ein, dann fährst du zur Hölle, und du schaust mich
an, verzweifelt, ungläubig, wie jemand, dessen letzte Minute
gekommen ist, und der weiß, ich bin nicht mehr weit von
der Hölle entfernt, ein Handschlag, ein Tusch, ein gewal-
tiger Moll-Akkord, und du fährst in den ewigen Abgrund,
vor meinem Entsetzen, vor meinem ungläubigen Staunen.
Im Hintergrund singt jemand Questo è il fin di chi fa mal!
E de‹ perfidi la morte alla vita è sempre ugual!

Was für ein unglaublicher Mist, empörst du dich lauthals,
eine Statue, die ihren Mörder tötet. Das Dümmste, was

ich je gehört habe, aber kein Wunder bei einer Oper, die wie ein Horrorfilm beginnt. Dafür, sagst du, ist die Musik so unvergleichbar schön, so edel, wie sie niemals wieder komponiert werden wird. Der Stoff ist kompletter Unsinn, und die meisten Figuren sind oberflächlich gezeichnet, aber die Arien. Die Auftritte. Diese Leidenschaft in jeder einzelnen Zeile.

Es geht um Verführung, sagst du. Es geht um den Tod, antworte ich. Oder antwortest du und ich habe den vorherigen Satz gesagt. Keine Ahnung. Wir sind hier draußen, nachts, auf dem Heldenplatz, und ich sage dir, Josua, sage dir, dass ich jemanden getroffen habe, der Großes will, Großes in Noten. Eine Messe, hat der Unbekannte gesagt, eine Messe soll ich ihm schreiben. Eine Messe für alle, die vorangegangen sind. Denen wir nachfolgen werden. Einer nach dem anderen. Ob wir es wollen oder nicht. Wir werden sterben, so wie wir schon früher tot gewesen sind, vor unserer Geburt. Schwarze Seelen in ewiger Nacht. Ich habe Angst, sage ich, sagst du, sagen wir beide. Wir haben Angst, dass es unsere letzte gemeinsame Nacht ist, hier draußen am Heldenplatz, vor der Statue eines Feldherrn, an einem gedeckten Tisch mit etwas Essen und Wein. Eine Polizeistreife fährt vorüber, bleibt stehen. Vielleicht werden die Beamten unsere Ausweise kontrollieren, aber sie werden uns nichts anhaben können, beide Ausweise sind ja gefälscht, du bist achtzehn, ich neunzehn, wir sind volljährig, sind allein mitten in unserem Sterben. Hier draußen, wo niemand mehr ist, niemand außer den beiden Polizisten, niemand außer dem Regen – und dieser unbeweglichen Statue. Auf diesem leeren Platz ohne Helden. Schön, oder nicht?

An dieser Stelle brach die Tonaufnahme der mp3-Datei ab. Kommissar Selikovsky hob seinen Blick und starrte durch das Fenster auf das gegenüberliegende Haus. Einen Wohnblock wie viele andere auch, lichtlos und leer, irgendwie sich selbst überlassen. Neben den Aufzeichnungen zu einem Mordfall standen eine leere Weinflasche und ein schmutziges Glas. Eine Olivenschale mit ausgespuckten Kernen, ein Aschenbecher voller zerdrückter Kippen und erkalteter Asche. Zwei Uhr früh war es geworden, tiefste Nacht, niemand außer Harald war noch wach. Im Kopfhörer hallten Stimmen nach, die Stimme von Josua. Von Alexander Kugler. Und die Stimme eines Unbekannten, der aufgrund seines Akzentes Pole sein musste. Oder aus der Ukraine stammte. Dessen Englisch so gebrochen war wie sein mächtiges Verlangen. Ein Unbekannter, der sich am Unermesslichen erbaute. Jeden Tag, jede Stunde, mit jedem seiner finsteren Gedanken.

Harald rauchte eine letzte Zigarette, trank einen Schluck Whisky und bemerkte, dass sein Handy zu vibrieren begann. Eine Nachricht traf ein, eine zweite. Und nach einigen Sekunden Pause eine dritte und vorläufig letzte. Dominique, der sich nach Tagen wieder meldete. *Ich weiß, dass ich etwas falsch gemacht habe*, stand auf dem Display zu lesen. *Fangen wir wieder von vorne an, aber richtig. Ich weiß jetzt, dass es mehr sein wird zwischen uns. PS: Habe den toten Jungen in einem Forum aufgespürt. Es ist schrecklich. Details folgen.* Und dann kam dieser eine Satz, in italienischer Sprache, ein ganz einfacher Satz, der sich wie Blausäure durch Haralds Gehirnwindungen fraß: *Senti, commissario, una liete fine, io vorrei!*

*

– Schön, dass Sie hierhergekommen sind, lächelte Papo und nickte zur schweren Eingangspforte hinüber, willkommen in der Pfarrkirche Alt-Simmering, eigentlich wollte ich schon gehen, aber dieser Barkeeper aus der L-Bar hat mich angerufen und mir gesagt, dass Sie …

– … vielleicht ein paar Fragen haben, ergänzte Selikovsky Papos begonnenen Satz und sah sich in der Dunkelheit um. Im Lichtkegel einer trüben Straßenlaterne über der Einfriedung waren einige Marmorgräber zu erkennen, die sich in einem kleinen Friedhof um die Pfarrkirche scharten, nicht nur Gräber allerdings, sondern auch schwere Baumaschinen, die nicht ganz zu einem verlassenen Friedhof aus dem Spätbarock passten.

– Diese Geräte sind im Auftrag der Klatschpresse hier, seufzte Papo und sperrte mit einem schweren Metallschlüssel die mit Eisenbeschlägen versehene Holztür auf, dieser Regitnig will unbedingt Mozarts Totenkopf ausbuddeln. Was ihm niemals gelingen wird.

– Und warum gerade hier, Mozart ist doch …

– … überall begraben. Und nirgends. Wie ein Gespenst, lächelte Papo, im Sankt Marxer Friedhof gibt es nur diese kleine Gedenkstätte, am Zentralfriedhof das offizielle Gasser-Mausoleum und hier …

– … wird er auch nicht beerdigt worden sein, oder?

– Wenigstens das können wir ausschließen, lächelte Papo und huschte hinter Selikovsky ins Innere der spätbarocken Kirche hinein, aber Simon Preuschl wahrscheinlich, oder zumindest eines von seinen Kindern.

– Das war jener Friedhofswärter, der …

– … Mozart tatsächlich begraben hat. Eigentlich ein Angestellter des damaligen Sankt Marxer Bürgerspitals, aber ebenso Totengräber. Früher waren diese Siechenanstalten reine Wartezimmer zur Hölle, die Ärzte Quacksalber und die Pfleger Totengräber im Nebenberuf. Aus einem solchen Asyl der Ausweglosigkeit gab es praktisch kein Zurück mehr. Die meisten Totengräber haben sich totgesoffen in diesem Elend. Preuschl allerdings war eine Ausnahme. Er hatte sich ein wenig Menschlichkeit bewahrt und war ein passabler Musiker, hat aber weder Klavier noch Orgel oder Violine, Bratsche und Bassgeige beherrscht, er war in seiner Freizeit Akkordeonspieler, der wahrscheinlich Volkslieder auf Hochzeiten oder beim Heurigen zum Besten gab, um sich nebenher etwas dazuzuverdienen.

– Und Rothmayer, warf Selikovsky ein und begleitete Papo in den hinteren Kirchenraum, wo eine schmale Holztreppe hinauf zur Empore führte.

– Dieser Kerl war ein kompletter Idiot: unzuverlässig, dem Alkohol verfallen und jedem noch so kleinen Schmattes hinterher. Für einen Gulden hätte er auch die Gebeine seiner Großmutter verkauft – dieser Typ hat sicher den nächstbesten Totenkopf aus der Friedhofserde gebuddelt und sie einem ahnungslosen Trödler als Mozarts Schädel verhökert. 200 Jahre später, zum großen Anniversarium des Meisters, hat man die angebliche Reliquie eindeutig als Fälschung entlarvt. Außer Simon Preuschl konnte niemand wissen, wo Mozart tatsächlich bestattet worden war. Sicher nicht in der von Rothmayer behaupteten dritten oder vierten Reihe, sondern ...

– Sagen Sie es mir doch, bat Harald Selikovsky leise und schaute Papo neugierig an. Der junge Mann hatte dunkelblondes welliges Haar, ein paar Pockennarben im Gesicht, aber schöne dunkelgraue Augen. Der junge Grieche trug eine Art Poncho mit einem Holzkreuz auf der Brust, da-

runter schlabbrige Cordhosen und Schuhe, die wie gena-
gelte Bergschuhe aussahen.
– Vielleicht war es das letzte Grab in der fünften Reihe, das
zwölfte von rechts, grinste Papo und hauchte in seine
schlanken Hände, der 5. Dezember war das Sterbedatum
von Mozart, und Preuschl und Albrechtsberger hätten sich
so etwas ausmachen können – einfach, um Rothmayer in
die Irre zu führen. Albrechtsberger hat Mozarts Sarg heraus
nach Sankt Marx begleitet, garantiert hat er dafür gesorgt,
dass ein anständiger Mensch den verehrten Meister beerdigt,
dem er als Hofkapellmeister nachgefolgt war, und nicht so
ein Vollkoffer wie Rothmayer. Viele Musikwissenschaftler
haben sich Theorien wie diese ausgedacht, ohne je einen
Beweis dafür geliefert zu haben. Wahrscheinlich hat Regitnig auch einen dieser Aufsätze und Abhandlungen gelesen.
Aber gehen wir doch die Treppe zur Orgel hinauf, ich darf
voranschreiten, wenn es recht ist, der Aufgang ist ziemlich
steil und eng. Leider gibt es nicht einmal ein Geländer zum
Festhalten. Also Vorsicht, wenn ich bitten darf.

Der Kommissar folgte Papo die steilen Holzstufen auf die
Empore hinauf, in der eine dreiteilige Orgel, ein Stehpult
mit einer mehrzeiligen Klaviatur und einige Stühle, auf
engstem Raum gedrängt, standen. Papo setzte sich auf das
Pult und flüsterte, dass nur Preuschl oder Albrechtsberger
Mozarts Schädel hätten bergen können, kein anderer hätte
sonst Kenntnis von der genauen Lage des Schachtgrabes
gehabt. Falls die beiden ein solches Vorhaben überhaupt
in Erwägung gezogen haben sollten.

– Wie ich Regitnig und die ganze Tageszeitungspresse kenne,
werden sie mehrere Schädel auftreiben, vielleicht auch

noch einige ausgebleichte Gebeine. Die Klatschpresse übertreibt ständig, und irgendwann werden sie Mozart in einen Zombie verwandelt haben. Wie alles andere auch. Jetzt aber willkommen auf der Empore der Sankt Laurentius Kirche, eine Orgel wie diese hier ist die Königin aller Instrumente. Sie kann leise wie ein Fagott klingen oder mächtiger als die 1.000 Trompeten von Jericho sein und einen gigantischen Soundwall erzeugen. Aber versuchen Sie doch einmal, eine Taste zu drücken, nur zu.

Selikovsky suchte sich eine weiße Taste am rechten Rand aus und drückte sie energisch nach unten, aber außer einem leisen Klicken war nichts zu vernehmen. Papo lächelte nachsichtig wie ein Nachhilfelehrer über einen besonders unbegabten Schüler, betätigte ein paar Knöpfe und nickte Harald noch einmal aufmunternd zu.

– Ich habe jetzt zwei Register angewählt, drücken Sie noch einmal dieselbe Taste, es war die da, das zweigestrichene C.

Der Kommissar kam Papos Wunsch nach, und ein ganzer Schwall aus Tönen drang aus den unterschiedlichen Pfeifen des riesigen Instruments und schien an den Grundfesten der Pfarrkirche zu rütteln, ein gigantischer Klangteppich, der Harald wie ein ängstliches Kind zusammenzucken ließ.

– Wie ich gesagt habe, lächelte Papo, die Königin der Instrumente. Ganz leise und unglaublich laut. Hintergrundmusik und Endzeitgetöse. Diese Orgel hat 986 Pfeifen, davon ungefähr 100 aus Fichten-, Eichen- und Kirschholz gefertigt. Hauptwerk, Rückpositiv und Pedal, alles nach Bach und Barnes gestimmt. Offiziell wurde das Instrument von einer Firma *Riedl* in Oberösterreich gebaut. Aber eigentlich war es die erste Orgel von Veit Notdurfter, Sie kennen diesen Namen ja sicher.

– Allerdings, nickte Selikovsky und dachte an den Orgelbauer, den er genau dreimal gesehen hatte, das erste Mal mit Dechant Unterwurzacher in der Ischgler Pfarrkirche, danach bei der Pressekonferenz im *M-Hotel* und zuletzt in Notdurfters eigener Wohnung – wo der Kopf des Orgelbauers vor dem Fensterbrett lag, und der Torso blutüberströmt auf dem glattgestrichenen Bett.

– Der Arme ist von diesem irren Serienmörder hingerichtet worden, aber das wissen Sie ja viel besser als ich, flüsterte Papo und spielte das *Sanctus* aus Mozarts Totenmesse an, Sie sind bestimmt nicht wegen dieser Wolfgang-Amadeus-Geschichte hier, fuhr Papo fort, nachdem er über die ersten Takte des fünften *Requiem*-Satzes frei improvisiert hatte, Alexander hat immer gern so vor sich hin gespielt, sagte der Parkwächter und Orgelspieler leise und betrachtete seine schmalen Hände über dem Manual.

– Sie kannten Alexander weitaus näher, als Sie bisher zugegeben haben, oder?

Papo nickte und sah den Kommissar geradezu hilfesuchend an. Die Stille im Kirchenraum breitete sich wie tonnenschwere Schuld aus, die von der winterlichen Kälte, die durch die hohen Glasfenster drang, noch betont wurde.

– Ich habe Alexander das Orgelspiel beigebracht. Normalerweise braucht man zwei oder drei Jahre, bis man das Instrument einigermaßen beherrscht. Man muss mit Händen und Füßen arbeiten und dabei sehr koordiniert sein. Viele talentierte Klavierspieler scheitern oft nach jahrelangen Mühen daran. Alexander hat dagegen nicht einmal einen Monat gebraucht, um das komplizierte Instrument zu beherrschen. Ich habe noch nie so einen seltsamen wie begabten Jungen gesehen.

– Und Sie haben ihn … geliebt?

Papo schüttelte energisch den Kopf und versuchte sich an einigen Wörtern, die ihm unendlich schwerfallen mussten.

– Alexander hat sich nicht lieben lassen. Selbst, wenn ich es gewollt hätte. Er hatte zu niemandem Vertrauen, am wenigsten zu sich selbst. Er verausgabte sich lieber bei dubiosen anderen Menschen.

– Was soll das wieder heißen, wollte der Kommissar wissen und rückte näher an Papo heran, hören Sie, wenn Sie wirklich etwas über die Umstände von Alexanders Tod wissen, müssen Sie es mir sagen, am besten jetzt gleich. Der Junge ist keines natürlichen Todes gestorben, er ist umgebracht worden, erdrosselt, genauer gesagt. Jemand hat ihm den Kehlkopf gebrochen. Jemand, der sehr kräftig gewesen sein musste.

Papo schüttelte den Kopf und starrte ins Leere. Weiß der Teufel, wen er dort alles sah. Ein paar irre Gestalten. Aufgeschlagene Notenblätter. Oder das Nichts, zu dem alle Zuversicht geschmolzen war.

– Alexander hasste jede Zärtlichkeit. Jedes nette Wort. Jedes Streicheln. Er wollte, flüsterte Papo und sah Selikovsky beinahe durchdringend an, er wollte hart angefasst werden. Und manche taten das auch. Ich habe Striemen auf seinem Rücken gesehen. Und offene Wunden, die sogar rote Flecken auf dem stets weißen Hemd hinterließen. Seltsame Druckstellen. Hämatome. Was ist das, habe ich öfters gefragt. Nichts, hat Alex geantwortet und nochmals die *Vexations* von Satie gespielt. 840-mal muss man das spielen, oder? Er war von zwei Dämonen besessen: Der eine Dämon war die Musik, und der andere etwas, das dem Zwielicht angehörte, dem Halbdunkel, der Wehklage.

– Hat jemand den Jungen sexuell belästigt? Oder vergewaltigt? Reden Sie Klartext, Mann, und reden Sie jetzt.

– Ich glaube, Alex wollte es so, antwortete Papo, aber ich bin nur ein harmloser Parkwächter und Orgelspieler, ich habe ein abgebrochenes Studium der Musikwissenschaften hinter mir und züchte *Mozart-Honig* in einem Naherholungsgebiet. Alexander und ich haben auf dieser Empore nur geprobt, nichts als geprobt. Die Orgelsequenzen für diese Dark-Metal-Band haben wir hier eingespielt, auf diesem Notdurfter-Instrument. Für den Tonmeister war es die Hölle, aber die Aufnahmen sind gut geworden, glaube ich, sehr gut sogar. Wissen Sie was, flüsterte Papo und rückte ganz nahe an Harald Selikovsky heran, fragen Sie diesen Josua. Fragen Sie Angie. Ich glaube, die können Ihnen weiterhelfen. Beide haben Alex geliebt. Auf ihre eigene Weise, verloren und abseitig. Wie auch immer. Mehr habe ich nicht mehr zu sagen.

– Das war schon sehr viel, nickte der Kommissar und stand auf, sah noch einmal zu Papo hinüber und fragte den jungen Mann, ob er Hilfe benötigen würde. Psychologische Unterstützung. Ein therapeutisches Gespräch. Was auch immer. Für einen Augenblick überlegte Harald, ob er Papo auch noch zu Dominique befragen sollte, aber dann ließ er dieses Vorhaben bleiben. Vielleicht hatte er letzte Nacht nur schlecht geträumt oder Dominique hatte wieder einmal alles erfunden.

– Sie sind viel zu nett für einen Kriminalkommissar, lächelte Papo und begann, die »Ogives No 1« von Erik Satie auf der Orgel zu spielen, gehen Sie, Herr Kommissar, und finden Sie die traurige Wahrheit selbst heraus, ich bleibe hier und spiele: für den leeren Kirchenraum. Für die Hoffnungslosigkeit. Für das Ende der Sehnsucht. Ein bisschen *Musique d'ameublement* für die uneingestandene Trauer da draußen, für die Totenmessen, die noch zu lesen sind, hier und überall auf der Welt. Machen Sie es gut, Herr Kommissar, leben Sie wohl und kommen Sie gut nach Hause.

Papo begann, Eric Saties berühmtestes Stück zu spielen, das angeblich von der Form der gotischen Spitzfenster in der Notre-Dame-Kathedrale inspiriert worden war. Vorsichtig stieg Harald die steile Holztreppe hinunter, durchquerte die leeren Bankreihen der Kirche, trat in die nächtliche Kälte hinaus und ließ die schwere Eichentür der Sankt Laurentius-Kirche ins metallene Schloss fallen. Die wuchtigen Baumaschinen nahmen sich im kleinen Friedhof lächerlich aus, als ob hier ein apokalyptischer Bautrupp zugange wäre, der ein monströses Schloss bauen wollte oder ein Hochsicherheitsgefängnis für alle Unglücklichen dieser Welt.

Selikovskys Passat stand unmittelbar neben der Friedhofsmauer, in einer Feuerwehreinfahrt. Hinter der Windschutzscheibe prangte eine Anzeige des Bundespolizeidirektion Wien, die Harald am nächsten Tag beeinspruchen würde. Der Kommissar faltete den in Zellophan verpackten Strafzettel und steckte ihn in seine Brieftasche. Als er die Wagentür öffnete, nahm er einen seltsam abgestandenen Geruch wahr, nach nasser Erde und welk gewordenem Herbstlaub. Der Kommissar beugte sich ins Wageninnere und erschrak. Auf dem Beifahrersitz wartete eine bleich aussehende Frau mit eingefallenem Antlitz und in einem löchrigen grauen Kleid auf ihn, ihre Hände waren dunkel wie matschig gewordener Schnee, und der Kopf war in ein schwarzes Tuch gehüllt, wie unmittelbar nach der letzten Stunde ihres unglücklichen Lebens.

– Was machst du hier, Mutter, fragte Harald leise und nahm hinter dem Lenkrad Platz, du kannst nicht einfach hier in meinem Dienstwagen sitzen, weil du schon seit 40 Jahren nicht mehr unter den Lebenden weilst.
– Du irrst dich, mein Sohn, Tote können alles. Weil sie nicht da sind, keinen festen Wohnsitz haben, außer dem einen …
– Was meinst du damit?
– Die Erinnerung in deinem schlauen Kopf, Harald.

Dieser vorwurfsvolle Blick, dieses enttäuschte Lächeln, diese gequälten Gesichtszüge. Der Krebs, die Aussichtslosigkeit und die Kerze neben dem Bett, die nach ihrem letzten Atemzug erlosch. Die Bilder aus dem Gestern kamen zurück, aus dem Nichts verdrängter Erinnerung, aber die Tote war immer noch da. Wenn sie sprach, bildete sich kein Hauch vor dem Mund, obwohl es im geparkten Wagen bitterkalt war.

– Was hast du die ganze Zeit über gemacht, mein Sohn?
– Das musst du doch wissen, wenn du in meinem Kopf wohnst.
– Sag es mir trotzdem, bitte. Ein für alle Mal. Führst du ein gutes Leben?

– Ich denke schon, antwortete Harald Selikovsky und sah aus dem Fenster. Eine laternenlose Straße in einer nebligen Nacht. Ein Hundebesitzer, der einen Rottweiler spazieren führte. Das Handy, das in seiner Hosentasche vibrierte. Zumindest das Beste, das ich mir vorstellen kann.

– Hast du Kinder?

– Ja, Mama, einen Sohn. Simon. 24 Jahre alt. Hat Betriebswirtschaft und Informatik in der Schweiz studiert, aber eigentlich will er nur Klavier spielen. Oder Musikstücke komponieren. Ich weiß auch nicht. Simon war schon als Kind seltsam.

– Und deine ... Ehefrau?

– Wir sind geschieden.

– Oh, das ist aber nicht schön.

– Du warst nicht einmal verheiratet, Mama, ich habe meinen Vater nie kennengelernt.

– Sei froh darüber, antwortete Haralds längst verstorbene Mutter und wischte mit ihrer abgemagerten Hand über die Stirn, auf der ein schwarzes Kreuz sichtbar war, er war kein guter Mensch, Harald. Aber du bist hoffentlich einer.

– Ich weiß nicht, antwortete der Kommissar und startete den Wagen. Wohin soll ich dich bringen, Mama?

– Was für eine Frage. Nirgendwohin natürlich. Lebst du allein?

– Ja und nein, ich weiß auch nicht.

Harald dachte an seine Bekannten aus der Schwulenszene, eine bizarre Mischung aus promisken Ledermännern und aalglatten Jungs, die einen Vaterkomplex hatten und am liebsten mit einer Fliegenklatsche den haarlosen Hintern versohlt haben wollten.

– Ich bin mit Männern zusammen, Mama.
– Wie meinst du das?
– Genau so.
– Nein.
– Doch.

Es war bizarr, sich nach mehr als 40 Jahren seiner verstorbenen Mutter gegenüber zu outen. Dennoch verspürte Harald so etwas wie Erleichterung, auch wenn die Tote neben ihm ein Vaterunser zu murmeln begann.

– Wenn du glücklich damit bist …
– Ja, Mutter. Auch wenn es anders wäre – *even if it is the wrong road, there is no other way.*
– Was heißt das, ich verstehe kein … was war das überhaupt für eine Sprache?
– Es heißt, dass mein Leben alternativlos ist – es ist so, wie ich es lebe, und das ist gut so, Mama.
– Was hast du eigentlich für einen Beruf? Du bist doch nicht in der Gastronomie gelandet?
– Ich bin Kriminalkommissar, aber ich habe Koch und Kellner gelernt und ein paar Jahre in Ischgl gearbeitet.
– Oh mein Gott, seufzte die Tote und starrte aus dem Fenster, dort hast du das Lotterleben kennengelernt. Was bist du jetzt? Kriminalkommissar?
– Ja, ich kläre Morde auf.
– Klingt spannend. Jeden Mord?
– Ja, sofern er mir zugeteilt wird. Warum fragst du?
– Ach, nichts.
– Jetzt hast *du* ein Geheimnis vor mir, Mama.

Die bleiche Frau versuchte sich an einem kühlen Lächeln,

das auf halbem Weg zwischen ihrem Gesicht und der Windschutzscheibe zersprang.

– Jeder Mensch hat Geheimnisse, Sohn.
– Und nimmt sie mit ins Grab?
– Vielleicht. Ich hoffe, du führst ein glückliches Leben, Harald. Auch wenn es unter lauter Männern ist.
– Ich werde es überleben.
– Nein, wirst du nicht. Niemand überlebt das eigene Leben.

Der Kommissar schaltete das Autoradio ein. Die ersten Nachrichten des neuen Tages, weil es kurz nach 1 Uhr früh war. Die Ermittlungen im Mordfall Kugler kamen kaum voran. Die Klatschpresse kündigte Grabungsarbeiten in drei Wiener Friedhöfen an. Regitnig war kurz davor, Chefredakteur der auflagenstärksten Tageszeitung des Landes zu werden. Vielleicht würde schon bald Mozarts Schädel ... – Harald drehte das Autoradio ab und sah zu seiner Mutter hinüber. Aber die Tote war nicht mehr da. Und der Beifahrersitz leer. Nur das schwarze Kunstleder fühlte sich noch immer kalt an, obwohl die Heizung im Wageninneren längst wieder angesprungen war.

An einer Kreuzung blieb Harald vor einer auf Rot stehenden Ampel stehen und überprüfte die eingegangenen Nachrichten. Dominique hatte tatsächlich Alexanders Profil in einem Forum namens *The Dungeon* entdeckt:

Alex02Satie. 18 Jahre alt. 170cm groß, 56kg, kurze schwarze Haare, dünn. Besondere Neigung: devot. Ein Sklave, der nach einem brutalen Meister sucht. Ist das nicht krass, Harald? Lg Domi – PS: Er ist mit einer Transe namens Josy verlinkt. Höchst seltsam, das Ganze. Ich hoffe,

*ich bekomme jetzt etwas für meine Indiskretionen. Ein paar
Schläge aufs nackte Hinterteil, ein paar Flaschen französischen Sprudel – oder vielleicht sogar deine Zuneigung. Für
sehr lange Zeit. Vielleicht auch für immer. Schlaf gut. À
domain, D.*

*

Den Mittwochvormittag verbrachte Harald Selikovsky wie
immer beim Chef, beim wöchentlichen Jour fixe. Der Leiter
des Landeskriminalamts stand kurz vor der Pension und
war vor allem für seine peniblen Fragen und seine Detailver-
liebtheit bekannt. Neben der verstaubten Laptop-Tastatur
lagen Unterschriftenmappe und die letzten fünf Ausgaben
der auflagenstärksten Zeitung des Landes. Ältere Ausgaben stapelten sich auf den beiden Büroregalen oder verstell-
ten den Zugang zum Fensterbrett, wo freudlose Pelargo-
nien vor sich hinwelkten. Neben Harald waren noch Ralf
und Jack anwesend, zwei Typen aus der Profiler-Abteilung.
Der eine hielt sich für Brad Pitt, der zweite für unschlag-
bar. Irgendwie erinnerte Ralf an eine viel zu groß geratene
Ratte, und Jack konnte mit seinen angewiderten Gesichtszügen als Kammerjäger durchgehen. Der Fall Alexander
Kugler war für die beiden Kriminalisten vollkommen klar:
Der Junge war das Opfer eines Sexualverbrechens geworden, Hämatome, Striemen, gewisse Auffälligkeiten im Mast-
darmbereich – am besten, der Chef würde ein Massenscree-
ning aller registrierten Sexualstrafstäter genehmigen, die
nach der Verbüßung von Haftstrafen und Psychiatrieauf-
enthalten irgendwo da draußen Dörfer, Städte und Gegen-
den unsicher machten. Ein kurzer Abstrich bei ungefähr
3.000 infrage kommenden Personen, und nach spätestens

einer Woche hätte man den Kerl dieser Tat überführt. Hundert Pro. Pro wie Prozent.

– Ein paar Tausend DNA-Tests, und wir haben den Kerl, stellte Jack fest und sah drein wie ein Kammerjäger, der ein ganzes Zinshaus von Ungeziefer reinigen musste – viel Geschäft, aber auch ziemlich viel Ekel.

Der Chef des Landeskriminalamts starrte die beiden Profiler an und überlegte, ob man mit zusätzlichen Parametern den Kreis der Verdächtigen eingrenzen könnte, nach Alter, bisherigen Verurteilungen und gewissen Präferenzen der sogenannten Betroffenen. Ralf knackte ungeduldig mit seinen riesigen Pranken herum, und Jack seufzte wie ein fauler Mittelschüler bei einer Klassenarbeit. Die Erstellung von Parametern war nicht gerade ihr Ding. Außerdem waren beide gerade mit viel aufsehenerregenderen Fällen beschäftigt, vor allem nach dem islamistischen Anschlag Anfang November in Wien und der Entdeckung eines größeren Waffenlagers in Niederösterreich, das womöglich mit einem geplanten Putsch von Neonazis in Deutschland in Zusammenhang stand. Weitaus spektakuläreren Fällen als dieser tot aufgefundene Junge, der ein bisschen Klavier spielte, ein paar Songs für eine Dark-Metal-Band komponiert hatte und ansonsten ein harmloser Schüler mit diagnostiziertem Asperger Syndrom gewesen war.

Kommissar Selikovsky betrachtete eine tote Zimmerfliege auf der Schlagzeile der gestrigen Zeitungsausgabe: ›Mozarts Schädel bereits gefunden? Erste Grabungen in Wien könnten sensationelle Ergebnisse liefern.‹

– Zwei Totenköpfe konnten schon geborgen werden, sagte Selikovskys Chef, trat ans Fenster und goss mehrere Liter Leitungswasser auf die traurig aussehenden Zimmerpflanzen. Das mit Wachstumsmitteln angereicherte Wasser würde den Pflanzen ziemlich sicher bald den Rest geben.

Ralf und Jack waren unterdessen gegangen, nicht ohne den Auftrag bekommen zu haben, jene Sexualstraftäter aus der Datenbank zu benennen, die wegen Verführung minderjähriger Jungen mehrere Jahre Gefängnis ausgefasst hatten, von kräftiger Statur und im mittleren Lebensalter waren und in Wien oder der näheren Umgebung der Bundeshauptstadt wohnten. Maximal 100 Adressen, die vom Landeskriminalamt innerhalb weniger Tage bearbeitet werden konnten, hatte der Chef den beiden Profilern mitgegeben. Auch Harald würde fünf Anschriften erhalten und zusammen mit einem Turnusarzt die DNA-Abstriche vor Ort vornehmen. Vielleicht ein paar erste Fragen stellen. Verdächtiges Verhalten wahrnehmen. Und eben das genetische Material sichern.

– Zwei Totenschädel, von denen einer möglicherweise Mozart selbst zuzuschreiben ist. Wäre doch sensationell, oder?

Der Vorgesetzte warf einen fragenden Blick zu Selikovsky hinüber, der den grauen Himmel hinter dem hohen Fenster betrachtete. Kaum Sonne in den letzten zehn Tagen, nur dichte Wolkenbänke wie ein einziges Leichentuch über der Stadt. Mitten in der frühwinterlichen Tristesse hatte die Klatschpresse ein neues Lieblingsthema gefunden, das die Auflagen in die Höhe trieb und das darniederliegende Inseratengeschäft ankurbeln konnte. Die lahme Allgemeinheit da draußen schien über Nacht richtig heiß auf einen 230 Jahre alten Totenschädel geworden zu sein.

– Eine mehr als seltsame Massenmanie, nickte der Chef und sah Harald nachdenklich an, die meisten Leute kennen gar nichts von Mozart, nicht einmal die *Kleine Nachtmusik* geschweige denn eine seiner Symphonien oder eine der meisterhaft komponierten Opern. Trotzdem wollen alle den Schädel des Meisters anstarren, die Gebeine, ein paar Haarlocken oder das eine oder andere Kleidungsstück.

– Sie wollen einen Zombie anstelle von Opern, Streichquartetten oder Totenmessen, sie wollen die billige Sensation und nicht eine schwierig zu spielende Partitur, antwortete Harald und dachte an die vielen Stunden, in denen er seinem Sohn beim Klavierspiel zugeschaut hatte, ein kleiner Junge, der sich die Finger wundgespielt hatte, schon mit acht oder neun oder zehn Jahren: Willst du nicht mit der Eisenbahn spielen? Oder ein Eis essen gehen? – Ich spiele lieber etwas von Chopin. – Ins Freibad gehen reizt dich auch nicht? – Die Kinderszenen von Schumann sind doch hundertmal besser. Als Junge war Simon ein bisschen wie dieser Alexander Kugler gewesen. Ähnlich und dann wieder ganz anders.

– Ja, das Begehren der Menschen ist seltsam, pflichtete Haralds Vorgesetzter bei, nahm einen Bleistift in die rechte Hand und begann, das Orchester zu dirigieren, das im Klassiksender gerade Brahms spielte. Oder Bruckner. Oder war es doch Mahler? Etwas Spätromantisches jedenfalls. Etwas, das frontal die Seele angriff. Oder das, was am Ende des Lebens von ihr übrig geblieben war: ein diffuses Gefühl, ein vages Begehren. Etwas, das man kaum mehr benennen geschweige denn einfangen konnte.

Der Vorgesetzte unterbrach sein imaginäres Dirigat und deutete auf ein Rollmaßband, das vom Fensterbrett Richtung Sternparkett baumelte.

– 95 Tage noch, murmelte er, Ende März ist meine Dienstzeit vorbei. Bis jetzt ist noch kein Nachfolger gefunden worden.
– Wahrscheinlich sind schon jede Menge Leute hinter Ihrem Posten her, antwortete Harald und dachte an Ralf oder Jack, die sicher bei der Polizeigewerkschaft waren und sich Chancen auf den Chefsessel ausrechnen würden, der eine war für die christlich-soziale Partei unterwegs, der andere den rechten Freiheitlichen verpflichtet. Harald kannte wenig Lust, auch nur unter einem dieser beiden Opportunisten zu dienen, aber was konnte er machen, er selbst hatte nur noch einige Jahre bis zur Pension, fünf oder sechs vielleicht. Eine halbe Dekade aus vielleicht 20 Mordfällen und der einen oder anderen noch gröberen Untat.
– Sie hätten kein Interesse daran, oder?
– Ich habe noch nicht darüber nachgedacht.
– Vielleicht sollten Sie es aber tun, lächelte der Chef und trat ein paar Schritte näher an Harald heran, Sie haben die Mordserie in Ischgl bravourös geklärt, und wenn Sie jetzt noch die Hintergründe zu diesem Verbrechen an dem Schuljungen aufdecken …
– Ich bin doch nicht einmal bei einer Partei, entgegnete Harald.
– Ach, diese Zeiten sind längst vorüber, murmelte der Chef und Präsident der österreichischen Burschenschaften, die sich *Germania*, *Vandalia* oder wie auch immer nannten.
– Und ich bin homosexuell.

– Noch besser: Das Landeskriminalamt könnte etwas Diversität und Extravaganz dringend gebrauchen. Außerdem waren Sie 14 Jahre verheiratet und haben sogar einen Sohn. Also, denken Sie noch einmal drüber nach, Harald. Oder wollen Sie einen Kammerjäger oder das Rattengesicht als neuen Vorgesetzten haben?

Harald hob erstaunt seinen Kopf und blickte zu seinem Chef hinüber, der in ein paar Monaten nur noch Golf spielen oder einmotorige Flugzeuge über die Bucklige Welt steuern würde. Auf der Wand hingen bereits Fotos von einer *Cessna 164*, einer *Robin* oder einer schnellen *Piper* aus den 70er-Jahren, allesamt fliegende Oldtimer, die am Flughafen Bad Vöslau stationiert waren.

– Na schön, ich überlege es mir, lächelte Harald, stand auf und verabschiedete sich aus dem Reich seines Vorgesetzten, der eine kleine Nagelschere zur Hand nahm und den nächsten Zentimeter vom Rollband abschnitt, für diesen Arbeitstag, der in den Papierkorb wanderte, ein winziger Bandabschnitt mit der Zahl »95«.

*

Am frühen Nachmittag fuhr Harald am sogenannten Neuen Institutsgebäude der Wiener Universität vorüber, einem heruntergekommenen Nachkriegsbau, der mittlerweile das genaue Gegenteil von neu war. Vor ungefähr 20 Jahren hatte Selikovsky einige Psychologie-Einführungskurse in den Hörsälen dieser Asbestburg abgesessen, seltsam, dass ihm diese einschläfernden Vorlesungen ausgerechnet jetzt wieder einfielen. Die Grundlagen der Psychoanalyse. Das Ich und das Es und das Über-Ich. Später war in noch langweiligeren Seminaren vom Begehren die Rede gewesen, vom Entstehen des Ichs während eines Spiegelstadiums oder so ähnlich. Harald konnte sich nur noch vage an diese Nebenfächer erinnern. Der Säugling, der aus dem Mutterbauch geworfen wurde wie aus einem Paradies. Dann monatelanges Schreien und Brabbeln, bevor man in einem Spiegel das eigene Selbst entdeckte, eine vollendete Täuschung: endlich der ganze Körper im Blick, aber am falschen Ort – auf einer blöden Glasfläche. Jubel, der sich bald in ein Gefühl der Entfremdung verwandeln würde: diese fremde Allmacht im Spiegel. Der Körper eine Illusion. Das Imaginäre durch die Sprache überwunden. Angeblich. Dieses unstillbare Begehren entsteht. Das kleine verdammte Objekt, das du dein Lebtag nicht mehr loswirst, wie ein hartnäckiges Virus oder eine chronische Krankheit.

In diesem Augenblick läutete das Telefon, und Elke war dran. Um ein Haar wäre Harald auf das vordere Fahrzeug gekracht, einen schwarzen Tesla, der von null auf hundert in weniger als drei Sekunden beschleunigte und dabei so umweltfreundlich wie eine antriebslose Scheibtruhe war. Die Epiphanien aus dem Institutsgebäude prallten gegen die Windschutzscheibe und zerstoben zu den groben Pixelbildern der Wirklichkeit: die Ringstraße, der schwarze Tesla, das nassgraue Wetter. Und der unaufgeklärte Mord an einem 16-jährigen Jungen.

– Josua, begann Elke leise, ich weiß nicht, ob ich es dir
  sagen soll …
– Du kannst alles sagen, antwortete Harald rasch und
  merkte, wie sein Puls schneller wurde. Der Stau auf der

Ringstraße lichtete sich, und der Tesla vor Harald setzte sich langsam wieder in Bewegung. Eine amerikanische Limousine mit ukrainischem Kennzeichen.

– Der Junge ist seit ein paar Tagen nicht mehr zum Unterricht erschienen. Weder zu den Präsenzstunden noch war er online zugegen. Seine Eltern sagen, er sei etwas unpässlich. Und würde sein Zimmer nicht mehr verlassen. Aber ich glaube, er ist gar nicht krank.

– Sondern?

– Ich weiß nicht, antwortete Elke, vielleicht hätte ich es dir gar nicht sagen sollen, aber ich habe so ein komisches Gefühl irgendwie.

– Weil er Alexanders bester Freund war?

– Auch. Und weil er möglicherweise zwei Seiten hat. Die eine freundliche, nette, unverbindliche, smarte – und …

– Die andere.

– Genau: die düstere, vielleicht gefährliche oder sich selbst gefährdende Seite. Ich weiß auch nicht.

– Ich könnte zu den Silbermayrs schauen. Einfach so. Ganz unverbindlich.

– Das wäre keine so schlechte Idee.

– Wenn du mir die Adresse sagen könntest …?

– Das darf ich eigentlich nicht, Harald.

– Angesichts von Ermittlungen zu einem Kriminalfall ist die Datenschutzgrundverordnung nicht mehr so wichtig.

– Okay, ich schreibe dir eine SMS.

– Sehr gerne. Wenn du willst, kann ich gleich dort vorbeischauen. Ich bin sowieso in der Nähe.

Wie ein düsteres Aquarellgemälde floss der Wiener Stadtpark an Haralds Wagen vorüber, in graubräunlichen Farbtönen, unterbrochen von der Zäsur der einen oder anderen Straßenlaterne. Das *Hilton Park Vienna* Hotel tauchte am Ende der Straße auf, und Harald bog zur Landstraßer Hauptstraße ab. Steuerte den Wagen durch die Ungargasse und warf einen Blick auf die soeben eingegangene Nachricht. Laut Elkes Kurznachricht lag die Silbermayr-Wohnung in der Nähe vom Arenberg Park, weniger als drei Autominuten entfernt. Harald blickte auf die Uhr und begann bereits, nach einer Parklücke Ausschau zu halten. Noch immer saßen viele Einwohner der Bundeshauptstadt im Homeoffice fest, und ihre Autos verstaubten entlang der leer gefegten Straßen.

Wir alle, dachte Harald und sah sich nach einem freien Stellplatz in der langen Reihe aus abgestellten Fahrzeugen um, wir alle scheinen in einen Zustand der Überlagerung geraten zu sein: gewissermaßen tot und lebendig zugleich. Erst eine Messung (ein Test, eine Diagnose, ein ausgestellter Totenschein) könnte diesen Zustand der Unentschiedenheit beenden. Bis dahin wären wir alle lebendig und gleichzeitig tot. So unentschieden wenig am Leben wie Schrödingers Katze, die in einen Kasten mit instabilem Atomkern und einem Geigerzähler gesperrt worden war. Irgendjemand müsste nachsehen, ob das geheime Gift uns alle bereits ausgelöscht hat. Oder auch nicht. Alles je nachdem. Wenigstens so lang, bis ein Sprengelarzt unseren Totenschein ausgestellt hätte. Und wir regungslos in einer von Doktor Hörzers Kühlladen lägen. Erst dann hätte das Paradoxon des gegenwärtigen Daseins seinen eindeutigen Schlusspunkt gefunden. Den Tod. Das Ende der Überlagerung. Das Nichts am Ende des Tunnels.

Nach ungefähr zehn Minuten hatte Harald endlich eine Parklücke erspäht. Nicht besonders weit von Elkes angegebener Adresse entfernt. Für einen Augenblick hatte er das Gefühl, doch wieder lebendig zu sein. Der Geigerzähler hatte nicht ausgeschlagen. Der instabile Atomkern blieb intakt. Schrödingers Katze durfte in ihrer verdammten Wohnschachtel weiterleben. Während der nächsten Tage und Wochen zumindest.

Harald füllte einen Parkschein aus, stieg aus dem Wagen und betrachtete die breite Straße am Rande des Arenberg Parks. Eine Apotheke, eine geschlossene Cocktailbar, drei angekettete Fahrräder und viele blätterlose Alleebäume. Eine schöne, ruhige Straße mit lauter gediegenen Patrizierhäusern aus dem späten 19. Jahrhundert. Eine verwaiste Arztpraxis. Und ein medizinisches Labor im Hochbetrieb. In einer langen Reihe stellten sich maskierte Gestalten für die Impfungen an. In ihren Augen loderte die Angst. Letzte Blätter fielen von den Bäumen herab, und langsam setzte feiner, unangenehm kalter Regen ein. Als ob heute ein wunderbarer Tag zum Sterben wäre. Und für einige Menschen in den Intensivstationen dieser Stadt war es auch so.

Die Silbermayr-Wohnung befand sich im schönsten Gebäude des Viertels, einem Jugendstilbau, wie von Otto Wagner oder Josef Hoffmann erbaut. Im schönbrunngelben, mit Ornamenten und Stuck verzierten Patrizierhaus mussten die Eigentumswohnungen ein sattes Vermögen verschlungen haben, möglicherweise auch zwei. Kommissar Selikovsky wohnte selbst nur wenige Straßen entfernt, dennoch schien er in einer anderen, irgendwie untergegangenen Welt angekommen zu sein, in einem Wien, wo die Zeit um 1880 stehen geblieben war – und Wittgenstein, Sir Karl Popper und Otto Neurath noch gar nicht geboren waren, und auch ein Sigmund Freud erst 24 Jahre alt gewesen war. Nur die Fuhrwerke vor dem Haus fehlten noch oder das eine oder andere Hochrad, die Eselskarren und die Pferde der nahen Habsburger-Stallungen. Hier wohnte das alte Geld des betuchten Wiens, ehrenwerte und wohlhabende Bürger wie das Arztehepaar Silbermayr und dessen 17-jähriger Sohn.

Selikovsky drückte die vergoldete Türschnalle nach unten und stand nach wenigen Metern in einer kleinen Lobby, wo es einen kleinen Sekretär im Biedermeierstil gab, hinter dem ein älterer Mann vor sich hin döste: etwa 60 Jahre alt, mürrisches Gesicht und osteuropäische Gesichtszüge. Auf seinem braunen Sakko war ein Button mit dem Hinweis ›Krzysztof Kieslowsky, Concierge‹ angebracht. Kommissar Selikovsky räusperte sich und fragte in seinem holprigen Polnisch, ob er in den dritten Stock hinaufschauen könne, er müsse den Sohn des Arztehepaars zu einer gewissen Angelegenheit befragen, fügte er noch hinzu und wies sich mit seiner Dienstmarke aus: Bundespolizeidirektion Wien, Selikovsky, Mag. Harald, plus Dienstnummer.

– Nie sądzę, żeby Joshua tam był, antwortete der Portier.
– Darf ich trotzdem nachsehen, fragte Selikovsky in einem Tonfall, der so bestimmt war, dass er jede Tür im Handumdrehen öffnen konnte.

Der Concierge nickte beeindruckt, deutete auf den Lift und fügte »Numer drzwi dwanaście« hinzu, »Türnummer 12, Sie können es nicht verfehlen, im 3. Stock gibt es nur diese Wohnung.«

Selikovsky bedankte sich und nahm den Lift in das angegebene Stockwerk hinauf. Vor einer gediegenen Eichenholztür drückte er ein paarmal den Klingelknopf, und eine verhärmt aussehende ältere Frau erschien im Türrahmen, wahrscheinlich die Haushälterin und ebenfalls Polin, vielleicht sogar die Ehefrau des mürrischen Concierge in der Lobby.

– Niemand da, sagte sie leise.

– Doch: Sie.

– Ich bin niemand. Nur die Haushälterin.

– Ohne Sie geht in dieser Wohnung doch alles den Bach runter.

Die Haushälterin lächelte kurz und fragte Harald in brüchigstem Deutsch, wen er hier suche. Doktor Silbermayr würde erst gegen 20 Uhr abends kommen, seine Ehefrau noch später. Und der Sohn …

– Erraten, ich würde gerne Josua sprechen, erwiderte Selikovsky auf Polnisch, zückte seinen Ausweis und befand sich Sekunden später in der geräumigen Diele. Mindestens vier Meter 50 hoch, mit Jugendstil-Luster und teurer Gegenwartskunst. Hier wohnten reiche Leute mit gutem Geschmack. Und einem Naheverhältnis zu *Sotheby's* oder *Christie's*.

Die Haushälterin führte Selikovsky zu einer Art Nebeneingang am Ende der Diele, vor eine schwarz gestrichene Tür, auf der ein goldenes Schild mit dem Namen ›Josua privat‹ angebracht war.

– Der junge Mann wird nicht hier sein. Aber wenn Sie wollen, können Sie kurz hineinschauen, sagte die Haushälterin in einem Polnisch, das in Łódź gesprochen wurde, jener Stadt, aus der auch Haralds Mutter gekommen war.

– Zajmie to tylko kilka minut, beruhigte Harald die scheue Haushälterin und betrat die sogenannte Einliegerwohnung mit eigenem Zutritt, vielleicht 60 Quadratmeter groß: zwei Zimmer samt geräumigem Badezimmer und begehbarem Kleiderschrank. Allein dieses Apartment musste eine halbe Million bar auf die Kralle wert sein.

Die Haushälterin nickte und schloss die Tür hinter dem Kommissar. Josuas Reich wirkte auf den ersten Blick aufgeräumt und etwas steril, was ziemlich gut zu seinem aalglatten Auftreten passte. Alexanders bester Freund schien gediegen blasiert und schnöselig zu sein, ein Junge, dem man den Reichtum seiner Eltern sofort ansah. Insgeheim ahnte Josua längst, dass er sich in seinem verdammten Leben niemals wirklich anstrengen müsste, früher oder später würden ihm die Millionen seiner Eltern buchstäblich in den Schoß fallen. Egal, ob er ebenfalls Arzt werden oder nur als unbedeutender Erbe die üppig zur Verfügung stehende Zeit zwischen Wien, Kitzbühel und einem Sommerhaus in Ligurien totschlagen würde.

Eine beeindruckende Sofalandschaft von *Minotti* dominierte das Wohnzimmer, dazu passend ein blank polierter Glastisch von *Knoll*, und an den Wänden staubten Warhol und Banksy vor sich hin. In einem Bleikristallaschenbecher lag eine Zigarettenschachtel, die fünf rote Tabletten enthielt. Mit spitzen Fingern nahm Selikovsky eine heraus und steckte sie in einen Zellophanbeutel. Der Gummibaum in der Ecke machte einen vertrockneten Eindruck, auf der Blumenerde der trostlosen Zimmerpflanze waren einige selbstgedrehte Zigarettenkippen ausgedrückt worden. Hastig gerauchte Joints höchstwahrscheinlich – eine der angerauchten Kippen mit seltsam rotem Lippenabdruck verschwand ebenfalls in Haralds mitgebrachtem Zellophan-Säckchen. Kurz bevor Kommissar Selikovsky das nächste Zimmer aufsuchte, warf er noch einen Blick auf den teuren *Project*-Plattenspieler, der an mehrere *Infinity*-Boxen angeschlossen war. Unter dem Abspielgerät befanden sich in einem Fach einige Alben, darunter »The Imperfect Sea« einer Band namens *Penguin Café,* eine Gesamtaufnahme von »Don Giovanni« des Wiener Staatsopernorchesters unter der Leitung von Riccardo Muti sowie das neueste Album von Marilyn Manson »We are Chaos«. Der Kommissar warf einen Blick auf einen tätowierten Typen im weißen Stetson, drehte das Album um und entdeckte einen Song namens »Don't Chase the Dead« auf der Rückseite. Harald zuckte mit den Achseln, legte das Album in das Ablagefach unter dem Plattenspieler zurück und betrat den letzten Raum dieser Einliegerwohnung.

Im Schlafzimmer gab es einen teuer aussehenden Schreibtisch mit *Castiglione*-Stehlampe, Vispring-Bett und einem Wandregal mit ein paar Pokalen des *First Vienna Football Club 1894,* kurz *Vienna* genannt. Gewinner der Wiener Schülermeisterschaft. Zweiter Platz im Österreichischen Jugendcup. Wiener Nachwuchsspieler des Jahres. Josua musste ein aufstrebender Nachwuchsfußballer sein, auf einem gerahmten Bild sah der Junge wie aus dem Ei gepellt aus: gewelltes dunkelblondes Haar, das in dichten Strähnen in die Stirn quoll, große, ausdrucksstarke Augen, hohe

Wangenknochen, eine perfekt geformte Nase und weiche Lippen. Ein Gesicht, in das sich die halbe Welt verlieben konnte, egal ob m oder w oder irgendetwas dazwischen. Und vielleicht war genau das Josuas gut vor der Außenwelt abgeschirmtes Geheimnis.

Der Kommissar wandte sich von der Aufnahme ab, und das Zellophan-Säckchen mit den beiden Drogenfundstücken glitt ihm dabei aus der Hand. Als er sich niederkniete, um die Beweismittel aufzuheben, entdeckte Harald unter dem Schreibtisch zwei schwarze Schuhe, übertrieben glänzend und verräterisch hoch. Offensichtlich Stiefel, deren Ränder nach unten geknickt waren. Der Kommissar langte unter den Schreibtisch und griff nach einem der glänzenden Leder-High-Heels, zog ihn aus dem Halbdunkel hervor und starrte auf den glänzenden, schwarzen Latexstiefel mit hoher Plateausohle und Stahlkappen an den beiden Absätzen. Ganz sicher nicht beim Schuhhändler um die Ecke gekauft, sondern eher bei einem Online-Pornoladen erstanden. Als Harald den Latexstiefel nach unten kippte, fielen eigenartige Gegenstände heraus. Ein Cockring. Mehrere Tuben Gleitmittel. Und ein zusammengeknüllter Zettel mit einer höchst seltsamen Gleichung: 475.280,1 N + 164.468,2 E + 477.471,92 N + 162.235,83 E = Chorna smert.

Selikovsky spürte, wie sein Puls schneller zu schlagen begann. Chorna smert war Ukrainisch, das seine Mutter manchmal in gewissen Gute-Nacht-Liedern verwendet hatte. Sie stammte aus Ostpolen, und dort wurde Ukrainisch als zweite Amtssprache verwendet. Die beiden geheimnisvollen Wörter waren eine Kombination aus schwarz und

Tod. Der Schwarze Tod schien also die Summe aus diesen vier angegebenen alphanumerischen Daten zu sein.

Im begehbaren Kleiderschrank hingen einige taillierte weiße Hemden von Finamore oder *Zegna*, die Jeans in der Ablage waren von *Diesel* oder *Dsquared*, auch die Boxershorts und die Socken schienen teure Markenartikel zu sein, und die beiden Sakkos waren sogar Haute Couture, von einem teuren Schneider in der Wiener Innenstadt angefertigt. Die zweite Hälfte des Schrankraums bestand aus einigen versperrten Laden. Der dazugehörige Schlüssel fehlte, aber die Schlösser sahen nicht besonders widerstandsfähig aus. Harald vergewisserte sich, dass ihn niemand beobachten konnte, nahm ein Taschenmesser aus der Hosentasche und öffnete die oberste Lade innerhalb von wenigen Sekunden. Gespannt hielt der Kommissar den Atem an, aber alles blieb ruhig und war nur sich selbst überlassen.

Vorsichtig öffnete Selikovsky die aufgebrochene Schublade. Ein paar Latexhosen mit Karabinern und Eisenketten lagen zusammengelegt in der Schrankbox. Dazu ein Ballettkleid und kurze Kunstlederröcke. Und in den Laden darunter lauerten Dildos und weitere Sextoys. Ein paar Fläschchen Poppers. Und der zerknüllte Zettel eines Instituts für Labordiagnostik mit einem positiven HIV-Test. Elke hatte recht gehabt. Josua hatte zwei Gesichter. Eines, das gediegen, edel und ein wenig versnobt war, und ein anderes, vielleicht sogar wahres, das dunkel, ja abseitig sein musste. Und möglicherweise auch ziemlich verboten.

VI – BENEDICTUS

Am nächsten Tag lagen ein DIN-A4-Blatt und die neueste Ausgabe der auflagenstärksten Zeitung des Landes auf Selikovskys Schreibtisch. Unübersehbar genau in die Mitte gelegt, perfekt nach allen Seiten zentriert. Das ausgedruckte Schriftstück enthielt fünf Adressen von verurteilten Straftätern, die sich in den letzten Jahren an minderjährigen Jungs vergriffen hatten. Inklusive näherer Angaben zu den Gerichtsverfahren. Die Betroffenen waren allesamt mindestens 40 Jahre alt, von kräftiger Statur und in Wien oder der weiteren Umgebung der Bundeshauptstadt aufhältig. Eine Adresse war in Sievering, einem wohlhabenden Viertel am Rande des Wienerwaldes. Die nächsten beiden Adressen mit Stiegen-Nummern im höheren zweistelligen Bereich schienen eher Sozialbauten in der Wiener Vorstadt zu betreffen. Die letzten beiden Anschriften schließlich lagen in Niederösterreich, eine in Sollenau bei Wiener Neustadt und die letzte in Lanzenkirchen, beide jeweils eine dreiviertel Autostunde von der Bundeshauptstadt entfernt.

›Lieber Magister Selikovsky‹, stand unter den Angaben und Kurzkommentaren in akkurater Handschrift geschrieben, ›hier sind Ihre fünf Adressen für die angekündigten Überprüfungen im Fall Kugler. Sie können gleich heute um 10 Uhr beginnen. Ein junger Turnusarzt namens Doktor Mormann wird Sie begleiten, er wird sich kurz nach Ihrem Eintreffen im Büro bei Ihnen melden. Viel Erfolg –

und falls Sie etwas Zeit haben, blättern Sie doch ein wenig in der beiliegenden Zeitung. Alles Gute, Wirklicher Hofrat Doktor‹ – und der Name des Vorgesetzten. Ein Doppelname tschechischen Ursprungs.

Kommissar Selikovsky legte den Ausdruck mit den fünf Adressen beiseite und warf einen Blick auf das Kleinformat: ›*Dritter Schädel gefunden – ist es Mozarts ältere Schwester?*‹ Und darunter ›Lesen Sie den spannenden Tatsachenbericht unseres Lokalredakteurs Alfred Regitnig auf den Seiten 8 bis 10.‹ Zwischen den beiden Blatthälften des reißerischen Artikels lag eine Drucksorte der Österreichischen Staatsdruckerei: ein Bewerbungsformular, das bereits zur Hälfte ausgefüllt war – mit zittrigen, aber penibel zu Papier gebrachten Buchstaben. Die Handschrift des Wirklichen Hofrats war unverkennbar. Eigentlich musste Harald nur noch seine Sozialversicherungsnummer eintragen, eine Kopie seines Dienstausweises beilegen und das Schriftstück eigenhändig unterfertigen. Der Rest war eine hausinterne Eingabe, und das Bewerbungsverfahren würde offiziell eingeleitet werden. »Ich werde dafür sorgen, dass Sie ganz vorne gereiht werden«, hatte Selikovskys Vorgesetzter mit Bleistift unter dem Pressebild von den Grabungsarbeiten auf dem Sankt Marxer Friedhof geschrieben. Beinahe zu diskret, um überhaupt noch wahr zu sein.

Kommissar Selikovsky schüttelte den Kopf und legte das Kleinformat auf die rote Plastikablage mit der Aufschrift ›erledigt‹. Er war nicht besonders scharf darauf, sich mit Profilern wie Ralf oder Jack um die Hofratsnachfolge zu balgen. Lieber graste er mit dem Nachwuchsmediziner einige Verdächtige in Wien und Umgebung ab, um einem noch unbekannten Täter im Mordfall Alexander Kugler auf die Schliche zu kommen.

Die Zeiger der Wanduhr rückten der vollen zehnten Stunde entgegen, und Selikovsky dachte kurz an den gestrigen Abend, den er größtenteils in seiner alten Motorrad-Uniform verbracht hatte: in enganliegender Lederhose, blank polierten Stiefeln und einem schmal geschnittenen Jackett mit den Distinktionen der untersten Offiziersstufe. Dazu Sturzhelm. Lederhandschuhe. Handschellen und Pfefferspray am Hosenbund, und die Attrappe einer *Glock*-Pistole. Noch an der Türschwelle hatte er Dominique festgenommen und in Handschellen durch die Wohnung Richtung Schlafzimmer gezerrt, um sich dort wie vereinbart für die Recherchen der Lotto-Fee erkenntlich zu zeigen. Eine heftige Belohnung von vorne, von hinten, von oben, von unten. Danach entspanntes Kuscheln zwischen dicken Pölstern und Leintüchern. Und etwas Sprudel aus der gehobenen Preislage. Der Abspann eines mehr als gelungenen Abends.

– Hast du nicht öfter solche Aufträge? Das war richtig geil. Und Champagner obendrein. Sogar roséfarben. Mein Held, worauf trinken wir eigentlich?
– Auf die Gerechtigkeit, hatte Harald gemurmelt, und auf die Aufklärung des Mordes an einem wehrlosen Jungen.

Das Handy in seiner Sakkotasche begann zu summen, und der junge Mediziner war dran. *Ich bin vollständig adjustiert und warte unten im Innenhof auf Sie.* Adjustiert bedeutete einen Polypropylen-Anzug mit Kapuze, dicker Infektionsschutzbrille, FFP3-Maske und zwei Lagen von Einweg-Handschuhen. Harald warf einen kurzen Blick aus dem Fenster. Im Innenhof war eine Art Außerirdischer zu sehen, gut verpackt in einen grünlich wirkenden Plastikanzug, mit einem schwarzen Alukoffer und Überschuhen, die wie klobige Bergschuhe in Größe 52 aussahen. Eine so gefährlich wie verletzlich wirkende Gestalt, die Harald vom Innenhof aus zuwinkte, nachdem sich der Kommissar von seinem Bürofenster aus bemerkbar gemacht hatte. Ein nach oben gestreckter Daumen im rechten Überhandschuh signalisierte, dass der Jungmediziner bereit war, gemeinsam mit Kommissar Selikovsky zur Fünf-Adressen-Tour aufzubrechen.

– Spätestens um 16 Uhr Nachmittag werden wir fertig sein, rief Kommissar Selikovsky dem vermummten Mediziner im Innenhof des Bundeskriminalamtsgebäudes entgegen.

Kopfnicken. Beide Daumen hoch. Der verpackte Körper vibrierte geradezu vor Zustimmung.

– Wir brechen in fünf Minuten auf, ich komme gleich zu Ihnen hinunter.

*

Während der Anfahrt nach Sievering wechselten der junge Turnusarzt und Kommissar Selikovsky nur wenige Worte. Der junge Mann am Beifahrersitz hatte riesige *AirPods*-Kopfhörer angelegt und hörte etwas, das dumpf vor sich hin stampfte wie eine Dampflokomotive aus dem frühen 20. Jahrhundert. Harald dagegen hatte das Autoradio auf *Österreich 1* eingestellt, den klassischen Sender, der vormittags sehr oft Mozart spielte. Irgendein Streichquartett gab eine Sonate des

Meisters zum Besten, unterbrochen von einigen Kurzkommentaren des zuständigen Musikredakteurs. Harald kannte den Experten für klassische Musik sogar flüchtig vom Studium her, beide hatten Jus inskribiert, Bernhard war in einem katholischen Studenheim untergekommen, und Harald hatte damals noch ein Zimmer in der *Akademikerhilfe Pfeilgasse* belegt. Nachts hatten sie einander heimlich in einer dunklen Bar namens *Nightshift* getroffen, zunächst auf ein paar hochprozentige Shots am stets gut bevölkerten Tresen, und danach auf einen gemeinsamen Besuch im angrenzenden Darkroom, einer Art Keller, der vor allem aus Händen, Mündern, Schwänzen und Löchern bestand und so verraucht wie verrucht war, dazu von schweren Alkoholfahnen durchweht. Es war die Zeit, in der flüchtiger Sex zu einer Art russischem Roulette verkommen war: In den Krankenhäusern siechten die ersten Aidskranken dahin, aber in den Darkrooms und Parktoiletten regierte noch die Ära der Geilheit, die schön langsam in Polizeirazzien und grassierender Massenpanik unterzugehen drohte.

Die frühen 90er-Jahre waren eine bleierne, von einer unaussprechlichen Stille und einem alles blockierenden Schweigen durchwachsene Zeit gewesen, in der man gute Bekannte in kurzer Zeit bis aufs Skelett abmagern sah, bevor sie draußen im Krematorium des Wiener Zentralfriedhofes verbrannt worden waren. Einer nach dem anderen. Der Georg. Der Willi. Der Manuel. Siegfried, Benny und Achim. Der alte Graf und der junge Kohlenhändler, der Fleischer, der Bankier und sein minderjähriger Liebhaber, alle verschwanden sie, einer nach dem anderen, in einer Dunkelheit aus Verlust, betroffenem Schweigen und selten ausgesprochener Trauer.

Etwas von dieser damals so verbreiteten tödlichen Stimmung war gestern wieder deutlich wahrzunehmen gewesen, wie eine unsichtbare Grabplatte, die das Leben darunter plattgedrückt hatte. Selikovsky hatte draußen am Zentralfriedhof an der Verabschiedung von Ferdinand Kugler, Alexanders an Depressionen und Krebs verstorbenem Vater, teilgenommen. Dieser provisorisch verschraubte Eichensarg. Marianne, die von einem ihrer Brüder gestützt wurde. Haralds Ex-Frau Elke, die ebenfalls gekommen war, und ein paar weitere Bekannte, Verwandte und Freunde. Niemand, der auf den ersten Blick verdächtig wirkte, eine harmlose Gemeinde der letzten Dinge, die den kaum tröstenden Worten des Pfarrers lauschte, eine welkende Rose auf den Eichensarg legte und beklommen den Abtransport des Toten im Leichenwagen verfolgte. Vier Mitglieder eines Gesangsvereins intonierten den »Feierabend«, das »Heimgehen« und ein paar andere Weisen des Abschieds. Dann war die kurze Trauerzeremonie vorbei, und die wenigen Leute zerstreuten sich wieder. In ihr eigenes Überleben hinein. Selikovsky hatte noch ein paar Worte mit Marianne Kugler und seiner Ex-Frau Elke gewechselt. Banale, irgendwie nichtssagende Worte. Bevor jeder für sich den Ausgang erreicht hatte und in das eigene Fahrzeug stieg, den Geruch von Weihrauch in der Nase, den kalten Winterwind um die Ohren – und eine ungewisse Zukunft vor sich.

Kurz vor Sievering nahm der junge Turnusarzt die riesigen Kopfhörer herunter und fragte, wie weit es noch bis zur ersten Adresse sei. Kommissar Selikovsky deutete auf das Navigationssystem, nur noch zweieinhalb Kilometer. Knappe vier Fahrminuten. Harald räusperte sich und erklärte dem Arzt, wie er vorgehen wollte. Zunächst Anläuten. Dann die zuständige Ansprechperson aufsuchen. In zwei oder drei Sätzen den Grund des Besuches erklären. Dann – ganz wichtig – einen Abstrich von der Mundschleimhaut machen. Sich noch etwas kurz im Gebäude umsehen. Und nach nicht einmal fünf Minuten wieder verschwinden.

– Es könnte etwas peinlich zugehen, fügte Selikovsky seinen Erklärungen hinzu, wer mag schon an die eigene Verurteilung wegen sexuellem Missbrauch erinnert werden.

– Das ist einfach unser Job, erwiderte der Arzt und rückte die Schutzbrille zurecht. Unter seiner FFP3-Maske klang seine Stimme seltsam dunkel, undeutlich und irgendwie alt. Dabei war der Mediziner noch keine 30 Jahre alt, vielleicht nicht einmal 25. Ein junger Mann, der sein Studium wahrscheinlich innerhalb der Mindeststudien-Dauer hingelegt hatte, nicht ganz untypisch für seine Generation.

– Sie können Florian zu mir sagen, sagte Doktor Mormann in seinem unförmigen Schutzanzug, und entschuldigen Sie bitte meine undeutlich klingende Stimme.

– Ich bitte Sie …

– … dich …

– Also gut: Ich bitte dich, Florian, dafür brauchst du dich nicht zu entschuldigen, der Aufzug dient ja deiner eigenen Sicherheit.

– Und Gesundheit. Auch wenn wir schon alle geimpft sind und die ganze Scheiße hinter uns haben.

– Man weiß nie, fügte Harald lächelnd hinzu, und der junge Turnusarzt nickte zustimmend.

– Ganz recht, wer weiß schon, was uns am Tunnelende erwartet: das ersehnte Tageslicht oder nur der entgegenkommende Zug.

Mittlerweile hatten die beiden Sievering erreicht, eine vornehme Wohngegend am Rande des Wiener Waldes. Die angegebene Adresse lag am Ende einer Allee, wo eine hohe Steinmauer ein mehr als ansehnliches Anwesen umgab, allein das kunstfertig geschmiedete Einfahrtstor musste beeindruckende Summen verschlungen haben. Selikovsky läutete energisch an einem schwarzen Klingelknopf, unter dem ein vergoldetes Schild mit der Aufschrift ›Anmeldung‹ angebracht war.

– Kriminalpolizei Wien, Magister Selikovsky und Doktor Mormann. Wir haben eine erkennungsdienstliche Untersuchung durchzuführen. Bitte lassen Sie uns einfahren.

Durch den kreisrunden Lautsprecher war eine gepresst klingende, aufgebrachte Stimme zu hören. Eine Stimme, die ungehalten klang und kaum Widerspruch duldete.

– Ich erkläre es Ihnen gleich. Lassen Sie uns bitte einfahren, es geht um die Aufklärung eines schweren Verbrechens.

Die aufgebrachte Stimme murmelte ein paar unverständliche Worte, dann ertönte ein Summton, und das Eisentor begann sich quietschend nach innen zu öffnen. Auf einem breiten Kiesweg ging es ein paar Minuten zwischen weitläufigen Rasenanlagen und einem Wäldchen entlang, bevor hinter einer leichten Rechtskurve ein stattliches Gebäude sichtbar wurde: eine Art Gutshof, der seit Ende des vorletzten Jahrhunderts mehrmals umgebaut worden war. Ein langgezogener, von Efeu überwucherter Bau mit riesigen Fenstern, einem Wintersalon samt offenem Kamin, dessen Feuer schon von draußen zu beobachten war.

– Hier wohnen keine armen Leute, murmelte Doktor Mormann und schüttelte den Kopf, kaum zu glauben, dass sogar in der Oberschicht sexueller Missbrauch …

– Das kommt überall vor, Florian, alles ist jederzeit möglich. Das Böse wohnt nicht nur bei den einfachen Leuten, und das Gute hält sich ebenso wenig ausschließlich in Palästen auf. Alles ist überall, und nichts ist nirgends. In unserem Beruf lernt man, jedes Vorurteil aufzugeben, jeden Einwand abzuwägen und jede Erklärung auf den Prüfstand zu stellen.

– Ein herausfordernder Beruf, nickte Florian und sah den Kommissar beinahe ehrfürchtig an. Er schien noch einen Satz anfügen zu wollen, wurde aber durch einen sich quietschend im Schloss drehenden Schlüssel jäh unterbrochen. Ein Hüne von einem Mann erschien in der Tür, über zwei Meter groß, kräftig, vielleicht 130 Kilogramm schwer, in einem seidenen Morgenmantel, der so reich mit goldenen Ornamenten bestickt war, dass der Kerl wie ein dubioser Edelmann aus dem Spätbarock wirkte. Zumindest das Halbseidene stand ihm ganz ausgezeichnet.

– Ja bitte?

– Selikovsky, Kriminalpolizei, und Doktor Mormann, Allgemeinmediziner.

– Ich habe schon verstanden, entgegnete der Riese im seidenen Morgenbrokat mit unwirscher Stimme, bringen wir die Sache hinter uns. Am besten im Wohnsalon drüben.

Der Besitzer des Anwesens wich schnaufend zur Seite und ließ die beiden Beamten widerwillig eintreten. Noch bevor die Besucher die Türschwelle vollends überschritten hatten, kamen drei Zwergpinscher kläffend herbeigelaufen, einer davon hatte nur drei Beine, der zweite konnte nur heiser bellen und dem dritten fehlte das rechte Ohr.

– Hier im Wienerwald gibt es immer mehr Wölfe, Schakale und Luchse. Wenn die Hunde nicht aufpassen, machen sie mit diesen Raubtieren unfreiwillig Bekanntschaft, erklärte der Hüne und setzte sich im Wohnsalon auf einen Ohrensessel, reckte den wuchtigen Schädel in die Höhe, öffnete sein breites Maul voller goldener Zahnkronen und ließ den Abstrich mit kaum verhohlener Ungeduld vornehmen.

– Es ist sicher wegen …, fragte er nach dem Ende der nur wenige Sekunden dauernden Prozedur, … wegen dieses Jungen, der am Sankt Marxer Friedhof tot aufgefunden wurde, habe ich recht?

– Genau ins Schwarze getroffen, nickte Kommissar Selikovsky und sah sich im Wohnsalon um, dicke Chesterfield-Fauteuils, ein marmorner Beistelltisch, edle Wandschränke und Bilder von Waldmüller und Edlinger an der Wand, dazu ein riesiger *Fazioli*-Flügel neuester Bauart.

– Sie spielen Klavier, fragte Kommissar Selikovsky und strich mit einer Hand über das edel lackierte Holz des prachtvollen Flügels.

– Nicht besonders gut, antwortete der Hüne und nickte zu einem Packen Notenblätter hinüber, aber manchmal organisiere ich hier Hauskonzerte für die einflussreicheren Leute der Wiener Gesellschaft. Burgtheaterschauspieler oder bekannte Opernsänger kommen vorbei, oft Industrielle oder Bankiers, manchmal auch nur ein paar adelige Spinner wie ich.

Der Riese erhob sich aus dem Ohrensessel, ging zum Flügel hinüber und klappte den Tastaturdeckel hoch, um mit ein paar sicheren Griffen die ersten Takte der *Mondscheinsonate* zu spielen.

– Könnte auch aus *Don Giovanni* sein, sprach er mehr zu sich, bevor er sich wieder den eher ungebetenen Gästen zuwandte, nachdem Sie Ihren Abstrich bekommen haben, bitte ich Sie im Sinne von Zeitersparnis und Tageseffizienz, dieses Haus zu verlassen. Ihren alten Passat da draußen zu starten und diese herrschaftliche Umgebung so schnell wie möglich zu vergessen.

Harald Selikovsky nickte dem jungen Turnusarzt zu. Florian packte rasch seinen schwarzen Plastikkoffer zusammen und verließ gemeinsam mit dem Kommissar das geräumige Gebäude, begleitet von den hysterisch bellenden Zwergpinschern, denen entweder Stimme, Ohr oder das vierte Bein fehlten. Im Atrium starrten ihnen die Porträts von Edelmännern aus dem 18. Jahrhundert finster nach, als würden sie eher dem perversen Hünen als einem Kommissar und einem Mediziner vertrauen. Aber schließlich waren die Bilder auch hier zu Hause, seit 200 Jahren schon. An schwere Eisennägel gehängt, Tausenden Blicken preisgegeben, die täglich an ihnen vorüberstrichen, ohne sie jemals wirklich wahrnehmen zu wollen.

– Ein komischer Kerl, seufzte Doktor Mormann, als Selikovskys alter Passat die imposante Parkanlage verließ.
– Er hat minderjährige Buben aus Tschechien missbraucht und dafür dreieinhalb Jahre ausgefasst, antwortete Selikovsky ungerührt und schüttelte den Kopf, zwei Meter

drei groß, 135 Kilo schwer, Schuhgröße 48 und Pranken wie ein sibirischer Tiger. Und dann stell dir einen dieser dünnen Knaben vor, scheu und unterernährt, ich sage dir, Florian, ich könnte diesem Kerl alle paar Sekunden eine reinhauen.

– Ich dachte, Sie seien der unbefangenen Aufklärung und der kühlen Einordnung von Indizien und Alibis verpflichtet, entgegnete Florian und versuchte, hinter Schutzbrille und FFP3-Maske zu lächeln. Seine Mundwinkel scheuerten dabei am Maskenrand, und die Schutzbrille schien vom rasch ausgestoßenen Atem etwas angelaufen zu sein.

– Ich bin auch nur ein Mann, ein Vater, ein Mensch mit Gefühlen.

– Aber Sie bevorzugen doch eher … Florian senkte die Stimme und sah etwas betreten zu Boden … andere Männer.

– Du hast doch kein Problem damit, oder?

– Natürlich nicht.

– Aber?

– Kein Aber, Kommissar Selikovsky, wirklich nicht. Doktor Mormann klang jetzt wie ein kleiner Schuljunge, der mit dem Fußball ein Fenster im Nachbarhaus beschädigt hatte und nicht genau wusste, wie er sich vor dem aufgebrachten Hauseigentümer entschuldigen sollte.

– Harald für Sie, ich meine, für dich. Wir waren doch schon beim Du.

– Ja, klar, Harald. Sollten wir das Du nicht per Handschlag besiegeln?

– Das hätten wir früher getan. Jetzt reicht eine Fingernuss, oder wie man das nennt.

Die Ampel am Ortsende von Sievering sprang auf Grün, und irgendwie mussten jetzt beide Männer lächeln. Harald lenkte seinen Passat die abschüssige Straße in die Leopoldstadt hinüber, und Florian setzte wieder seine riesigen Kopfhörer auf, um eine bisher kaum bekannte Dark-Metal-Band anzuhören, die gerade auf *FM4* gehypt wurde. *Come to My Funeral* nannte sich die Band. Und »Je Te Veux« hieß der Song, den der junge Arzt zum wiederholten Male anhörte.

*

Die erste der beiden Leopoldstädter Adressen, die nicht weit voneinander entfernt lagen, befand sich in einem Zinshaus unweit vom Praterstern: weit über 100 Jahre alt, abgewohnt und baufällig, mit einem aufgebrochenen Schloss am Eingangstor und einer Menge Kindergraffitis im Parterre: ›Cops go home!‹ ›Damir fuckt Alice.‹ ›Schule fuckt alles.‹ ›Svi kurvini sinovi!‹

Die Wohnung des nächsten Verdächtigen befand sich im ersten Stock, wo es nach Filterkaffee, verbranntem Kohl und unfreiwilligen Fermentationsprozessen roch. Kommissar Selikovsky griff nach seinem Dienstausweis und läutete ein paar Mal energisch an einer schief in den Angeln hängenden Tür. Eigentlich müsste er gar nicht anläuten, sondern könnte einfach die Schnalle hinunterdrücken und über die Schwelle treten, ohne auf den Mieter zu warten, einen etwa 50 Jahre alten ehemaligen Bäcker, der in einem weißen Lieferwagen vor allem die Pflichtschulen in der näheren Wiener Umgebung abgeklappert hatte und so mit Minderjährigen in Kontakt geraten war, die er später auf der Ladefläche seines Kleinlastwagens missbraucht hatte.

Ein Gesicht, genauso heruntergekommen und abgewohnt wie eine Zinshausfassade, lugte nach ein paar Minuten aus dem Türspalt hervor und starrte verschlafen auf den vorgehaltenen Ausweis.

– Kriminalpolizei. Kommissar Selikovsky. Wir bitten um einen Abstrich zur Überprüfung Ihrer DNA im Mordfall Alexander Kugler.

Der Mann nickte und öffnete die Tür. Er hatte sich hastig einen Frottee-Bademantel aus den späten 70er-Jahren übergezogen, war noch unrasiert und unter dem Mantel nur mit Unterhose und Ruderleibchen bekleidet. Der Fermentationsgeruch, der bereits draußen auf dem Gang wahrzunehmen gewesen war, verstärkte sich hier in der Wohnung, und der ehemalige Bäcker deutete mit dem Kinn auf die verschlossene Tür ins Nebenzimmer hinüber.

– Der Geruch kommt von dort. Meine Mutter ist 90 und bettlägerig. Ich pflege sie, aber so richtig schaff ich es nicht. Vielleicht kommt sie auch bald in ein Heim. Bis zu ihrem 70. Lebensjahr hat sie als Garderobenfrau in der Wiener Staatsoper gearbeitet. Sie konnte die Libretti jeder Mozart- oder Rossini-Oper auswendig aufsagen. Jetzt ist sie längst dement und will sich ständig im Kohlenkeller vor den russischen Soldaten verstecken. Wenn es an der Tür läutet, denkt sie, Hitler wäre noch an der Macht und die Rote Armee stünde draußen auf der Straße und wollte das Zinshaus stürmen.
– Diesmal sind es nur wir, beruhigte Selikovsky und bat den Mann, auf einem Stuhl in der Küche Platz zu nehmen, der ebenfalls mitgekommene Arzt würde eine kurze

Speichelprobe entnehmen, ein paar Sekunden, dann sei alles vorüber.

Der ehemalige Bäcker nickte, nahm seufzend auf einem wackligen Stuhl in der Küche Platz und ließ die Prozedur ohne jeden Widerspruch über sich ergehen. Er wirkte viel älter, als er eigentlich war, die fünf Jahre Sicherheitsverwahrung hatten ihn mürbe gemacht, vielleicht surfte er in einem abgedunkelten Zimmer immer noch auf verbotenen Foren herum und schwadronierte über die Erfahrungen, die er in seinem weißen Lieferwagen gemacht hatte, oder er starrte einfach die Wände an und fragte, warum sein Leben so niederträchtig und traurig verlaufen war. In den Anmerkungen zu seiner Person stand zu lesen, dass er von Hauptschülern, Lehrlingen und minderjährigen Strichern erpresst worden war, er hatte ein halbes Vermögen ausgegeben, um das dünne Schweigen zu retten, und war schließlich in einem *Media Markt* aufgeflogen, weil er 20 Spielkonsolen auf einmal gekauft hatte, die er gleich vor dem Laden irgendwelchen dubiosen Jugendlichen in die Hand gedrückt hatte. Die Polizei wurde alarmiert, und im Zuge erster Erhebungen kamen die sexuellen Übergriffe ans Tageslicht, eine mehrjährige Gefängnisstrafe folgte – und jetzt versaß der 50-jährige Langzeitarbeitslose unvermittelbar und verbittert in Unterhose und Ruderleibchen die ständig gleich ablaufenden Tage, pflegte nebenher seine 90-jährige Mutter und ging einkaufen, besorgte die Wäsche oder spielte Lotto, ohne dabei jemals mehr als ein paar Euros zu gewinnen. Ein Opfer, ein Täter, ein immerwährender Kreislauf aus Schuld, Scham und dieser ständigen Geilheit in abgedunkelten Räumen.

– Ich könnte kotzen, murmelte Florian, während er gemeinsam mit dem Kommissar die abgewohnte Wohnung verließ, vielleicht hätten wir nachschauen sollen, wie es wirklich um die alte Frau steht.

– Ich werde jemanden vom Sozialamt vorbeischicken, antwortete Selikovsky und machte sich eine entsprechende Notiz in seinem Outlook-Kalender, vorausgesetzt, die Probe ist negativ.

– Und wenn sie es nicht sein sollte?

– Dann sehe ich den Kerl spätestens morgen Nachmittag in Handschellen in einem Verhörraum der Rossauer Kaserne. Und ich garantiere dir, in diesem Fall werde ich nicht mehr so freundlich und zuvorkommend sein.

Harald öffnete den Dienstwagen, stieg ein und wartete, bis Doktor Mormann neben ihm Platz genommen hatte.

– Du wohnst doch hier in der Nähe, Florian, oder nicht?

– Ja, im Stuwerviertel dort drüben. In der alten Gemeindebauwohnung der Eltern. Wirklich nichts Besonderes, wieso?

– Ich schlage vor, wir nehmen uns noch den nächsten Patienten vor und machen dann eine Pause. Du kannst dich kurz von diesem außerirdischen Aufzug befreien, und ich haue mir beim nächsten Fleischhauer eine Leberkässemmel und ein kleines Bier rein.

– Und die beiden Adressen im Burgenland und in Niederösterreich?

– Kaum eine Dreiviertelstunde Fahrzeit. Und nur einige Autominuten voneinander entfernt. Eine halbe Stunde Pause können wir uns sicher genehmigen.

– Eine kurze Dusche zwischendurch wäre nicht schlecht.

Unter all dem Kunststoff habe ich schon heftig zu schwit-
zen begonnen.

– Okay, dann schauen wir noch schnell auf die andere
Seite der Schnellbahn hinüber, in einen Gemeindebau
mit Wer-weiß-wieviel-Stiegen. Praternähe. In nicht einmal drei Minuten werden wir dort sein.

Kommissar Selikovsky manövrierte den Wagen aus einer
engen Parklücke und fuhr die Heinestraße hinunter. Im
Autoradio spielte *Ö1* etwas von Erik Satie. Die *Ogives 1 bis 4*, die erste Komposition, die der exzentrische
Künstler außerhalb des väterlichen Musikverlags veröf-
fentlicht hatte. Angeblich wollte Satie in diesen Stücken
mit den begrenzten Mitteln des Klaviers die Pfeifen einer
Orgel wiedergeben, deren mächtiger Klang die Tiefe einer
Kathedrale durchflutet. Er schrieb die *Ogives* ohne Takt-
striche und verwendete volle Harmonien und Oktaven-
verdoppelungen, was immer das sein sollte. Die Erklärungen des Musikredakteurs, mit dem Harald während der
Studentenzeit die ersten wirklich gewollten homosexuellen Erfahrungen gemacht hatte, klangen ziemlich verwor-
ren. Selikovsky erinnerte sich an eine Orgie im Esterhazy
Park, in einer sogenannten Loge, die im Euphemismus des
Wiener Dialekts nichts anderes als eine öffentliche Toilette
war. Weit nach Mitternacht, mit zehn oder zwölf anderen Unbekannten. Es war geil und dreckig und irgendwie
verboten gewesen. Die ältesten Homosexuellen mochten
60 gewesen sein, die jüngsten vielleicht 17. Jede Menge
Lederkerle und ein paar Drags aus der untersten Schublade. Eine Spätsommernacht Anfang der 90er-Jahre. Die
Schlagzeilen waren voll mit der Seuche, die angeblich
ausschließlich Schwule, Bluter und Junkies befiel, aber

diese Orgie in der versifften Toilette war ein dreckiger Himmel auf Erden gewesen, oder auch nur der Neunte Höllenkreis in etwas anderer Wahrnehmung. Irgendjemand hatte einen Ghettoblaster mitgebracht und auf einer Musikkassette gregorianische Gesänge abgespielt. Vor lauter Poppers und Alkohol hatte dieser mittelalterliche Chorgesang wie ein mächtiges Dark-Metal-Stück geklungen, wie eine A-Cappella-Version von »Cry For Happy« oder »Ignore the Machine«. Stücke, die Harald nie wieder angehört hatte, die längst im Mariannengraben verblichener Erinnerungen begraben lagen und nur manchmal als kurze Epiphanien aus einem kalten, gefühllosen Gestern auftauchten. Wie Gespenster, um die sich keine Religion scheren wollte.

– Es ist hier, flüsterte Florian, und deutete auf den Eingang zur Stiege 43A im Innenhof der riesigen Sozialwohnbau-Anlage, eine ehemals grüne Tür, die von zahlreichen schwarzen Pinselstrichen übersät war: falsch gezeichnete Hakenkreuze, verbotene SS-Kürzel und Hassparolen auf Schwule, Ausländer und Kommunisten.

Harald stieß die Tür auf und ließ den jungen Arzt mit dem schwarzen Plastikkoffer in das düstere Stiegenhaus eintreten. Das Ganglicht war ausgefallen, auf jeder zweiten Stufe lagen Zigarettenreste oder zusammengeknüllte Bierdosen herum, und in den winzigen Zwischenstocknischen hatte freudlos verrichteter Geschlechtsverkehr ein gefülltes Kondom hinterlassen. Eine Atmosphäre, so trist, wie sich der ganze Tag anzufühlen begann, und der nächste Besuch würde garantiert keine Ausnahme sein.

– In der Begleitnotiz steht, unser nächster Klient – ungefähr Mitte 40, ein Meter 90 groß und dünn, aber trainiert –
habe eine Geschlechtsoperation durchgeführt und diese
Änderung vor einem halben Jahr auch amtlich beglaubi-
gen lassen, murmelte Kommissar Selikovsky und sah zwei
schwarzhaarigen Jungen zu, die gemeinsam eine Zigarette
mit süßlichem Geruch inhalierten und sich beim Anblick
der beiden Erwachsenen rasch hinter einer Tür mit einem
langen türkischen Namen verdrückten.

– Todsicher Cannabis, murmelte Doktor Mormann und
sah Selikovsky fragend an, der nur resignierend den Kopf
schüttelte.

– Was soll ich mit den beiden tickenden Zeitbomben
anfangen: halbe Analphabeten ohne Schulabschluss und
Zukunftsperspektive. Früher oder später werde ich sie
sowieso wiedersehen. Mit hängenden Köpfen, an den
Händen gefesselt, nach irgendeinem schäbigen Verbrechen, das nur die Leser von Klatschblättern interessieren
wird. Nehmen wir uns lieber die Existenz hinter dieser
Tür vor. Rosa angestrichen. Mit diesem Strohblumenkranz über dem Spion. Kurzer deutscher Name. Und der
Vorname mit einem genderneutralen Buchstaben markiert.
Alles okay, Florian, in wenigen Minuten werden wir alle
drei Wiener Adressen hinter uns gebracht haben.

Kommissar Selikovsky lächelte dem Turnusarzt aufmunternd zu und drückte den roten Klingelknopf neben der Tür.
Dreimal, viermal, fünfmal. In kurzen, energischen Abständen. Sogar ein Gehörloser musste auf das Vibrieren der
schrillen Klingel über dem Eingang aufmerksam werden.
Hinter der rosa gestrichenen Tür mit dem Strohblumenkranz rührte sich nichts. Nicht der geringste Laut war aus

der Wohnung zu hören. Kein Hund schlug irgendwo an, kein Wellensittich piepste, nicht einmal die schwachen Töne eines aufgedrehten Radiogerätes drangen durch die dünnen Mauern der Wohnhausanlage. Nur die Tür zur Nebenwohnung ging schnarrend auf, und eine uralte Frau mit den schroffen Gesichtszügen eines Mannes erschien auf der Türschwelle, wie ein Geist aus einer anderen, ziemlich ungesund wirkenden Welt.

– Er macht fast nie auf da drüben.
– Und wer sind Sie, fragte Selikovsky misstrauisch und hielt der Alten seine Dienstmarke entgegen, Kriminalpolizei, wir haben Erhebungen durchzuführen.
– Ich habe es mir gleich gedacht, begann die Alte zu greinen, hier in dem Haus wohnen nur Kriminelle, Ausländer und Sozialschmarotzer der übelsten Sorte. Im ganzen Stiegenhaus riecht es nach Haschisch. Vor einigen Jahren wurde in der Nähe ein kleines Mädchen umgebracht. Diese Gegend hier ist eine Vorstufe zur Hölle geworden, ich heiße übrigens Kovic, Magdalena. Und bin 91 Jahre alt. Mir kann das alles schon ziemlich egal sein.
– Wie gut haben Sie Herrn …, Selikovsky versuchte, sich an den kurzen Namen am Türschild zu erinnern, … gekannt?
– Eigentlich gar nicht. Außerdem war er kein Herr mehr. Hat eine Geschlechtsumwandlung gemacht. Läuft in Frauenkleidern herum. Schminkt sich grauenhaft. Und bekommt zweifelhaften Besuch.
– Von wem eigentlich, wollte der Kommissar wissen, bevor er sich wieder der verschlossen gebliebenen Türe zuwandte.
– Meist von jungen, schmierigen Männern. Wenn Sie verstehen, was ich meine.

Magdalena Kovic kicherte wie eine Hexe aus der Kindervorstellung des Theaters der Jugend und verschwand in ihrer Kleinwohnung, zog die Tür hinter sich zu und schlurfte dem laufenden Fernsehgerät entgegen, eine Sportübertragung, den Sprachfetzen nach zu schließen, ein Riesentorlauf der Herren. Selikovsky pochte mit den Knöcheln der rechten Hand gegen die Tür, aber nichts regte sich hinter dem verstaubten Strohblumenkranz.

– Diese Tür lässt sich ziemlich leicht öffnen, flüsterte Doktor Mormann hinter seiner Schutzbrille und FFP3-Maske, ich habe meine Kindheit in solchen Sozialbauten verbracht. Und Dutzende Male den Schlüssel in der elterlichen Wohnung vergessen. Wenn das Schloss nicht richtig abgesperrt ist, geht so eine Tür mit Drehknopf kinderleicht auf.
– Und wie, fragte Selikovsky, der bereits sein Taschenmesser gezückt hatte, um das Türschloss wie ein Berufskrimineller zu knacken.
– Halt einfach den Drehknopf in der rechten Hand fest, drücke mit der Fußspitze gegen die Tür und warte, bis ich mich mit Anlauf gegen diesen besseren Pappkarton werfe.

Selikovsky kam dem Vorschlag seines Begleiters nach, hielt den Türdrehknopf fest und drückte mit der Schuhspitze gegen die rosa gestrichene Pforte. Sah Doktor Mormann zu, der sich in seinem Schutzanzug vom Treppengeländer löste, auf die verschlossene Tür zulief und mit der rechten Schulter gegen den verschlossenen Sesam prallte. Ein dumpfes Geräusch, und die Tür gab unter dem stämmigen Körper des jungen Assistenzarztes nach, sprang aus dem Schloss, und Kommissar Selikovsky stolperte über die Türschwelle in die Wohnung des verdächtigen Mieters.

– Ohne diesen Trick, lächelte Doktor Mormann verlegen, hätte ich ganze Nachmittage in solchen Stiegenhäusern zubringen müssen, bei Kohlgeruch, ausgedrückten Joints und seltsamen Leuten, die mit den schrägsten Vorhaben im Kopf durch die Stockwerke patrouillierten.

Kommissar Selikovsky nickte, griff nach seinem Revolver im Halfter und bewegte sich mit gezogener Waffe durch die Diele der Wohnung. Ein grauer Damenmantel mit falschem Pelzkragen hing an einem Garderobenhaken, darunter standen zwei Paare Lackstiefel, eines in Schwarz und das zweite in heftigstem Rot. Die Tür zur Küche hinüber stand offen, auf dem Küchentisch lag eine umgekippte Flasche Milch, die Flüssigkeit schien schon vor Tagen ausgelaufen zu sein und begann ranzig zu riechen. Die Standuhr neben dem Herd war um kurz vor 11 stehen geblieben. In einem Plastikaschenbecher lagen ungefähr 20 Zigarettenkippen und ein kleiner Haufen grauschwarzer Asche.

Selikovsky bedeutete dem Arzt, ihm vorsichtig in die Wohnung zu folgen, alles schien leer und verlassen zu sein, das Doppelbett im Schlafzimmer war perfekt gemacht, und auf der Tagesdecke lag eine eng geschnittene Lederjacke mit Fransen, wie sie vor ungefähr zwei Jahrzehnten in jeder besseren Schwulenbar getragen worden war. Auf dem Nachtkästchen lagen Kondome und eine Tube Vaseline. In der Ablage darunter lauerten mehrere Dildos. Dazu eine Fetisch-Ledermaske und eine ziemlich abgenutzt wirkende Peitsche. An der Nachttischlampe waren mit einer Büroklammer zwei Eintrittskarten zu genau jener »Don Giovanni«-Aufführung in der Staatsoper geheftet, die auch Harald Selikovsky besucht hatte. Kurz nachdem er mit Dominik aneinandergeraten war, in einer vor Eifersucht geradezu überbordenden Szene.

Im Badezimmer war ein Morgenmantel über den Rand der Badewanne geworfen, und auf dem Waschtisch vor einem fast mannshohen Spiegel standen Dutzende Parfums, Gesichtscremen und Enthaarungsmittel Spalier. Seit Tagen schien niemand mehr in diesen Räumen gewesen zu sein. Kommissar Selikovsky näherte sich der letzten Tür, jener ins Wohnzimmer hinüber. Ganz langsam drückte seine rechte Hand eine vergoldete Schnalle hinunter, und mit einem leisen Schnarren wich die weiß gestrichene Tür zur Seite.

Eine geräumige weiße Couchlandschaft war durch den geöffneten Spalt zu sehen, ein Beistelltisch mit Eiskühler, leerer Prosecco-Flasche und daneben zwei Gläser, das eine mit deutlich wahrnehmbarem Lippenstiftrand war halb geleert, das andere schien unberührt geblieben zu sein. Die abgestandene Flüssigkeit in den Flöten perlte nicht mehr. Auf der anderen Seite der weißen Couch gab es einen Plattenspieler, auf dem sich noch eine Scheibe drehte, die Nadel musste schon seit geraumer Zeit gegen den Innenrand des Tonträgers scheuern und sich dabei vollkommen abgenutzt haben.

Im Ohrensessel saß er. Oder sie. Ein Mann in Frauenkleidern. Die langen Beine in Strapsen, das Kleid war seitlich verrutscht, und zwischen den grell lackierten Fingernägeln war eine letzte Zigarette erloschen. Die Perücke war zu

Boden gefallen, und auf der rechten Seite des glatt rasierten Schädels klaffte eine Schusswunde. Teile des Gehirns waren ausgetreten und über Ohr, Halsansatz und Schulter zu Boden getropft. Der oder die Verdächtige musste bereits vor Tagen aus nächster Nähe mit einem Revolver erschossen worden sein. Mit aufgeschraubtem Schalldämpfer wahrscheinlich, weil keiner der Nachbarn auch nur das Geringste gehört hatte.

– Verdammte Scheiße, flüsterte Doktor Mormann erschrocken, nachdem er die Leiche im Ohrensessel erspäht hatte.
– Ich rufe die Kollegen vom Erkennungsdienst an, flüsterte Kommissar Selikovsky und sah durch das Wohnzimmerfenster hinaus auf eine breite Straße, dahinter lag ein Park vor einer S-Bahn-Station. Auf den Geleisen fuhren Züge vorüber. Und die Wartebänke waren mit einigen Passanten besetzt. Der Himmel hatte aufgeklart, und man konnte trotz der 100 Meter Distanz gut erkennen, wer sich gerade zwischen den Wartebänken und den Anzeigetafeln auf dem Bahnsteig der Haltestelle Traisengasse aufhielt.
– Die Kollegen sind in drei Minuten hier, sagte Selikovsky mehr zu sich als zu seinem Begleitarzt, die Abstrichprobe können wir uns jedenfalls sparen. Die Leiche wird sowieso obduziert werden. Sobald die Kollegen alles aufgenommen haben, machen wir weiter. Fahren zu den letzten beiden Kandidaten aufs Land. Dazwischen kannst du dich in deiner Wohnung frisch machen, Florian. Ich werde wohl noch etwas länger bleiben, die Wohnung näher in Augenschein nehmen oder vielleicht im Park dort drüben eine Marlboro rauchen.

Aus der Ferne waren die ersten Folgetonhörner zu hören, und wenige Sekunden später war die gesamte Front des Wohngebäudes von rotierenden blauen Einsatzlichtern erleuchtet. Unten im Parterre wurde die Eingangstür aufgestoßen, und schwere Stiefelschritte kamen die Treppe hochgelaufen. In wenigen Augenblicken würde die Wohnung von den Kollegen der Alarmabteilung bevölkert und die Leiche von Dutzenden Uniformen umringt sein, genau wie in einer sonntäglichen *Tatort*-Folge. Oder in einem ganz gewöhnlichen Porno.

*

Der Park vor dem Gemeindebau dümpelte genauso trostlos vor sich her wie das übrige Viertel. Die Sitzbänke waren wie die Treppenhäuser des Sozialwohnbaus mit allen möglichen Sprüchen und Zeichen beschmiert, irgendeine Vorstadt-Gang hatte ihren Kampfnamen auf jede zweite Sitzgelegenheit gesprayt, und der Kot von Hunderten Stadttauben unterstrich das Vororte-Elend auf besonders ekelhafte Weise. Auf dem Spielplatz rotteten traurige Schaukeln und eine ehemals rot lackierte Kinderrutsche vor sich hin, von einem rostigen Zaun umsäumt, der seit Jahrzehnten nicht mehr instandgesetzt worden war.

Selikovsky zündete sich eine Zigarette an und sah zu den Einsatzfahrzeugen hinüber, deren blaublinkende Einsatzlichter die gesamte Fassade des traurigen Gemeindebaus entlangkreischten – kreischen war genau der richtige Ausdruck dafür. In der Wohnung des erschossenen Opfers wurden gerade Spuren gesichert und ein erster Tathergang rekonstruiert. Harald inhalierte die ersten Züge des Zigarettenqualms und dachte kurz an den Assistenzarzt, den er für eine halbe Stunde nach Hause geschickt hatte. Doktor Mormann wohnte noch immer in der kleinen Gemeindebauwohnung der Eltern, sein Vater war bereits vor drei Jahren an Herzversagen verstorben, seine Mutter hatte sich erst voriges Jahr in einer Entzugsklinik das Leben genommen. Florian hatte dennoch sein Medizinstudium absolviert und danach den Turnusdienst in einem Militärkrankenhaus angetreten, Haralds Vorgesetzter hatte ihn für ein paar Tage dort ausgeliehen, um gemeinsam mit Beamten des Landeskriminalamts die Abstriche von Verdächtigen einzuholen, die sich vor allem an männliche Jugendliche herangemacht hatten.

Der verlassene Park erinnerte Selikovsky an eine andere Zeit, in der man hinter Büschen oder in einer versifften Toilettenanlage heimlich schwulen Sex gesucht hatte, zwischen weggeworfenen Spritzen, zerknüllten Papiertaschentüchern und gebrauchten Kondomen. Auf den Türwänden waren obszöne Zeichnungen oder sexuelle Sprüche gemalt, dazu kamen sogenannte Kontaktanzeigen, die unverhohlen die abseitigsten Vorlieben preisgegeben hatten. In der Ecke auf der anderen Seite des Parks trieben sich Stricher herum, hart an der Minderjährigkeitsgrenze. Zwielichtige schlaksige, auf ein bisschen Geld bedachte Gestalten, die auftauchten und wieder verschwanden, wie Irrlichter, die zum Großstadtleben des 20. Jahrhunderts gehörten. Diese Ingredienzen eines psychopathologischen Alltags waren längst der Gegenwart abhandengekommen, das versiffte Pissoir war schon vor einem Jahrzehnt entfernt worden, und anstelle des Buschwerks, einer Straßenbahnhaltestelle oder hohen Plakatwänden war das Internet mit all den Plattformen, Chatforen und anderen Marktplätzen getreten, wo alles ausgelebt werden konnte, was im banalen Alltag der Wirklichkeit unvorstellbar schien oder ganz einfach verboten war. Alexander hatte sich an virtuellen Orten wie diesen herumgetrieben. Josua ebenfalls. Vielleicht sogar Papo. Und ein paar andere Figuren aus dem Umfeld des getöteten Jungen. Neben der psychischen Devianz, seinem musikalischen Ausnahmetalent und mehr oder weniger regelmäßigen Schulbesuchen hatte es diese dunkle Seite in Alexanders Leben gegeben: sich älteren Kerlen auszuliefern. Geschlagen zu werden. Um überhaupt etwas zu spüren. Doktor Hörzer hatte am Telefon die mutmaßlichen sexuellen Praktiken beschrieben, die an Alexander Kugler vollzogen worden sein mussten, ob freiwillig oder nicht, war nicht mehr eindeutig zu beantworten. Ein bisschen musste alles miteinander zu tun haben: Das Asperger Syndrom. Die Leidenschaft am Klavierspiel. Die Dark-Metal-Band. Und Josuas Lackstiefel, in denen Sextoys und Gleitcreme versteckt waren. Dazu noch der Friedhof mit Mozarts Grabstelle, der längst in eine öffentliche Parkanlage umgewidmet worden war. Vor ein paar Tagen hatten unter Anleitung von Alfred Regitnig und seinem reißerischen Klatschblatt erste Grabungsarbeiten auf der brachliegenden Fläche der ehemaligen Schachtgräber begonnen, und je intensiver nach den knöchernen Überresten des großen Komponisten gebuddelt wurde, desto heftiger schnellte die Auflage der kleinformatigen Tageszeitung nach oben – wie ein Seismograf bei einem kapitalen Erdbeben.

Kommissar Selikovsky sog noch einmal an seiner bis zum Filterrand gerauchten Zigarette, warf die glosende Kippe zu Boden und zertrat den Tabakrest auf dem aufgebrochenen Asphalt des Parkweges. Ein kalter Nordwestwind blies durch die Anlage, und Selikovsky beschloss, zur S-Bahn-Haltestelle hinüberzuschauen, vielleicht hatte ja dort eine Trafik, ein Imbissladen oder irgendein Kiosk geöffnet. Er verspürte ein sanftes Hungergefühl, das mit einem Hotdog, einem Döner oder einem Schokoriegel leicht zu beseitigen war, aber in der S-Bahn-Haltestelle waren alle Läden und Bäckereien wegen einer bevorstehenden Generalsanierung geschlossen.

Etwas missmutig ging Kommissar Selikovsky die breite Stiege zum Bahnsteig hinauf und sah sich dort etwas um. Drei Anzeigetafeln, die allesamt Verspätungen und gestrichene Zugsverbindungen kommentierten, zwei randvolle Papierkörbe und die dazugehörigen ramponierten Wartebänke, mit vielen »Fuck-the-Cops«-Sprüchen beschmiert. Ein paar traurig aussehende Passanten in schlichten Wintermänteln warteten auf das Eintreffen des nächsten Zuges nach Hollabrunn, und auf einer der Parkbänke saß ein Junge, vielleicht 14 Jahre alt. Mit einem *Eastpak*-Rucksack und einer weißen Gesichtsmaske, die mit einem lächelnden Mund bedruckt war. Wie ein minderjähriger Clown, dem das eigene Lächeln gestohlen worden war.

Gedankenversunken saß der Schüler auf einer Holzbank, von der man aus direkt zum Gemeindebau sehen konnte. Die meisten Einsatzfahrzeuge hatten das Alarmlicht abgestellt, und die ersten Polizeibeamten begannen bereits, sich vom Tatort zu entfernen. Selikovsky setzte sich ans Ende der Parkbank und sah gemeinsam mit dem blonden Jungen zur sozialen Wohnbauanlage hinüber.

– Da ist sicher etwas passiert, dort drüben, sagte der Junge schließlich, und seine leise, kieksige Stimme war durch die Gesichtsmaske kaum zu verstehen, so viel Polizei ist nicht normal, nicht einmal hier.

– Vielleicht ist jemand umgebracht worden, antwortete Selikovsky, und der Junge zuckte die Achseln.

– Warum siehst du die ganze Zeit dort hinüber, wollte Harald wissen und sah den Jungen von der Seite her an, und warum trägst du noch immer diese Gesichtsmaske?

– Ach, nur so, antwortete der Schüler und griff nach seinem Rucksack, in drei Minuten kommt sowieso der Zug, ich fahr nach Hause, nach Floridsdorf, ich war auf der Musikschule, Noten abholen, ich habe alles im Rucksack da drinnen. Aber ich bin mir nicht sicher, ob das alles überhaupt noch Sinn macht.

– Was meinst du damit?

– Das Klavierspielen, die ganze klassische Musik, die Mozart-Sonaten. Der Junge betrachtete kurz seine schmalen Hände, bevor er zu Selikovsky hinüberblickte, ein wenig neugierig und scheu, ein Teenager eben, der sich nicht sicher war, ob er zu diesem Fremden neben ihm Kontakt aufnehmen sollte.

– Aber das erklärt nicht, warum du dort hinübergeschaut hast, lächelte Selikovsky und hauchte in seine Hände, weil der auffrischende Nordwind immer stürmischer wurde.

– Na ja, mein Vater, setzte der Junge an, und eine Träne lief ihm dabei über das zarte Gesicht, er wohnt dort, allein, von meiner Mama geschieden. Er war, wie soll ich sagen, er war im Gefängnis, weil er mit einem Buben im Auto erwischt worden ist, und wie er wieder herausgekommen ist, hat er diese Operation gemacht, und seitdem ist er anscheinend eine Frau. Ist das nicht irre?

– Allerdings, nickte Selikovsky und fragte den Jungen, ob er noch Kontakt zu seinem trotz allem immer noch Vater hatte.

– Nein. Nur einmal im Monat kommt etwas Geld auf das Konto von Mama. Ich weiß sonst gar nichts von ihm. Außer dass er irgendwo dort drüben wohnt, aber nicht einmal ganz genau, wo. Ist auch egal. Da kommt mein Zug. War nett mit Ihnen zu reden, Herr ...

– Selikovsky, und wie heißt du eigentlich?

– Ich bin der Harry, antwortete der Junge, stand auf und ging die paar Schritte zur einfahrenden S-Bahn-Garnitur hinüber, ich besuche die Neue Mittelschule Traisengasse und hoffe, dass ich bald aufs Konversatorium darf. Drücken Sie mir bitte die Daumen, okay?

Der Junge winkte Selikovsky noch einmal zu und stieg in die S-Bahn-Garnitur. Das Hauptsignal wechselte auf Grün, und der rot-blaue Triebwagen setzte sich langsam in Bewegung und verließ den menschenleer gewordenen Bahnsteig. Harald schüttelte den Kopf und war sich gar nicht mehr sicher, ob der Junge wirklich da auf der Holzbank gesessen hatte, mit seinem abgetragenen *Eastpak*-Rucksack voller Musiknoten und einem von einer längst obsolet gewordenen Maske entstellten Gesicht. Der stürmische Nordwind frischte auf, und wenige Sekunden später schien sich die S-Bahn-Station in die Plattform eines anderen Bahnhofs verwandelt zu haben. Eines Bahnhofs vor sehr langer Zeit. ›Landeck‹ stand auf einem klapprigen Plastikschild in blauer Farbe geschrieben, ›Gleis 3 und 4‹. Harald blickte auf seinen Körper hinunter. Schmutzige Halbschuhe, durchnässte Socken, löchrige Jeans und der schäbige olivgrüne Parka. Tintenflecke auf den schmal und zart gewordenen Händen.

Und dieser dunkle Schatten, der auf seinen halbwüchsigen Körper fiel. Ein Schatten, aus dem ein Grinsen quoll, ein ziemlich verlogenes Grinsen. Harald hob seinen Kopf und suchte in dem finsteren Schatten nach einem Gesicht, aber Stirn, Augen und Nase waren von der breiten Krempe eines Lodenhutes verschattet. Nur das Lächeln unter dem buschigen Schnauzbart war zu sehen. Ein übergroßes, geheimnisvolles, vielleicht sogar bösartiges Lächeln. Der Fremde schien eine Frage zu stellen. Eine scheinbar harmlose, einfache Frage. Harald zuckte mit den Achseln, stand seufzend auf und folgte dem Fremden den Bahnsteig entlang, die Stufen zum Hauptgebäude hinauf und nach der Schwingtür zum Parkplatz hinaus, wo ein weißer Lieferwagen stand. Haralds Mutter war erst vor wenigen Wochen verstorben. Nur eine weit entfernte Verwandte kümmerte sich ab und zu um den Jungen. In der Hauptschule war Harald dem Spott der Mitschüler ausgesetzt. Und sämtliche Lehrer prophezeiten ihm eine düstere Zukunft. Alles in seinem jungen Leben war infrage gestellt worden. Einfach alles. Im weißen Lieferwagen roch es nach fauligem Obst. Nach abgestandenem Zigarettenrauch und etwas Unaussprechlichem, das den Jungen gleichermaßen anzog wie abstieß, wie dieses Grinsen unter dem Lodenhut, ein Grinsen aus tabakgelben Zähnen, unter einem zitternden Schnauz, ein heimtückisches Grinsen, das sich beharrlich seinen Weg in Haralds Innerstes bahnte.

*

Gegen 14 Uhr nachmittags holte Kommissar Selikovsky den jungen Assistenzarzt vor dessen Wohnung ab. Bitte vergiss den dussligen Plastikanzug und komm einfach mit

Handschuhen, Schutzbrille und Gesichtsmaske herunter, hatte er Florian vorgeschlagen und sah mit hochgezogenen Augenbrauen die Fassade des grauen Gemeindebaus entlang: 80 Stiegen mit jeweils 24 Parteien, über 1.800 verschiedene Haushalte waren in dieser Betonburg des roten Wiens aus den 20er-Jahren des vorigen Jahrhunderts untergebracht. Vor einigen Jahren hatte sich hier ein abscheuliches Verbrechen ereignet, Harald erinnerte sich noch gut daran, weil es einer seiner ersten Fälle gewesen war: ein 16-jähriger Psychopath, der ein siebenjähriges Mädchen mehr als grausam hingerichtet, danach zerstückelt und mehr oder weniger schlampig verpackt in einen Abfallcontainer geworfen hatte. Kurz bevor der Müllwagen angerückt kam, hatte ein Passant – vom Leichengeruch in den Abfalltonnen aufmerksam geworden – die Polizei alarmiert. Drei Tage später hatte Harald den Teenager in der elterlichen Wohnung verhaftet, dort drüben auf Stiege zwölf, im zweiten Stock. Gegen 14 Uhr nachmittags, etwa um dieselbe Uhrzeit wie jetzt. Ein magerer Junge, vielleicht ein Meter fünfundsiebzig groß, 60 Kilo schwer, mit einem nicht einmal unsympathischen Gesicht: und dennoch ein skrupelloser, psychopathischer Mörder, der so ziemlich das schrecklichste Verbrechen verübt hatte, und das auf abscheulichste Weise.

Im Rückspiegel tauchte Doktor Mormann aus einem der Hauseingänge auf, diesmal mit einem schlichten grauen Staubmantel, Jeans und einem taillierten weißen Hemd bekleidet, die Schutzbrille auf die Stirn geklappt, die FFP3-Maske leger um das Handgelenk gelegt. Mit demselben schwarzen Arztkoffer, den er schon am Vormittag mit sich geführt hatte. Selikovsky hupte dreimal, damit der junge Arzt auf den Passat in der Ladezone vor dem Gemeindebau aufmerksam wurde – es dauerte keine zehn Sekunden, und die Beifahrertür wurde mit Elan geöffnet.

– Bist du wieder bereit, Florian?

– Ja, vielen Dank, dass ich ohne den verdammten Schutzanzug mitkommen darf.

– Für die zwei Termine draußen am Land verzichten wir auf dein Viren-Kostüm, lächelte Harald und wartete, bis Doktor Mormann auf dem Beifahrersitz Platz genommen und die Wagentür geschlossen hatte, eine knappe Stunde nach Sollenau, und von dort vielleicht 20 Minuten zur Adresse bei Lanzenkirchen. Spätestens um 17.30 Uhr sind wir wieder zurück. Alles in Ordnung bei dir?

– Ja, kein Problem. Ich habe mich frisch gemacht und ein paar neue Sachen angezogen. Ein wenig an die aufgefundene Leiche gedacht, aber es geht. Eigentlich habe ich mich gefragt, ob das kreisende Vinyl auf dem Plattenspieler etwas mit dem Mord zu tun haben könnte.

– Möchtest du etwa auch Ermittler werden, fragte Harald mit einem Lächeln auf den Lippen, Doktor Mormann sah ohne den die Figur entstellenden Schutzanzug richtig gut aus, ein netter, zurückhaltender junger Mann, dem man sein soeben absolviertes Medizinstudium durchaus ansehen konnte.

– Ich glaube nicht, obwohl alles sehr interessant ist. Eigentlich möchte ich lieber anderen Menschen helfen. Deshalb bin ich ja Arzt geworden. Am liebsten wäre ich ein Landmediziner in einer kleinen Provinzgemeinde, sehr gern in den Bergen. Ich bin hier in der Stadt aufgewachsen, in einer kleinen, finsteren Wohnung dort drüben auf Stiege neun. Als ich mit 17 zum ersten Mal im Hochgebirge war, hat mich die Schönheit der Alpen gepackt. Ich habe sogar

Mountainbiken und Snowboarden erlernt, ich glaube, ich würde gern irgendwo in Vorarlberg, Tirol oder in Salzburg leben. Jedenfalls nicht mehr in einer so riesigen Stadt voller Gewalt und Verbrechen.

– Apropos, in diesem Haus da hat sich vor Jahren ein übler Mord ereignet, sagte Harald und lenkte den Wagen aus dem zweiten Bezirk hinaus, nahm wenig später die Abzweigung zur Tangente hinauf und warf einen kurzen Blick auf das futuristische *Telekom*-Gebäude zur linken Hand, während rechts unter ihnen der Sankt Marxer Friedhof sein musste, jener Ort, an dem Alexander Kugler tot aufgefunden worden war.

– Ich weiß, antwortete Doktor Mormann nach einer längeren Pause und sah Harald kurz von der Seite her an, dieser Robert war sogar ein enger Bekannter gewesen, einer meiner wenigen Freunde. Wir waren beide Außenseiter: er manisch-depressiv und ich der Sohn eines saufenden Ehepaars. In der Schule wurden wir beide entweder gemobbt oder gemieden. Und genau das hat uns irgendwie zusammengeschweißt.

– Du hast nie etwas von Roberts dunklen Fantasien mitbekommen?

– Vielleicht ein bisschen was geahnt. Aber nie nachgefragt. Außerdem waren wir nur bis zum 14. Lebensjahr richtige Freunde. Danach habe ich das Lernen und den Sport entdeckt, leidenschaftlich gern Tischtennis im Jugendheim der *Roten Falken* gespielt, bin sogar Wiener Jugendmeister gewesen …

– Und Robert?

– Er hat sich in Manga-Comics und Anime-Filmen verloren, hat sich Gewaltpornos reingezogen und ist immer tiefer im Sumpf seiner Fantasien versunken. Irgendwann haben wir

uns nicht einmal mehr auf der Straße gegrüßt. Mit 16 hat
er dieses schreckliche Verbrechen an einem zarten Mädchen aus der Nachbarschaft begangen. Wie ich dir schon
erzählt habe, ist Jahre später mein Vater an einem Blutsturz
gestorben. Und vor einem Jahr hat sich meine Mutter in der
Toilette einer Entzugsanstalt erhängt. Manchmal war ich
selber knapp daran, den Verstand zu verlieren, murmelte
Doktor Mormann und sah zur Windschutzscheibe hinaus,
wo der Firmenwagen eines Second-Hand-Schallplatten-
ladens Selikovskys Passat mit lautem Hupen überholte.

– »Angie« von den *Rolling Stones* war auf dem Plattenspieler, sagte Doktor Mormann in das einbrechende Schweigen hinein, »When will all those dark clouds disappear?«
Ich frage mich wirklich, ob diese *Rolling Stones*-Nummer
etwas mit diesem Mord an dem Jungen zu tun hat.

– Vielleicht, antwortete Harald und überlegte, ob er diesen Vornamen in der letzten Zeit irgendwo gehört hatte,
Angie, einen Augenblick, ja genau, diese junge üppige
Frau in schwarzem Ledermantel hatte sich Angie genannt,
die Sängerin dieser Dark-Metal-Band, mit der auch Alexander Kugler zusammen gewesen war.

– *Come to My Funeral* heißt diese neue Band, antwortete
Doktor Mormann, als ob Harald seine Gedanken tatsächlich ausgesprochen hätte, auf *FM4* laufen die ersten
Demotapes, und der Tonträger kommt Anfang des nächsten Jahres heraus.

– Du hörst etwa auch diese verzerrte, düstere Musik?

– Ich ziehe mir alles Mögliche rein, antwortete Florian und
sah wieder zu Harald hinüber, Erik Satie genauso wie
Helmet, Mozart oder die *Einstürzenden Neubauten*, wie
Green Day, *R.E.M.* oder *The Airborne Toxic Event*, von
mir aus auch *Juice Wrld*.

– Wer ist das denn?

– Ein junger Rapper, der sich mit einer Überdosis Oxyco-
don aus dem Leben verabschiedet hat. Kurz nachdem er
mit 31 Kilo Koks in einem Privatjet aufgeklatscht worden war.

Harald zuckte mit den Achseln und sah einer *Cessna* zu,
die nur wenige Meter über der Autobahn zur Landung auf
dem Flughafen Bad Vöslau ansetzte. Die Maschine mochte
ungefähr 50 Jahre alt sein und wackelte bedrohlich im stür-
mischen Wind, der von der Hohen Wand im Norden her
wehte. Vielleicht saß sein Vorgesetzter da drin, der Wirkliche Hofrat mit dem tschechischen Doppelnamen, der
bereits kurz vor der Pension stand und Harald unbedingt
zu seinem Nachfolger küren wollte.

– Wen besuchen wir jetzt, fragte Doktor Mormann neugierig und betrachtete seine Finger, die schlank und zierlich
aussahen und sich bei gewissen chirurgischen Eingriffen
äußerst geschickt anstellen würden.

– Einen ehemaligen Mittelschullehrer, der sich bei Sollenau in der Nähe von Wiener Neustadt als Gemüsebauer
versucht. Er wurde zu viereinhalb Jahren Haft verurteilt,
weil er eine Affäre mit einem zwölfjährigen Schüler hatte.

– Also der übliche Missbrauch?

– In diesem Falle nicht ganz, entgegnete Kommissar Selikovsky, dieser Schüler hat die ganze Zeit über auf seinen
Lehrer gewartet. Unmittelbar nachdem der Mann wieder
freigekommen war, ist der Junge mit ihm zusammengezo-
gen und wurde später auch adoptiert. Seine Eltern haben
seitdem kein Wort mehr mit ihm gesprochen.

– Eine ziemlich bizarre Liebesgeschichte.

– Allerdings. Zwischen einem Jungen und dem um 35 Jahre älteren Mann.

– Vielleicht hat der Bub nach Sicherheit gesucht.

– Oder einfach nach Sex.

– Oder beides?

– Vielleicht.

– Das klingt nicht besonders überzeugend, lächelte Doktor Mormann und sah auf die Straße hinaus, der Abzweigung bei Wiener Neustadt entgegen. In spätestens 15 Minuten würden sie in Sollenau angelangt sein, dieser seltsame Kommissar und er selbst, ein angehender Mediziner, der es leid war, in einer Stadt zu leben, wo es so viele traurige Existenzen gab, von Fantasien und Begierden besessen, von unheilvollen Süchten zerstört. Untote, die jeden Blick für das Schöne aus den Augen verloren hatten und trotzdem nicht abkratzen konnten. Die jahrzehntelang dahinvegetierten und währenddessen kaum ahnten, wie einzigartig das Leben war. Oder wenigstens sein konnte.

Ein langgezogener Bauernhof zwischen Felixdorf und Sollenau, ganz in der Nähe eines riesigen Waldes. Ein graues, mindestens ein halbes Jahrhundert altes Gebäude, mehr schlecht als recht renoviert. Dahinter langgezogene Glashäuser, in deren Beeten Tomaten, Paprika und Kräuter aller Art kultiviert wurden. Vor dem Hof einige Hühner und ein angeketteter Hund. Im Hintergrund das Meckern einiger Ziegen in einem Holzstall. Ein Bauernhof wie Tausende andere in diesem Hügelland auch. Der Geruch nach Gülle, nach eingelagertem Heu und dem Blut der vor kurzem im Hof massakrierten Gänse.

Nach dreimaligem Läuten erschien ein schlaksiger Junge in der Türe, kaum 20 Jahre alt. Der ehemalige Schüler und Liebhaber des früheren Lehrers. Kommissar Selikovsky bat in kurzen Worten, bei beiden Bewohnern des Bauernhofs einen Speicheltest vornehmen lassen zu dürfen, und hielt dabei seine Dienstmarke in der offenen rechten Hand. Der Junge zuckte mit den Achseln, wich ein paar Schritte zurück und holte seinen Liebhaber in den mittleren 50er-Jahren herbei. Sah ihn mit großen Augen an. Ein bisschen erschrocken, aber eigentlich voller … – Selikovsky fiel nur dieses eine Wort ein, das mit den fünf Buchstaben, das in jedem besseren Schlager vorkam.

Die Entnahme der Speichelproben dauerte nur wenige Minuten, dann stiegen Doktor Mormann und der Kommissar wieder in den Passat ein und fuhren der letzten Adresse auf dem DIN-A4-Blatt des Hofrats entgegen.

– Ich glaube, sie lieben einander wirklich, sagte Florian in die Stille hinein, wie der Junge diesen älteren Mann angeschaut hat, so durchdringend und sanft, einfach unglaublich.
– Es gibt nichts, was es nicht gibt, antwortete der Kommissar und fuhr auf einer schmalen Landstraße Richtung Wiener Neustadt zurück.
– Sie sind doch auch …
– Schwul, ja. Aber ich stehe nicht auf kleine Jungs.
– So ein Kind ist der junge Mann auch nicht mehr.
– Aber er war eines, als er sich mit diesem Kerl eingelassen hat.
– Und wenn er es wirklich gewollt hat?
– Vielleicht, aber strafbar war es trotzdem. Und wie. Viereinhalb Jahre Knast sind keine Kleinigkeit.

Harald sah zum jungen Mediziner hinüber, einem aufmerksamen jungen Mann, nicht besonders hässlich, nicht besonders schön, nicht besonders schlank, aber auch nicht dick. Vielleicht ein paar Kilogramm zu viel an den Hüften. Zu viele Cheeseburger mit Pommes an einsam verbrachten Abenden wahrscheinlich. Und weit und breit kein Mädchen, das von einem jungen Mediziner erhört werden wollte.

– Du hast nie homosexuelle Erfahrungen gemacht, oder?
– Schon, aber nur ein- oder zweimal. Mit Robert. Zusammen masturbiert, und Robert wollte unbedingt wissen, wie sich das Blasen anfühlt. Für mich war es nicht besonders toll, ehrlich gesagt. Aber du warst ja auch verheiratet, Harald.
– Ich habe sogar einen Sohn. 24 Jahre alt. Simon. Hat BWL und Jus studiert. Aber eigentlich jobbt er zurzeit als Barpianist in einem Wiener Hotel. Komponiert nebenher. Und erteilt gut situierten Oberschichtskindern Klavierunterricht.
– Will er keine Karriere oder so machen?
– Ich glaube, er sucht noch. Wonach, weiß er vielleicht selbst nicht.

Doktor Mormann lächelte und sah auf eine riesige Plakatwand, auf der die neueste Werbekampagne der auflagenstärksten Tageszeitung des Landes affichiert war. Die Umrisse des berühmtesten Komponisten der Musikgeschichte. Darunter in knalligen Buchstaben die Ankündigung einer musikhistorischen Sensation.

– Ob sie Mozarts Totenschädel tatsächlich gefunden haben, fragte er leise.

– Und wenn schon: Ändert es etwas an seinen Werken,
fragte Kommissar Selikovsky und steuerte den Wagen
durch einen mehr als trostlosen Ort, klingt deswegen
die *Kleine Nachtmusik* anders? Erscheint das *Requiem*
weniger düster? Und wären dann die Opernarien aus dem
»Figaro« oder »Don Giovanni« über Nacht ganz andere
Meisterwerke geworden?

– Die Leute wollen etwas zum Anfassen haben. Und wenn
es nur ein Totenkopf ist. Begreifen kommt ja von Greifen. Anfassen. Berühren. Etwas für wirklich befinden.

– Auch wenn sie Mozart dadurch in einen Zombie verwandeln?

– Ja, warum nicht. Besser untot, als für immer gestorben.
Wir schauen uns ja auch die Skelette von Dinosauriern
im Naturhistorischen Museum an. Und fühlen uns ziemlich klein und vergänglich dabei.

– Du bist oft dorthin gegangen, oder?

– Ja, als Kind immer. Fast jeden Sonntag. Aber allein. Meine
Alten haben sich inzwischen zu Hause betrunken. Das
Vorzimmer vollgekotzt. Und neben das Klo geschissen.
Ich musste hinterher alles wieder aufwischen.

– Du warst ein toller Junge, antwortete der Kommissar
beeindruckt, sehr reif für dein Alter, beinahe ein Held.

– Ach, das stimmt gar nicht, wehrte Doktor Mormann
bescheiden ab und zuckte mit den Schultern, ich wollte
es einfach nur nett haben. So sauber wie möglich. Damit
ich nachher in meinem Bett lernen konnte. Weil ich ahnte,
dass dies der einzige Weg aus diesem Elend war, einem
Elend aus Schlägen, schlechtem Alkohol und ewigen
Ausreden. Dem ständig laufenden Fernseher. Und diesen Nachrichten, die an uns vorüberflossen wie ein Strom
aus Worten, die keinen von uns etwas anzugehen schienen.

Und uns irgendwann dennoch betrafen. Mit der nächsten Steuererhöhung. Dem Streichen von Sozialleistungen. Und der jeden Tag schneller schwindenden Aussicht auf bessere Zeiten.

*

Selikovsky hielt seinen Passat an einer Kreuzung an, die mitten im Nirgendwo lag. Brachliegende Winterfelder breiteten sich nach allen Himmelsrichtungen aus, weiter hinten ragten dichte Nadelwälder in den düsteren Nachmittag, aber nirgendwo war auch nur das Dach eines verdammten Gebäudes zu sehen. Leicht entnervt biss sich der Kommissar auf die Lippen und unterdrückte das aufkeimende Bedürfnis nach ein paar satten Marlboro-Zügen. Der junge Turnusarzt an seiner Seite war sicher Nichtraucher, seine Haut war glatt und seidig, die Gesichtszüge makellos – Florian betrieb sicher etwas Sport und mied hochprozentige Getränke, wo es nur ging. Die alkoholkranken Eltern mochten noch wie versiffte Gespenster in seiner Erinnerung herumspuken, und außerdem gehörte der junge Mediziner bereits einer Generation an, die lieber Wellnesshotels als räudige Klubs oder Großraumdiskotheken besuchte. Doktor Mormann beugte sich über das Blatt mit den ausgedruckten Adressen und verglich die Koordinaten mit jenen des erreichten Zielpunkts auf dem Navigationssystem.

– Eigentlich müssten wir längst angekommen sein, murmelte der junge Arzt und sah den Kommissar unsicher an.
– Aber da draußen ist gar nichts zu sehen. Außer umgepflügte Felder, Dutzende Saatkrähen und am Horizont

ein paar Wälder vor der sogenannten Buckligen Welt. Am besten, wir lassen den Scheiß …

– Einen Augenblick, murmelte Florian und deutete auf einen Pfeil neben den angegebenen Koordinaten auf dem ausgedruckten Adressenblatt, nehmen wir an, unsere Landkarte wäre nach Norden ausgerichtet, dann würde dieser Pfeil nach links auf die Abzweigung nach Westen hinweisen, oder?

– Welcher Pfeil, das ist doch nur ein kleiner-als-Zeichen, brummte Selikovsky und starrte dennoch in die angegebene Richtung, in der sich eine schmale Landstraße verlor, auf der ihnen gerade ein dunkelbrauner Lieferwagen entgegenkam, auch das noch, seufzte der Kommissar und manövrierte den Passat etwas zur Seite, um dem entgegenkommenden Lieferanten für irgendwas auszuweichen.

Die untergehende Sonne schien aufdringlich in das Wageninnere herein und blendete die beiden Insassen, während der dunkle Schatten des Lieferwagens an Haralds Dienstwagen vorüberstrich und sich allzu schnell im Rückspiegel entfernte, nicht ohne dabei eine riesige Staubwolke zu hinterlassen. Vielleicht hatte es in dieser gottverlassenen Gegend seit Wochen nicht geregnet, ganz im Gegensatz zur nicht einmal eine Autostunde entfernten Bundeshauptstadt.

– Hast du irgendeine Aufschrift auf dem Wagen erkennen können, fragte Selikovsky den jungen Beifahrer, aber Florian schüttelte kaum merklich den Kopf.

– Ich glaube, ich habe nur auf das Blatt mit den Adressen gestarrt, aber vielleicht war es irgendwas mit Karosserie und Lackiererei, vermutete der junge Arzt und deutete nochmals in die Richtung, aus der das Lieferfahrzeug gekommen war.

– Ich glaube, wir sollten es mit diesem Feldweg versuchen, ein, zwei Kilometer weit können wir uns ja zwischen die Felder wagen. Oder was meinst du?

– Na schön, seufzte der Kommissar und lenkte den Wagen aus dem abgeernteten Acker, klappte den Blendschutz vor der Frontscheibe herunter und fuhr mit seinem Passat eine schmale Schotterstraße zwischen brachliegenden Winterfeldern entlang. Nach ein paar schweigsamen Minuten tauchte hinter einer leichten Geländekuppe das Dach eines langgestreckten Gebäudes auf.

– Vielleicht ist es dieser Bauernhof da, lächelte Doktor Mormann und deutete zum braun gestrichenen Stadel hinunter. Daneben war ein kleines graues Einfamilienhaus zu sehen. Mit hohem Giebeldach und verriegelten Fensterläden, die genauso verschlossen wie die Leute in diesem verdammten Landstrich sein mussten, wen sollen wir hier eigentlich überprüfen?

– Einen frühpensionierten Major des Bundesheeres. Hat sich an mehrere Rekruten und Unteroffiziere herangemacht. Sie anscheinend zu brutalen SM-Spielen überredet. Er wurde wegen Vergewaltigung in 22 Fällen verurteilt und fasste trotzdem nur eine geringe Haftstrafe aus. Keine Ahnung, warum. Auf jeden Fall schien keines seiner Opfer minderjährig gewesen zu sein. Vielleicht wohnt er ja hier. Zumindest können wir sicher jemanden nach diesem Kerl fragen.

Selikovsky lenkte den Wagen auf das Einfamilienhaus zu und stellte das Fahrzeug vor dem Eingang des schmucklosen Gebäudes aus der Nachkriegszeit ab. Die Eingangstür war nicht nur abgeschlossen, sondern zusätzlich mit einer Stahlkette gesichert. Die Fensterläden waren geschlossen, und der Balkon auf der Südseite des Hauses war mit sperrigen Einrichtungsgegenständen vollgestellt, weiß lackierten Kredenzen und Schränken, als ob die Räume im Inneren des Hauses bereits geräumt worden wären.

– Ob hier überhaupt noch jemand wohnt, zuckte Florian ratlos mit den Achseln und kickte einen Stein auf den braun gestrichenen Stadel zu. Im Inneren des Gebäudes waren plötzlich Geräusche von Hühnern oder anderem eingesperrten Geflügel zu hören, und nach ein paar Sekunden war auch das leise Knirschen eines sich im Schloss drehenden Schlüssels zu hören.

Kommissar Selikovsky zückte seine Dienstmarke und griff mit der anderen Hand nach seiner *Glock* unter dem Mantel. Doktor Mormann wich etwas zur Seite und stellte den schwarzen Arztkoffer auf einem Holzstrunk ab. Nach ungefähr einer halben Minute erschien ein hagerer Schatten im baufälligen Türrahmen. Eine uralte Frau. Oder ein noch älterer Mann. Irgendein verhutzelt aussehendes, beinahe mumifiziertes Wesen. In dunkler Kleidung. Abgetragener Lederschürze. Und schmutzigen Gummistiefeln, die bei jedem Elendswettbewerb den ersten Preis gemacht hätten.

– Selikovsky, Kriminalpolizei Wien, stellte sich Harald mit scharfer Stimme vor und verlangte den Ex-Major mit einem ungarisch klingenden Namen zu sprechen.
– Nikogo oprócz mnie, antwortete das Wesen mit dem verrunzelten Gesicht, schüttelte den Kopf und wollte sich wieder ins Innere des Stadels begeben.

– Kiedy wraca major, fragte Kommissar Selikovsky in seinem nur widerwillig über die Lippen kommenden Polnisch.

– Może nigdy więcej, antwortete der geschlechtslose Alte
und verschwand im Inneren des völlig heruntergekommenen Hauses.

– Was hat er gesagt, wollte Florian wissen.

– Dass der Besitzer des Anwesens vielleicht gar nicht mehr
zurückkommen wird, murmelte Selikovsky und steckte
die Dienstmarke ein, ich glaube, wir fahren wieder nach
Wien zurück. Diesen polnischen Greis können wir ohne
Speichelprobe davonkommen lassen.

Auf der Rückfahrt nach Wien sprachen der Kommissar
und sein junger Begleiter kaum ein Wort. Nur einmal
unterbrach Selikovsky das undurchdringlich wirkende
Schweigen und fragte den Arzt, ob er wirklich diesen
Rolling Stones-Song auf der kreisenden Langspielplatte
erspäht hatte.

– Da habe ich nicht den geringsten Zweifel, antwortete
der junge Arzt, schwarzes Vinyl, ein orange-pinkfarbe-
nes Label mit zwei Nummern darauf, ich glaube »Bitch«
und »Angie«. Ich bin mir todsicher, dass sich diese alte
spanische Pressung der *Rolling Stones* auf dem Platten-
teller gedreht hatte. Genau diese Scheibe habe ich vor
einem Jahr auf *Ebay* erstanden. Um 10,67 Euro. Ohne
Versandkosten.

Harald nickte kurz und wies telefonisch ein paar Kollegen
an, an der Adresse der üppigen Dark-Metal-Sängerin Nachschau zu halten. Wenn ihr sie dort antrefft, nehmt sie gleich

mit aufs Wachzimmer und gebt mir Bescheid. Ich kann in einer Dreiviertelstunde bei euch am Fiakerplatz sein.«

– Klingt nach Überstunden, lächelte Doktor Mormann und schlug dem Kommissar vor, ihn bei einer U1-Station am Stadtrand abzusetzen, in Oberlaa zum Beispiel. Ich muss sowieso noch die Proben im Militärspital auswerten.
– Wann wirst du die Ergebnisse haben?
– Morgen früh um 9 Uhr reicht?
– Besser heute noch.
– In zwei Stunden?
– Gut, dafür bringe ich dich auch ins *Militär-Medizinische Zentrum*. Das liegt doch an der Brünner Straße, oder?
– Ja, Nummer 238. Ich werde mich auch beeilen. Versprochen.
– Super. Du brauchst mich nur anzurufen, wenn eine Probe positiv sein sollte.
– Okay, das DNA-Material des Mordopfers habe ich ja schon bekommen. Warum hat mich übrigens dein Chef ausgeliehen? Habt ihr keine Ärzte bei der Kriminalpolizei?
– Keine Ahnung, zuckte Selikovsky mit der Schulter und lenkte den Passat am Verteilerkreis vorbei, überholte Lastwägen, Kleinbusse und Personenkraftwagen, wechselte in die äußerste linke Spur und sah dabei mehrere Male auf sein Diensthandy. Kurz vor der Abzweigung Am Kaisermühlendamm riefen die Polizeikollegen vom dritten Bezirk retour. Angie war an der angegebenen Wohnadresse nicht aufzufinden gewesen. Die Dutzenden Katzen hatten kläglich gemauzt und den gesamten ersten Stock mit Pisse und Scheiße versaut. Tierheime in Klosterneuburg, Tulln und Wien würden die seit Tagen im Stich gelassenen Viecher betreuen.

– Sollen wir eine Vermisstenmeldung rausschieben?

– Ja, auf jeden Fall. Und sucht die Friedhöfe dieser Stadt ab.

– Die *was*, fragte die Stimme am anderen Ende der digitalen Verbindung.

– Die Friedhöfe, Kollege. Den Zentralfriedhof. Den Sankt Marxer Friedhof. Und vor allem das kleine Gräberfeld rund um die Pfarrkirche Alt-Simmering. Falls ihr auf einen gewissen Papo stoßt, nehmt ihn ebenfalls vorläufig fest.

– Verstanden, sagte die Stimme, der es anzuhören war, nichts verstanden zu haben.

Gegen 18 Uhr setzte der Kommissar Doktor Mormann vor dem Eingang des *Militär-Medizinischen Zentrums* ab. Die beiden Wachesoldaten beim Einfahrtstor hatten die Stahlhelme tief ins Gesicht gezogen und hielten ihr Sturmgewehr 77 fest in den kräftigen Händen. In der Ferne waren die roten Signallichter am Bisamberg zu sehen, und irgendwo weiter im Norden setzte ein einsamer Passagierjet zur Landung auf dem Flughafen Wien-Schwechat an. Die Abendmaschine aus London, Düsseldorf oder Paris. Besetzt mit Geschäftsleuten und Touristen, mit den Gewinnern eines Preisausschreibens vielleicht.

– In zwei Stunden, okay?

– Ja, aber ruf mich nur an, wenn eine dieser verdammten Proben positiv ist.

– In Ordnung.

Selikovsky schaltete die Automatik auf *Drive* und wollte schon losfahren, aber Doktor Mormann hielt noch immer die Beifahrertür geöffnet, biss sich nervös auf die Lippen und schien noch unbedingt seinen letzten Satz loswerden zu wollen.

– Es war echt schön mit Ihnen, ich meine, mit dir.
– Dann heuere doch bei der Kriminalpolizei an, wenn dir diese seltsamen Verbrechen gefallen.
– Ich glaube, da werde ich doch lieber Landarzt.
– Im Gebirge oder so?
– Ja, wäre toll. Im März bin ich sowieso mit dem Turnus hier fertig. Dann kann ich mich endlich nach einer Ordination am Land umschauen.
– Vielleicht auch nach einem Mädchen?
– Das sagen ausgerechnet Sie, Verzeihung: ausgerechnet du sagst so was.
– Vergiss nicht, dass ich auch verheiratet war.
– Und einen Sohn hast.
– Genau.
– Also ist nichts so, wie es scheint, oder …
– … alles muss sich verändern, damit es bleibt, wie es ist. Florian, du hast das ganze Leben vor dir. Mach es dir so schön wie möglich. Die Probleme kommen von ganz allein.
– Ich bin doch selbst erst einem ganzen Problemhaufen entkommen. Dem finsteren Gemeindebau. Der engen Wohnung. Den saufenden Eltern. Dem perversen Schulfreund, der ein kleines Mädchen umgebracht und zerstückelt in den Müll geworfen hat.
– Deren Leiche nie zur Gänze geborgen werden konnte.
– Und weißt du, warum?
– Weißt du es vielleicht, fragte Harald und sah den Turnusarzt verblüfft an.

– Robert hat es mir vor einem halben Jahr verraten. Als ich ihm im Rahmen einer Psychiatrischen Ausbildung in der Haftanstalt für geistig abnorme Rechtsbrecher am Mittersteig wiederbegegnet bin.

– Und?

– Er hat Teile des Mädchenkörpers im Backrohr der elterlichen Wohnung verbrannt. Die Selbstreinigung aktiviert. Zuerst die Hand, dann ein paar Finger, die Zehen. Nachdem er den abgetrennten Kopf des Mädchens hineingeschoben hatte, ist die Elektronik des Gerätes infolge Überhitzung zusammengebrochen.

– Deswegen hat das tote Mädchen …

– … kein Gesicht mehr gehabt.

Doktor Mormann nickte und schloss die Beifahrertür. Trat einen Schritt zurück und sah mit Tränen in den Augen zu, wie der Passat des Kommissars zurück auf die Brünner Straße fuhr, sich dort unter die anderen Verkehrsteilnehmer einreihte und nach ein paar Augenblicken aus dem Sichtfeld des jungen Mediziners verschwand.

*

Während Selikovsky auf der Tangente zurück ins Stadtzentrum fuhr, begann das Handy zu summen. Seine Ex-Frau Elke war dran, und da es ein Facetime-Anruf war, konnte Harald das früher so vertraute Wohnzimmer erkennen, die abgewetzte Chesterfield-Couch mit dem schwarz lackierten Beistelltisch, auf dem ein Sektkühler mit geöffneter Flasche und zwei Gläser standen. Elke hatte offensichtlich Besuch, ein kurzer Schwenk mit dem Handy, und Harald erkannte Marianne Kugler im Hintergrund, die nervös an einer Zigarette paffte und sich alle paar Sekunden durch das lange dunkelbraune Haar strich.

– Wir haben gerade über Alexander gesprochen, eröffnete Elke das Facetime-Gespräch, und wir würden Dir gerne mitteilen, was wir uns so zusammengereimt haben.

– Dann schieß los, antwortete Harald und lenkte den alten Passat an einer langen Lkw-Schlange vorüber, die Abbiegespur Richtung A4 war wie üblich verstopft, eine riesige Baustelle kurz vor dem Flughafen, die seit einem halben Jahr ihrer Fertigstellung harrte. Irgendwie verspürte Selikovsky das Bedürfnis, sich jetzt eine Zigarette anzustecken und ein Glas Wein zu trinken, Prosecco, Weißen oder Roten, ganz egal, Hauptsache mindestens zwölf Prozent Alkohol inklusive der Möglichkeit, sich noch ein zweites oder drittes Glas einzuschenken.

– Wir denken, dass Josua etwas mit dem Mord an Alexander zu tun haben muss, begann Elke mit gedämpfter Stimme zu sprechen, die beiden waren viel zu eng beisammen, als dass er nichts von all diesen Ungereimtheiten in Alexanders Leben mitbekommen hat.

– Was meinst du damit, fragte Selikovsky leise und bog auf die Abbiegespur Richtung Sankt Marx ab, er wollte unbedingt noch bei dieser verdammten Parkanlage vorbeischauen, vielleicht konnte er Papo in diesem Wärterhaus dingfest machen oder etwas Verdächtiges in der näheren Umgebung wahrnehmen. Der ehemalige Friedhof selbst war sicher schon seit Stunden geschlossen, wie üblich nach Einbruch der Dunkelheit, wenn sich Selikovsky nicht allzu sehr irrte.

– Josua hielt sich in dubiosen Sexforen auf. Und er hatte Dutzende Aliasnamen, beinahe alle als … Elke schwieg einige Sekunden lang, die ausreichten, den Passat in die Oberzellergasse abbiegen zu lassen, und von dort über einen Kreisverkehr auf die Lebergasse zu gelangen, jene Nebenstraße, an der sich zur rechten Hand der Sankt Marxer Friedhof befand.

– … als Mädchen. Als Frau. Als Bottom-Hure. Als was der Teufel noch alles.

Marianne Kuglers schrille Stimme war im Hintergrund mehr als deutlich zu vernehmen, ein paar gepresst herausgestoßene Wörter, die in laut hervorgestoßenes Schluchzen mündeten. Der tote Junge. Ihr soeben begrabener Ehemann. Die drückenden Schulden, die auf dem Reihenhaus lasteten, beinahe so schlimm wie das verfluchte Weiß an den ehemals orange-gelben Hauswänden. Elke legte das Handy beiseite und versuchte, Alexanders Mutter zu trösten. Die Kamera ihres Smartphones zeigte nach oben, zur Decke des Wohnzimmers, wo der Jugendstil-Luster ein seltsam diffuses Licht streute, das mehr Schatten warf als Helligkeit spendete, weil die Lampen schon seit Jahren nicht mehr abgestaubt worden waren.

– Josua ist bereits seit Tagen verschwunden, fügte Haralds Exfrau aus dem Off hinzu, er hat aufgehört, an den Online-Kursen teilzunehmen und E-Mails zu beantworten oder auch nur ans Handy zu gehen. Seine Eltern behaupten, er sei einfach in seinem Zimmer. Aber da ist er sicher nicht.
– Glaubt ihr.
– Wissen wir.
– Von wem?
– Von dieser polnischen Putzfrau. Du hast sie ja auch schon kennengelernt.

– Allerdings, lächelte Kommissar Selikovsky und dachte, dass in dieser verdammten Stadt nicht das kleinste Geheimnis verborgen blieb: Wien war keine Metropole, sondern ein Dorf oder eine Kleinstadt, wie alle größeren Orte des Landes Kleinstädte waren, in der alle von allen anderen allerhand wussten. Oder auch nicht.

Selikovsky stellte seinen Passat unmittelbar vor dem aufgelassenen Friedhof ab, der im Winter ab 17 Uhr nicht mehr betreten werden durfte. Das Eisentor war mit einer dicken Kette gesichert, und im Wärterhaus brannte kein einziges Licht. Vielleicht probte Papo ein paar neue Stücke an der Orgel der Alt-Simmeringer Pfarrkirche oder traf sich irgendwo in der Stadt mit einer jener Gestalten, die Selikovsky gemeinsam mit dem jungen Turnusarzt aufgesucht hatte.

– Trinkt lieber die Flasche aus und versucht, so gut wie möglich zu schlafen, sagte Selikovsky Richtung iPhone, fügte einen Guten-Abend-Gruß hinzu und sah in den einsetzenden Regen hinaus, der den Scheinwerferkegel seines Wagens schraffierte. Nirgendwo war die Spur eines anwesenden Menschen zu sehen, und im ehemaligen Friedhof hinter dem Eisentor flackerte keine einzige Kerze. Alles dort draußen war dunkel und irgendwie tot und sich selbst oder der Ewigkeit überlassen.

Als Selikovsky gerade aussteigen wollte, schlug das Handy noch einmal an. Doktor Mormann war dran. Jener junge Mediziner, der nur anrufen sollte, wenn eine Probe positiv sein sollte. Und so war es auch.

– Wessen Probe ist es, fragte der Kommissar atemlos in das
  flache Smartphone hinein.
– Du wirst es nicht glauben, antwortete die Stimme des
  Turnusarztes.
– Der Hüne von Sievering, versuchte Selikovsky dennoch
  sein Glück.
– Nein, der Junge aus Sollenau.
– Was?
– Du hast richtig gehört. Die Speichelprobe des Jungen ist
  positiv. Und zwar nur seine. Die seines väterlichen Freun-
  des ist einwandfrei negativ. Wie hat der Junge eigentlich
  geheißen?
– Konstantin, glaube ich, flüsterte Selikovsky und spürte,
  wie sein Herz schneller zu schlagen begann, aber wieso
  er? Bist du dir sicher? Könnte es nicht ein falsches Resul-
  tat sein?
– Ausgeschlossen, antwortete Doktor Mormann mit einer
  Bestimmtheit, die Harald dem jungen Turnusarzt gar
  nicht zugetraut hätte, ich habe das Ergebnis mehrmals
  überprüft. Irrtum ausgeschlossen. Die DNA-Spuren des
  Jungen wurden eindeutig von den Beamten der Spurensicherung an Alexander Kuglers Leiche sichergestellt.
– Verdammt, fluchte Harald in das Smartphone hinein, aber
  danke trotzdem, Florian. Du schickst mir noch das Ergeb-
  nis per E-Mail?
– Ist bereits auf dem Weg zu dir.
– Vielen Dank.
– Wo bist du jetzt eigentlich, Harald?
– Vor dem Sankt Marxer Friedhof. Wo Alexanders leblo-
  ser Körper gefunden wurde. Ich glaube, ich mache noch
  einen kleinen Spaziergang.
– Pass ja auf dich auf, okay?

– Keine Angst, Florian, ich bin ja bewaffnet.
– Trotzdem. Oder nein: gerade deswegen.

Eine kleine, bedeutungsvolle Pause. Und dann dieser Satz, kurz bevor sich Harald mit einem Ciao verabschieden wollte.

– Ich weiß nicht, wie ich es ausdrücken soll, aber du bist der Vater, den ich mir immer gewünscht habe.
– Ach, komm.
– Doch.

Harald hatte das Gefühl, dass Florian Mormann am anderen Ende der Verbindung zu weinen begann. Oder dass zumindest ein paar Tränen über sein Gesicht liefen, ganz ähnlich wie die fetten Regentropfen da draußen, die nach dem Aufprall aus der Tiefe der Nacht die Frontscheibe hinabflossen, still und unaufhörlich, wie die Sehnsucht der Menschen war, jenseits aller Wörter: ein dunkles, kaum wahrnehmbares Begehren.

VII – AGNUS DEI

Selikovsky stieg aus dem Wagen aus, stellte den Kragen seines Mantels hoch und rückte den schwarzen Borsalino tiefer in die Stirn. Der einsetzende Regen wurde stärker, und immer dickere Tropfen prasselten auf die Friedhofsmauer und die angrenzende kleine Parkanlage herab. Ein paar Kinderschaukeln bewegten sich geheimnisvoll unter der Regenmenge, und aus einem orangefarbenen Papierkorb der Gemeinde Wien quoll überlaufendes Wasser. Außer vereinzelten Hundbesitzern oder Kettenrauchern würde niemand um diese Zeit in dieser Gegend herumlaufen. Hinter den Fenstern der Gemeindebauten auf der anderen Straßenseite schimmerten die aufgedrehten Fernsehgeräte, und manchmal waren durch ein gekipptes Fenster die Stimme eines Nachrichtensprechers oder die dumpfen Beats eines Rappers zu hören. Hier draußen an der Backsteineinfriedung der Parkanlage war es dagegen vollkommen ruhig, nur der Regen prasselte unaufhörlich aus der Dunkelheit herab und zeichnete im Licht der Straßenlaternen glitzernde schräge Linien in das nächtliche Schwarz.

Harald durchquerte einen kleinen Park in der Nähe des Friedhofs, bevor sich der Fußweg in zwei Richtungen gabelte: Der breitere Pfad führte zum geräumigen Parkplatz vor den Sozialbauten hinunter, und der schmalere Steig an abgestellten Campingwägen und Klein-Lkws vorüber einen kleinen Hügel hinauf, wo ein Sportplatz oder ein Fußballfeld liegen musste. Ein hoher Maschendraht umzäunte das von einigen Flutlichtern erleuchtete Areal, wo vielleicht die Nachwuchsmannschaft eines Regionalligavereins ihr abendliches Training abhielt, obwohl Harald keine abgeschlagenen Bälle, keine Zurufe und keine schnellen Schritte wahrnehmen konnte, aber vielleicht verschluckte das laute Prasseln des Regens auch diese Trainingsgeräusche.

›Zirkus G. B. Hiewalt‹ war in bunten, krakeligen Buchstaben auf einen der ausrangierten Campingwägen gemalt. Kommissar Selikovsky hatte Zirkusse noch nie gemocht, ganz besonders die kleineren nicht, die, ständig von Konkurs und Geldmangel bedroht, ihre wenigen Tiere quälten und die eher erbarmungswürdigen Artisten wie Sklaven im Mittelalter ausbeuteten. Vor ungefähr 40 Jahren hatte ihn der Schnauzbart mit dem schäbigen Grinsen zu einem dieser Provinz-Zirkusse eingeladen und noch während der Kindervorstellung sexuell bedrängt, bevor Harald dem Unbekannten zwischen Löwenkäfig und Straußengehege einen blasen musste, während der gleiche Regen, der auch jetzt in Strömen aus der Dunkelheit einfiel, seine dünne Jacke durchnässt hatte und in dicken Tropfen über die Wangen gelaufen war, oder vielleicht waren es auch Tränen des Ekels und des Schmerzes gewesen, während er als Junge dem dumpfen Trieb eines Sexualattentäters widerwillig nachgekommen war, in einer düsteren, kalten Regennacht, genauso undurchdringlich und traurig wie diese.

Harald ballte die rechte Hand in der Manteltasche zu einer grimmigen Faust und stutzte, während er zu den wenigen Lichtern des traurigen Kleinzirkus hinüberstarrte. Trotz des herabprasselnden Regens waren dumpfe Klagelaute und rhythmisches Klatschen zu hören, unterbrochen von dumpfen Schlägen und den Tritten genagelter Stiefel.

Der Kommissar griff zu seiner Pistole im Halfter, nahm das kalte Eisen in die Hand und versteckte die *Glock* in der rechten Manteltasche, eilte in wenigen Schritten zu den abgestellten Campingwägen hinauf und spähte zwischen einem Anhänger und einigen Ballen zusammengepresstem Stroh auf den kleinen Platz zwischen den Fahrzeugen. Über den aufgeweichten Boden war eine Markise gespannt, darunter ein Pfahl, an dem eine hagere Gestalt in Frauenkleidern gefesselt war, die knappe Bluse in mehrere Stücke gerissen, der nackte Rücken von zahlreichen Striemen übersät, ein schlaksiger, magerer, haarloser Körper, keine 18 Jahre alt, der kurze schwarze Lederrock war bis unter die Knie gerutscht und in die Haut des glatten Hinterns war dreimal die Zahl sechs geritzt.

Ein lautes Klatschgeräusch, und der nächste Peitschenhieb riss die dünne Haut des wehrlosen Opfers auf, ein großer, kräftiger Mann mit schwarzer Ledermaske und Majorsuniform trat auf den hageren Jungen in Frauenkleidern zu, ein langes Messer in der Hand, dessen gerillte Klinge im Licht zweier angedrehter Scheinwerfer wie ein Bergkristall zu funkeln begann. Auf der anderen Seite des kleinen Platzes war ein Stativ mit einer Digitalkamera montiert, die offenkundig die Peinigung nicht nur filmte, sondern sie möglicherweise live in ein obskures Sexforum übertrug.

– Halt, Kriminalpolizei. Sie sind festgenommen. Keine Bewegung, oder ich schieße.

Der Ledermaskenmann wandte sich Harald zu, hob den rechten Arm mit dem Messer – und Harald schoss absichtlich dicht neben den Täter, nutzte den kurzen Überraschungsmoment und rang den maskierten Kerl in Uniform und Lederstiefeln zu Boden, schlug mehrmals mit der Pistole auf den kräftigen Mann ein und fesselte ihn schließlich mit Handschellen und Kabelbindern an Händen und Füßen, trat noch einmal in das Ledermaskengesicht und sah zu dem Holzpfahl hinüber. Aber der schief in die Erde gerammte Pfosten war leer. Das Stativ mit der Kamera war umgekippt, und der Sucher zeigte auf die krakeligen Buchstaben des falschen Provinzzirkus

Der Junge in den zerrissenen Frauenkleidern hatte die Flucht ergriffen. Harald blickte zum schmalen Steig über die abgestellten Fahrzeuge des vermeintlichen Zirkus hinauf und sah eine blasse Gestalt hinter der Hügelkuppe verschwinden. Selikovsky vergewisserte sich, dass der maskierte Psychopath so fest gefesselt war, dass er sich kaum noch bewegen konnte, und eilte dem verletzten Opfer hinterher, erreichte den Maschendrahtzaun und sah auf dem erleuchteten Fußballfeld den übel zugerichteten Jungen, der zuerst den einen Stöckelschuh verlor, dann den zweiten abzustreifen versuchte und plötzlich mit einem lauten Schrei umkippte und auf der Rasenfläche liegen blieb. Harald zwängte sich durch ein Loch im Zaun und lief zu dem zitternden Opfer hinüber, strich die regennassen Haarsträhnen aus dem gequälten Gesicht und erkannte den Jungen. Josua Silbermayr. Oder vielmehr – Josy.

– Bitte. Rufen Sie nicht die Rettung. Aber helfen Sie mir.

Josua verdrehte die Augen und wurde bewusstlos. Der Starkregen verteilte das austretende Blut auf dem Rücken zu vielen rötlichen Bahnen. Ein Fuß des Jungen war seltsam verdreht. Und die geschlossenen Augenlider zuckten unter den Schmerzwellen. Die Schminke begann in schwarzen Linien von den Augenbrauen zu rinnen, und der grellrot geschminkte Mund zerfloss unter dem Dauerregen zu rosafarbenen Wasserfarben. Harald strich dem Jungen sanft über das nasse Haar und rief den Notarzt, die Kollegen von der Polizei und die Einsatzkräfte der Alarmabteilung herbei. Ein paar Minuten noch würde sich der Regen still und unnachgiebig auf das Spielfeld ergießen, bevor die Dutzenden Blaulichter und Folgetonhörner den Fußballplatz und den falschen Zirkus darunter in einen Tatort verwandelten, der von rot-weißen Absperrungsbändern begrenzt und von mehreren bewaffneten Beamten bewacht werden würde.

»Zirkus G.B. Hiewalt«. Ein Zirkus, da scheißt doch der Hund drauf. Harald dachte noch einmal an die grellbunten Buchstaben, die an den ausrangierten Campingbussen angebracht waren, und dann dämmert es ihm. Ge und Walt. Hie und Be. Gewalt und Hiebe. BDSM. Und wahrscheinlich die erste heiße Spur zu diesem Mord an einem 16-jährigen Jungen, dessen Leiche nur wenige Hundert Meter von hier am Sankt Marxer Friedhof aufgefunden worden war.

*

Am nächsten Morgen erfuhr Kommissar Selikovsky, dass sich der festgenommene Ex-Major mit dem ungarischen Namen in einer Zelle des Bezirkskommissariats erhängt hatte. Die Beamten hätten zwar in regelmäßigen Abständen

Nachschau gehalten und die ganze Nacht über nichts Verdächtiges wahrgenommen. Kurz vor 6 Uhr – also vor nicht einmal zwei Stunden – habe eine diensthabende Beamtin die von der Decke baumelnde Leiche entdeckt. Und nicht nur das: Bevor er durch Suizid aus dem Leben geschieden war, hatte der Ex-Offizier noch zwei andere Untersuchungshäftlinge im Schlaf erwürgt. Aus ihren Hemden eine Art Seil geflochten und sich damit an der Eisentraverse unter der Zellendecke erhängt.

– Tut mir leid, fügte die Stimme des stellvertretenden Polizeikommandanten des Bezirkskommissariats Landstraße bedauernd hinzu.
– Schon gut, murmelte Selikovsky, unterbrach die Verbindung und starrte auf die feste Crema seines halb geleerten Espresso.
– Die letzte Nacht war wieder toll.

Der Kommissar hob den Kopf und sah Dominique erstaunt an. Ein hübsches Gesicht. Die in die Stirn fallenden dunkelblonden Haare. Die immer noch jungenhaft großen Augen, hell und klar wie ein Bergsee, wie sich ein talentfreier Heimatdichter ausdrücken würde. Aber das hier war die Wirklichkeit, grausam, gnadenlos, kalt. Ein toter Junge, der immer mehr Leichen anzog. Der gestern leblos aufgefundene Körper eines Verdächtigen, der sich einer Geschlechtsumwandlung unterzogen hatte, jetzt dieser Major, der Josua Silbermayr grausam zugerichtet hatte. Von Angie, dieser Dark-Metal-Sängerin, fehlte ebenfalls jede Spur. Und die DNA eines kaum volljährigen Jungen aus Sollenau war obendrein an der Leiche von Alexander Kugler festgestellt worden.

– Mein Kommissar hat Probleme, seufzte Dominique, stand auf und machte Harald noch einen Espresso, mit einer deutlich dickeren Crema in der gelborangefarbenen Tasse. Exakt die Farben der Reihenhaus-Siedlung, in der Marianne Kugler wohnte. Zusammen mit ihrem Mann, der an Krebs gestorben war. Und diesem seltsamen Jungen, einem hochbegabten Musiker, einem Klavierspieler, Komponisten, einem sehr jungen Mann mit eindeutig devianten Vorlieben.

– Dominique, haben wir gestern Nacht wirklich noch …

– Und wie, begann Dominique zu schwärmen, es war besser denn je: gefühlvoll und hart, alles zum richtigen Zeitpunkt. Ein leidenschaftlicher Tanz auf dem Vulkan, von einem Klavierkonzert von Wolfgang Amadeus Mozart untermalt, dem letzten, das Alfred Brendel gespielt hat, Köchelverzeichnis 271, das sogenannte *Jeunehomme*-Konzert. 2008 im Wiener Musikvereinssaal.

Harald lächelte in das Gesicht des jungen Mannes, kippte den Espresso hinunter und überflog eine E-Mail aus dem Wilhelminenspital. Josua würde die Attacke von gestern Nacht überstehen. Die Wunden waren genäht worden, und die inneren Verletzungen hatten sich als nicht lebensbedrohlich erwiesen. ›Du könntest noch am Vormittag einen Blick auf den Patienten werfen.‹, war in der letzten Zeile des E-Mails zu lesen, ›10 Uhr würde gut passen. Mit besten Grüßen, Doktor Emily Hörzer‹ Sammys Frau. Oberärztin am Wilhelminenspital. Und nebenher Privatdozentin für Psychiatrie. Lacan-Anhängerin, immer noch. Harald hatte sie während seines Jus-Studiums kennengelernt. Er saß seine Pflichtstunden in Psychologie ab, und Emily hatte gerade erst mit dem Studieren begonnen. Medizin. Psychologie.

Sozialwissenschaften. Irgendwie alles, was mit dem menschlichen Leben zusammenhing, physisch wie psychisch.

– Woran denkst du, hauchte Dominique in Haralds Gesicht.
– An das Nichts.
– Ach komm, das geht doch gar nicht.
– Wenn du Poststrukturalist bist, schon.
– Was?
– War nur ein Scherz. Ich muss jetzt los.
– Fährst du ins Büro?
– Nein, ins Wilhelminenspital.
– Schade, darf ich noch etwas hierbleiben? Ein paar *Netflix*-Staffeln anschauen? Und die Champagnerflasche im Kühlschrank austrinken?
– Bediene dich einfach. Nimm den Schlüssel aus der Diele mit, sperre bitte dreimal hinter dir ab und verplaudere dich ja nicht bei der fetten Hausbesorgerin im Hochparterre.
– Ich tratsch doch nicht, nie im Leben.

Harald zog die Augenbrauen hoch. Lächelte. Irgendwie war es nett, mit Dominique in der Küche zu hocken. Belangloses Zeug zu faseln und ein paar Espressi hinunterzukippen. Währenddessen die ersten E-Mails zu überfliegen. Und sich dabei an den großartigen Geschlechtsverkehr von gestern Nacht zu erinnern.

*

Das Zimmer 209 lag in einem Seitentrakt der Notaufnahme mitten im weitläufigen Park des Wilhelminenspitals. Ein langer Gang im zweiten Stockwerk, ein paar Rollbetten hier, eines dort drüben, an den weißgestrichenen Wänden einige vergilbte Plakate, die noch immer vor der Pandemie warnten. Haralds Blicke strichen über die grünen Plastikschilder neben den gepolsterten Eingängen, Zimmer 203 – 205 – 207. Die nächste Tür musste es sein. Harald war ein wenig überrascht, keinen Polizeibeamten vor dem Krankenzimmer zu sehen. Schließlich war Josua zumindest peripher in den Mordfall Alexander Kugler involviert. Der Kommissar klopfte dreimal gegen die weiß lackierte Tür und betrat das Zimmer, ohne eine Antwort abgewartet zu haben. Außer einem Schrank und einer Tür ins Bad hinüber stand im Zimmer nur dieses riesige Krankenbett, umgeben von Schläuchen und medizinischen Geräten. Auf einem Monitor konnte man die Pulsfrequenz und die Herzschläge des Patienten erkennen, die gemessene Körpertemperatur und einige andere medizinische Parameter, die den Zustand des Schwerverletzten aufzeichneten. Keine Intensivstation mehr, aber doch engmaschige Überwachung. Ein Krankenpfleger tupfte an der Stirn des Jungen herum, und eine Assistentin blickte ungehalten zu Harald herüber.

– Selikovsky, Kriminalpolizei. Doktor Hörzer hat gesagt, ich dürfte kurz hereinschauen.
– Okay, der Patient ist jetzt wach und einigermaßen ansprechbar, antwortete der Krankenpfleger, stand auf und rückte die Apparate etwas zur Seite, setzen Sie sich einfach hier auf die Bettkante. Aber rühren Sie bitte nichts an. Falls es Probleme gibt, einfach diesen Klingelknopf betätigen. In zehn Minuten kommt Frau Doktor Hörzer vorbei. Viel länger werden Sie nicht hierbleiben dürfen.
– Vielen Dank, das reicht vollkommen, antwortete Kommissar Selikovsky und zog den Mantel aus, legte ihn über einen

orangefarbenen Plastikstuhl und setzte sich an den äußersten Rand des Krankenbetts. Wartete ab, bis sich die beiden Pfleger entfernt hatten. Die dünnen Schläuche. Das Ticken und Summen der Überwachungsgeräte. Das fahle Gesicht. Eine mächtige dunkelblonde Locke, die dem schwerverletzten Jungen ins Gesicht fiel. Zwei helle Augen, die kaum geöffnet waren und nirgendwohin starrten.

– Hallo, begann Harald zu flüstern, Josua, erkennst du mich wieder?

Der Junge nickte kaum wahrnehmbar und wollte etwas antworten, aber seine Stimme versagte noch. Eine Träne rann über die rechte Wange des Jungen, eine ziemlich dicke, einsame Träne. Dem Befund nach musste der Junge heftige Schmerzen haben, die vorübergehend von starken Medikamenten unterdrückt wurden – und die den jungen Mann ziemlich sedierten.

– Weißt du, was gestern Abend passiert ist?

Kopfnicken. Dieser leere Blick zum einzigen Fenster hinaus. Dürre, blattlose Äste, die sich im kalten Nordwind bogen. Eine fahle Wintersonne, die zu schwach war, um sich gegen die dicken Hochnebelbänke über der Stadt durchzusetzen.

– Weißt du, wer das alles mit dir … gemacht hat?

Eine Art Achselzucken. Begleitet von einer verzerrten Grimasse. Ein paar Schweißtropfen quollen auf der Stirn, und Harald fragte sich, ob er sie mit einem Taschentuch wegtupfen sollte.

– Ganz ruhig, Josua, streng dich nicht an. Jetzt ist alles gut. Du bist im Krankenhaus, und man passt auf dich auf.

– Bitte ...

Das erste Wort, das Josua ausgesprochen hatte, beinahe tonlos, kaum wahrnehmbar, gefolgt von ein paar anderen Lauten, die Wörter sein wollten, aber nur Lautfetzen waren.

– Was möchtest du sagen?

– Hals ... Kette ... Stick ...

Harald sah in das Gesicht des Jungen. Das eingetrocknete Blut auf den dünnen Lippen, die genähte Wunde am Kinn mit dem Mullverband darüber, der Halsansatz, und diese Lederkette, an der ein Kreuz verkehrt hing.

– Nein. Kein ... Kreuz. Ist ein Stick. Nimm. Nimm ihn runter. Wichtig.

– Was meinst du genau, Josua?

Harald beugte sich über den Jungen und betrachtete den kleinen Gegenstand an der Lederkette. Es sah aus wie ein verkehrt gestaltetes Kreuz, aber es war ein ...

– Stick!

Ein heftiger Zischlaut, beinahe ein Schrei. Harald versuchte, dem Jungen in die Augen zu sehen, und streckte die Hand nach dem Kreuz aus. Ein kurzes Lächeln lief über das haarlose Gesicht und verschwand nach wenigen Sekunden wieder. Ganz vorsichtig löste Harald das silberne Ding aus der Halterung und betrachtete es aus nächster Nähe.

– Stick. Wichtig. Wirst sehen.
– Ich verstehe: ein Datenträger.

Josua nickte kurz mit dem Kopf und schloss wieder die Augen. Die Tür ging auf, nur wenige Sekunden, nachdem Harald den USB-Stick in seine Hosentasche gesteckt hatte.

– Wen haben wir denn da, lächelte Doktor Emily Hörzer, unseren Seli, wie er leibt und lebt – mitten in seiner Ermittlungsarbeit.

Kommissar Selikovsky erhob sich vorsichtig vom Krankenbett und nickte der Oberärztin zu, die einen prüfenden Blick auf die Überwachungsgeräte warf und sich um ein halbes Lächeln bemühte.

– Er wird durchkommen, aber das ist auch schon alles. Bleibende Schäden können wir noch nicht ausschließen. Sehr schweres Hirntrauma. Aber Josua ist ein zäher Junge. Einer, der nicht so leicht aufgibt, habe ich recht, lächelte die Ärztin und blickte liebevoll auf ihren Patienten herab, das wird schon wieder. Aber dich muss ich leider bitten zu gehen, wandte sich Doktor Hörzer Kommissar Selikovsky zu und nickte der gepolsterten Zimmertür entgegen.
– Ist schon in Ordnung. Ein bisschen habe ich mit Josua sprechen können. Waren seine Eltern schon da?
– Ja, alle beide. Vor nicht einmal einer Stunde. Aber sie haben nicht viel gesprochen. Wirkten kühl und distanziert, ich weiß auch nicht. Mediziner der alten Schule eben. Nur in einem weißen Mantel überlebensfähig. Wahrscheinlich haben sie sich kaum um ihren Jungen gekümmert.

Die Karriere, die Privatpatienten und Golfspielen – das alles scheint ihnen wichtiger zu sein als der einzige Sohn.

– Das kann man von Samy und dir wirklich nicht behaupten, lächelte Selikovsky und streifte sich den Mantel über.

– Das hast du recht. Mit sechs Kindern zu Hause ist immer irgendwo Feuer am Dach. Auch wenn unser Ältester bereits 22 ist und diese Speakeasy-Bar im siebten Bezirk führt, aber du warst ja selbst vor ein paar Tagen dort.

– Allerdings, bestätigte Harald und dachte kurz an Alexanders Schularbeiten-Heft, das er im Herren-WC der versteckten Cocktailbar vergessen hatte.

– Die Drinks dort sind schon ziemlich stark, flüsterte die Ärztin und beugte sich über ihren Patienten, manche wirken wie Breitwandmedikamente.

– Mach's gut, Emily.

– Ich bemühe mich, Seli. Und ruf bitte Sammy an, er hat dir irgendetwas zu einer Leiche zu erzählen. Aber Vorsicht: Er feilt gerade an der Stimme des Bundeskanzlers. Und lache ja nicht dabei, das spornt Sammy erst so richtig an.

Kommissar Selikovsky nickte der Oberärztin noch einmal zu und ließ die Krankenzimmertür sachte ins Schloss fallen. Auf dem Gang war keine Menschenseele zu sehen. Nur ein paar Vögel krächzten in der Baumkrone hinter einem leicht gekippten Fenster herum. Harald fühlte den USB-Stick in seiner Hosentasche und überlegte, ob er den Inhalt gleich auf seinem Laptop abrufen sollte. Noch bevor er eine Entscheidung traf, begann das Smartphone in der Sakkotasche zu summen. Harald warf einen Blick auf das blinkende Display. Anonymer Anruf. Sehr wahrscheinlich Doktor Samuel Hörzer. Oder besser die aufgeregt klingende Stimme des Kanzlers.

– Magister Selikovsky. Endlich heben Sie ab. Wenn Sie wüssten, wie dringend wir Sie sprechen wollten, mein Beraterstab, meine Spindoktoren und ich. Sie machen es uns wirklich nicht leicht. Schicken ständig übel zugerichtete Leichen zu Dozent Hörzer in die Sensengasse. Ich bitte Sie, das muss aufhören. Wir sind schließlich allesamt dazu angehalten, die Ordnung und die innere Sicherheit unseres schönen Vaterlandes aufrechtzuerhalten.

– Bitte, Sammy, komm zur Sache, flüsterte Harald in das Smartphone hinein.

– War doch schon ziemlich gut, oder, antwortete Doktor Hörzer in seiner sonoren Wirklichkeitsstimme.

– Du bist perfekt als Bundeskanzler, ich würde eher dich als das schnöselige Original wählen.

– Vielen Dank, aber du übertreibst jetzt, Seli. Was ich dir sagen wollte: Die beiden neuen Leichen da …

– Welche *beiden*?

– Na, die erschossene Amateurtranse und diese barocke Frauengestalt.

– *Was*?

– Schwarzes langes Haar, Ganzkörpertätowierung, Hunderte Piercings, zerflossene Kajal-Striche – und ein ziemliches Ding zwischen den Beinen.

– Angie?

– Wer?

– Du hast angefangen, Sammy. Wie zum Teufel bist du an die Leiche der jungen Frau …

– Eine Frau, mit so einer Keule zwischen den Beinen? Ich habe da meine medizinischen Zweifel. Die Bestattung hat den Leichnam gerade vorbeigebracht. Wurde heute Morgen erst aus der Donau geborgen. Sie oder er oder was auch immer muss mehrere Tage im Wasser gelegen sein.

Offensichtlich ertrunken. Aber auch zahlreiche innere Verletzungen. Möglicherweise von einer Brücke gefallen, auf einem Ponton aufgeschlagen und von dort ins Wasser gestürzt. Ich habe mir gleich gedacht, dass du mit diesem – wie soll ich sagen – Körper etwas anfangen kannst.

– Und der erschossene Mann in Damenkleidern?

– Auch ziemlich seltsam. Kaliber neun Millimeter. Aber keine Waffe, die man im Westen kaufen kann. Eine Art Militärpistole aus Russland oder der Ukraine, was weiß ich. Und das Beste kommt erst.

– Und das wäre?

– Ich bin mir ziemlich sicher, dass der eine die andere erschossen hat. Oder die eine den anderen. Wie auch immer. Im Ledermantel der Wasserleiche habe ich zwei Patronenhülsen sichergestellt, exakt dasselbe Kaliber. Vielleicht eine *Makarow PB* in einer schallgedämpften Version. Oder ein chinesischer Nachbau davon. Vielleicht auch eine *Tokarew T-33*. Von keiner der beiden Pistolen wirst du mehr als ein Exemplar auf österreichischem Boden finden. Ausgenommen in der weißrussischen Botschaft vielleicht. Wenn du verstehst, was ich nicht meine.

Harald nickte ein paarmal mit dem Kopf und sah einem ankommenden Krankenwagen mit eingeschaltetem Blaulicht zu, der unmittelbar vor dem Eingang der Notaufnahme anhielt. Zwei Sanitäter rissen die Ladetür der Ambulanz auf, und ein paar Notärzte stürmten ins Innere des Krankenwagens. Wieder ein neuer Fall, ein nächster Patient, Herzinfarkt, Schlaganfall, multiples Organversagen, irgendetwas Lebensbedrohliches jedenfalls. Ein absoluter Ausnahmezustand für den eingelieferten Kranken, aber tagtägliche Arbeit für das überlastete Krankenhauspersonal.

– Kannst du mir die Obduktionsberichte zuschicken?

– Ja klar, das ist doch mein Job.

– Heute noch?

– Auch möglich, wenn es sein muss.

– Ich fürchte, es muss.

– Dann werde ich Ihrem Ersuchen gerne nachkommen, stimmte der falsche Bundeskanzler am anderen Ende der Leitung zu, Sie können aber auch gerne bei mir im Bundeskanzleramt, nein, oder nein, doch lieber ganz privat in der Sensengasse vorbeischauen. Auf ein paar gut gefüllte Kühlladen. Sind doch alles Ihre Fälle, Herr Magister.

– Lieben Dank, Sebastian … äh … Samy natürlich.

– Das hast du nett gesagt, antwortete wieder Doktor Hörzers übliche Stimme, bevor ein sanftes Klicken das Gespräch unterbrach. Der lebensgefährlich erkrankte Patient wurde auf einer Rollbahre ins Innere der Notaufnahme gebracht. Der Chauffeur des Rettungswagens stellte das Blaulicht ab und fuhr mit dem Einsatzfahrzeug der Ausfahrt entgegen. Und irgendwo in der Nähe schluchzte eine ältere Frau in abgetragener Kleidung herzzerreißend laut auf.

*

Harald klickte auf den Button des USB-Datenträgers und begann, die wenigen Dateien auf Josuas Stick zu durchforsten. Unter einem Foto-Ordner waren mehrere 100 Aufnahmen von seltsamen Strichen und elliptischen Linien auf Kies- und Waldböden zu sehen, die Kommissar Selikovsky mit wenigen schnellen Blicken überflog. Die sechs Videoclips enthielten Aufnahmen eines Flugfeldes mit alten Motorsportflugzeugen, eine seltsame Abzweigung im Nirgendwo, zwei Landstraßen, die durch einsame Wälder und brachliegende Felder führten, danach waren noch eine Art Stall mit einer falltürähnlichen Konstruktion Richtung Keller und schließlich ein Gewölbe zu erkennen, das ein Konzertpodium mit *Bösendorfer*-Flügel und auf der anderen Seite eine SM-Installation barg, mit Pfählen, Gynäkologenstuhl und Dutzenden Seilen, Ketten und Peitschen in allen Größen und Formen. Auf der letzten Datei schließlich war die Kamera eines Smartphones gegen die Decke aus roten Ziegelsteinen gerichtet, während minutenlang Klatschgeräusche, Tritte und das unterdrückte, möglicherweise durch Knebel hervorgerufene Stöhnen eines sogenannten Sklaven zu hören waren. Ab Minute 3'12 waren wieder Akkorde auf einem Klavier zu hören, wahrscheinlich auf dem *Bösendorfer*-Flügel aus der vorigen Video-Datei. Langsame, wahrscheinlich in Moll gehaltene Töne, von bedrückend langen Pausen unterbrochen, in denen kurze heftige Diskussionen zwischen einer jugendlichen Stimme und einem kräftigen Bariton zu hören waren. In einem Englisch, das kaum verständlich schien, voller Fehler und in zwei deutlich voneinander abweichenden Akzenten.

Vom Innenhof des Landeskriminalamtsgebäudes drangen die Geräusche quietschender Reifen und eingeschalteter Folgetonhörner bis zu den oberen Stockwerken hinauf. Kommissar Selikovsky drückte auf die Pausentaste des Mediaplayers, trat ans Bürofenster und sah einem eintreffenden Arrestantenwagen zu, eskortiert von mehreren Polizeistreifen mit eingeschaltetem Blaulicht. Ein paar Polizeibeamte rissen die Tür des gepanzerten Fahrzeugs auf und zerrten einen gefesselten Jungen ins Freie, führten ihn im Eilschritt jenem Gebäudeteil der Rossauer Kaserne entgegen, wo die Verhörzimmer lagen: karge, spärlich eingerichtete Räume mit glatten Wänden, einer großen Glasscheibe und ziemlich greller Beleuchtung. Der Junge, dessen DNA-Spuren an Alexanders Leiche sichergestellt worden waren, war gegen Mittag festgenommen und umgehend nach Wien überstellt worden.

In wenigen Minuten würde Selikovsky dem jungen Mann gegenüberstehen, und die Befragung im tristen grauen Verhörraum konnte beginnen, überwacht von Profilern wie Ralf und Jack, die mit zusammengekniffenen Augen dem Verlauf des Verhörs folgen würden.

- Du weißt, warum du hier bist, begann der Kommissar mit seiner Vernehmung, die Stimme noch freundlich, aber bestimmt, mit diesem gewissen Nachdruck, der Autorität und eine gewisse Macht über den Befragten ausstrahlen sollte.
- Ich habe nichts gemacht, erwiderte der blasse Junge in schwarzem Hoodie und schwarzen Jeans, sah auf seine wundgenagten Fingernägel hinab und schien dabei ein paar Tränen hinunterzuschlucken.
- Deine DNA-Spuren wurden an Alexanders Leiche sichergestellt, an Stellen, wo man nicht so leicht hinkommt, wenn du verstehst, was ich meine. Wie war dein Name noch einmal?
- Konstantin, aber die meisten sagten Konsti zu mir. Vielleicht, aber ich habe Alex nicht ... der junge Mann schüttelte den Kopf und begann heftig zu weinen. Irgendwie sah er plötzlich nicht mehr wie 19 aus, sondern wie vierzehneinhalb. Ein kleiner Junge, der Scheiße gebaut hatte und nicht mehr ein noch aus wusste. Der mit Handschellen gefesselt in die Rossauer Kaserne gebracht worden

war und nun in einem Verhör Rede und Antwort stehen musste.

Kommissar Selikovsky setzte sich an den Metalltisch und fixierte den jungen Mann. Konstantin versuchte, dem bohrenden Blick auszuweichen, und zuckte hilflos mit den Achseln.

– Du hast Sex mit Alexander gehabt?
– Ja. Aber ich habe ihn nicht umgebracht.
– Wer war es dann?

Der Junge senkte den Blick und starrte sekundenlang auf die Tischfläche. Versuchte, mit den gefesselten Händen die Tränen aus seinem Gesicht zu wischen. Kommissar Selikovsky nickte einem Beamten im Hintergrund zu, der den festgenommenen Jungen von den Handschellen befreite. Bedrückt griff Konstantin nach dem Papiertaschentuch, das ihm Harald hinhielt, mit einem eisigen Lächeln, das Klarheit einzufordern schien, die Endgültigkeit eines Geständnisses.

– Danke. Darf ich auch ein Glas Wasser haben?
– Später vielleicht. Zuvor möchte ich wissen, wer …
– Nicht ich jedenfalls.
– Aber wer, verdammt noch mal, Konstantin, wer? Reste
    von deinem Sperma wurden im Rektum und rund um
    den Penis der Leiche sichergestellt – also sieht es nicht
    besonders gut für dich aus.
– Ich habe öfter mit Alex herumgemacht. An der Kreuzung,
    wo er abgeholt wurde.
– An welcher Kreuzung?
– In der Nähe von Sollenau. Einfach eine Scheißkreuzung.

Vor einem Wald und so umgepflügten Feldern. Wir haben es oft in der Bus-Haltestelle getrieben. Oder bei mir im Wagen, wenn das Wetter mies war.

– Und wer, zum Teufel, hat den Jungen abgeholt?

– Der Major.

– Wer?

– So ein ehemaliger Offizier, ich glaube, dass er Major war. Jedenfalls besitzt er einen Bauernhof in der Nähe von Lanzendorf. Klaus hat ihn schon vor langer Zeit kennengelernt.

– Klaus ist ...

– ... na ja, der Mann, bei dem ich wohne ...

– ... und der dich mit zwölf verführt hat.

– Aber der mich geliebt hat. Und mich immer noch liebt. Ich habe über vier Jahre gewartet auf ihn. Die Hauptschule fertig gemacht und eine Gärtnerlehre begonnen. Er hat etwas Geld aus einer Erbschaft gekriegt. Davon haben wir diesen Hof gekauft. Wo wir Gemüse anbauen. Und Klaus ...

– ... kannte diesen Major ...

– ... ja, von früher noch. Vor meiner Zeit.

– Und wie hieß der Major?

– Er hatte einen komischen Namen. Ich glaube, einen ungarischen oder so. Kel ... Kelesch ... keine Ahnung, so irgendwie halt. Auf jeden Fall hat er Alex immer abgeholt. An dieser verdammten Kreuzung.

– Was heißt, immer?

– Na ja, öfters.

– Also wie oft?

– Zehn- oder fünfzehnmal sicher. Ich habe nicht mitgezählt.

– Um was zu machen mit ihm?

– Keine Ahnung.

– Doch, das weißt du.

– Na ja ...

– Du musst es sagen, Konstantin, wenn du deinen Arsch retten willst.

– Wahrscheinlich hat der Major so Sachen angestellt mit dem Alex.

– Was für Sachen?

– BDSM.

– Das heißt?

– Fesseln. Auspeitschen und so. Aber dazwischen war auch irgendwas mit einem Klavier.

– Was meinst du damit?

– Alex war komisch. Er wollte die härtesten Sachen beim Sex. Andererseits hat er auch super Klavier gespielt. Und diese komischen Noten mit einem Stecken in den Boden gezeichnet.

– Welche Noten?

– Na ja, so Musiknoten. Er schrieb an einer ... wie heißt das noch ...

– Sonate?

– Nein.

– Symphonie?

– Auch nicht. Irgendwas mit Messe, glaub ich. Er hat gesagt, dass er dafür Geld bekommt, ziemlich viel Geld. In Bitcoins. Von einem Bekannten dieses Majors.

– Und wer, in aller Welt, soll das sein?

Der Junge hob den Blick und starrte Selikovsky ein paar Sekunden lang an. Das Frage- und Antwortspiel hatte zu funktionieren begonnen, der 19-jährige Gärtner hatte gerade so viel Zutrauen gefasst, dass seine Zunge locker geworden war und wichtige Informationen preisgeben würde.

– Ein Pole, glaub ich, aber er spricht auch etwas Deutsch. Auf jeden Fall hat er richtig viel Kohle. Außerdem steht er auf klassische Musik. Und auf Jungs wie Alex. Aber ...

– Ja?

– Er konnte zwar Klavier spielen, aber nicht wirklich gut. Machte extrem viele Fehler. Das Stück, an dem Alex schrieb, war zu schwer für ihn, irgendwie.

– Und Alex hat ihn deswegen ...

– Ausgelacht, genau. Er konnte ziemlich garstig werden, wenn jemand unmusikalisch war. Mich hat er auch dauernd verspottet, weil ich Helene Fischer gehört hab. Andreas Gabalier. Oder Kerstin Ott. Hat gesagt, diese Schlager wären die größte Scheiße der Welt.

– Und was hast du ihm geantwortet?

– Nichts. Es war mir egal. Ich mag deutschen Schlager. Vom Klavierspielen habe ich null Ahnung. Alex mochte nur meinen Schwanz, weil er groß und dick ist. Er wollte, dass ich richtig reinrammelte. Auch wenn dabei Blut floss, egal. Alex wollte es so. Hat vor Lust gestöhnt und geschrien und nach dem Sex diese seltsamen Musiknoten in den Boden gezeichnet. Stundenlang. Bis endlich der Major kam, der ihn zu diesem Bauernhof fuhr. Wo der Pole auf Alex wartete, wo die beiden alles Mögliche miteinander anstellten. Und der Junge den Millionär wegen seines miesen Klavierspiels verlachte.

– Wieso ist Alex überhaupt in diese Gegend gekommen?

– Ich glaube, wegen dem Chatforum da.

– *The Dungeon.*

– Ja.

– Wo gewisse Leute andere Leute suchen, um krasse Sachen miteinander zu machen.

– Genau.

– Du warst auch in dem Forum.

– Nicht oft. Und wenn, nur unter dem Account von Klaus.

– Und der hieß?

– Scatman53.

– Und das heißt …

– Na ja, dirty heißt das. Klaus war dort, der Major, der Pole, irgend so ein komischer Transvestit aus Wien und diese Dark-Metal-Sängerin, die in Wirklichkeit ein Kerl war. Lauter seltsame Leute.

– Und Alex.

– Ja, und Josy auch noch.

– Wer?

– So ein Mädchen, das aber ein Junge war. Immer toll geschminkt, schöne dunkelblonde Locken. Alex und Josy waren so was wie Romeo und Julia in dem Forum. Angeblich 23 und 18 Jahre alt, aber das war nicht so.

– Genauso wenig wie du Scatman53 warst.

– Wie niemand richtig wirklich war in dieser Chatgruppe.

– Und trotzdem wollten alle die wildesten Sachen.

– Irgendwie ja. Nur nicht normal ficken.

– Und die Musik?

– Ich weiß nicht. Ich glaube, viele von den Alten hören klassische Musik.

– Und du deutschen Schlager?

– Ja, passt irgendwie gar nicht zusammen. Eigentlich sollte ich deutschen Rap oder wenigstens *Rammstein* hören, oder?

Der Junge versuchte sich an einem Lächeln, aber die schmalen Lippen verkrampften sich nur zu einem schmalen, zynisch wirkenden Schlitz.

– Was passiert jetzt mit Klaus eigentlich?

– Mit wem?

– Na ja, meinem Mann. Wir sind verheiratet. Seit zwei
Monaten erst. Als ihr mich abgeholt habt, ist er zu Boden
gegangen. Ohnmächtig geworden oder so. Klaus leidet an
Diabetes. Ihm geht es schon länger nicht gut. Hat sogar
schon einen Schlaganfall gehabt, einen gar nicht so leichten.

Kommissar Selikovsky notierte sich ein paar Wörter auf
einem Notizblock und fixierte den Jungen über den Rand
seiner Lesebrille.

– Wenn ich etwas erfahre, leite ich es dir weiter. Versprochen.
– Lasst ihr mich überhaupt gehen?
– Ich weiß nicht. Vielleicht. Unter einer Bedingung.
– Und die wäre?
– Ich werde sie dir in ein paar Minuten sagen. Sofern es
überhaupt möglich ist. Ich muss das noch mit meinen
Kollegen besprechen.

Kommissar Selikovsky stand auf und nickte zur Glasscheibe
hinüber. Die Eingangstür ins Verhörzimmer ging auf, und
zwei junge Polizeibeamtinnen erschienen.

– Gebt ihm eine Wurstsemmel und eine Flasche Mineral-
wasser. Aber lasst ihn keine Sekunde aus den Augen.

Die beiden Beamtinnen hoben zustimmend den Daumen,
und Harald ging in den Nebenraum hinüber, wo Ralf und
Jack wenig amüsiert dreinblickten. Die Mordsache Alexander Kugler kotzte die beiden Profiler so richtig an. Klassische Musik. Homosexuelle Affären. Psychische Devian-
zen rund um einen Jugendlichen mit Inselbegabung. Einen

weniger geilen Fall konnten sich die beiden Familienväter aus dem nördlichen Niederösterreich kaum vorstellen.

– Am besten, wir lassen die Heulsuse ein paar Tage hier. Dann fängt der Kleine von sich aus an zu plaudern, meinte Jack und kaute an einem Kaugummi herum. Seine hohen Wangenknochen traten dadurch noch stärker hervor, und der schmale Mund zuckte verächtlich.

– Er hat schon einige preisgegeben, entgegnete Kommissar Selikovsky, ich würde mit ihm gerne einen Lokalaugenschein machen. Noch heute, jetzt gleich. Entweder er sagt die Wahrheit …

– … oder du kann deinen Schatz gleich ins Untersuchungsgefängnis einliefern lassen, fügte Ralf hinzu und war mit seinen Gedanken längst bei anderen, weitaus schlagzeilenträchtigeren Fällen: der tschetschenischen Sympathisantenszene, einem illegalen Waffenlager von rechtsradikalen Putschisten und jenen gewaltbereiten Islamisten, die irgendwo an der Peripherie der Bundeshauptstadt die nächsten Anschläge planten. Die Welt war aus den Fugen geraten. Eine Ansammlung von Psychopathen, fundamentalistischen Weltverbesserern und selbsternannten Revolutionären. Das kaum 17-jährige Mordopfer nahm sich dagegen wie ein totes Kitz aus, das – von wilden Wölfen gerissen – in einer Wiener Parkanlage aufgelesen worden war, – die dennoch wie der perfekte Friedhof ausschaute.

– Höre ich da einen gewissen Sarkasmus heraus, fragte Selikovsky und starrte die beiden Profiler-Kollegen herausfordernd an.

– Nimm's nicht persönlich, erwiderte Jack und spuckte den Kaugummi in den nächsten Papierkorb hinein, vielleicht ist das mit dem Lokalaugenschein keine so schlechte Idee. Wenn es diese Grotte aus Klavierflügel und SM-Darkroom gibt, hast du ja deine heiße Spur. Ein Ostblock-Millionär, der auf kleine Jungs und SM-Spiele steht und lieber Pianist geworden wäre, na super. Gratuliere. Den kriegst du in 100 Jahren nicht vor ein verdammtes Gericht.

– Vor allem, wenn er noch einen Diplomatenpass besitzt oder eine schützende Oligarchenhand über sich weiß, fügte Ralf hinzu.

– Und wenn schon, antwortete Selikovsky, wir wüssten dann wenigstens, wer es war. Warum er es getan hat. Und entlasten ein paar andere Leute. Außerdem gibt es ja noch den Mord an den …

– Ja, Transvestiten. Begangen von einer Frau, die auch ein Mann war oder so ähnlich. Hey, Selikovsky, mit so einem Fall wirst du nie befördert werden.

– Was meinst du damit?

– Weiß doch jeder, dass dich der Alte als seinen Nachfolger vorschlagen will.

– Ich glaube nicht, dass ich besondere Lust darauf habe.

– Wieso? Jeder ist gierig auf den Chefsessel.

– Jeder von euch beiden vielleicht.

– Aber du wirst es.

– Falls ich mich bewerben sollte.

– Du wärst ziemlich blöd, wenn du es nicht tun würdest.

– Vielleicht.

Jack und Ralf versuchten sich an einem Lächeln, das gemäßigt freundlich und nicht besonders verbindlich wirken sollte. Ein Lächeln, das auf halbem Weg zwischen Mistkübel, ein paar Pappbechern Kaffee und dieser Trennscheibe in das Verhörzimmer hinüber verpuffte.

– Er hat die Wurstsemmel aufgefressen, sagte Ralf in die bedrohlich gewordene Stille hinein.
– Von mir aus macht euren dämlichen Ausflug, fügte Jack hinzu und sah auf seine falsche *Rolex Daytona*, die mit dem Quarzwerk und einem Pseudo-Saphirglas, wir haben ohnehin zu viel Zeit miteinander vertrödelt.

Harald nickte und ging wieder zu dem Jungen im schwarzen Hoodie und den engen schwarzen Jeans hinein. Setzte sich an den Tisch und sah Konstantin mit der ganzen Autorität eines Kriminalkommissars in die Augen. Ein Blick, der kaum von Lidschlägen unterbrochen wurde. Ein Blick, der wie ein Messerstich war und die Netzhaut des Befragten zerstören konnte.

– Wir beide fahren jetzt zu diesem Bauernhof in der Pampa. Ein paar Kollegen vom Erkennungsdienst werden uns auch begleiten. Wenn du die Wahrheit erzählt hast, bring ich dich nach Hause zurück.
– Und Klaus, was ist mit ihm passiert?
– Ist im Krankenhaus Wiener Neustadt. Mittlerer Schlaganfall. Künstlicher Tiefschlaf.

Der Junge starrte Harald entgeistert an. Seine Angst um den so viel älteren Mann war mit beiden Händen zu greifen. Eine Angst, die aus Liebe, Hingabe und dem diffusen Verlangen nach einem beschaulichen Leben geflochten war, schlicht wie ein Blumenkranz bei einem katholischen Erntedankfest.

– Er wird doch nicht …

– Nein, dein Mann wird ziemlich sicher durchkommen.

– Wenigstens.

– Aber vielleicht wird er dich noch mehr brauchen als bisher.

– Wie meinen Sie das?

– Der Schlaganfall könnte bleibende Schäden hinterlassen.

– Das macht nichts. Es wird schon wieder. Ich kümmere
mich um ihn. Wenigstens das können Sie mir glauben.

– Du magst ihn sehr, oder?

– Ich liebe ihn.

– Obwohl er …

– Was?

– Dich als Kind missbraucht hat?

– Das stimmt so nicht.

– Damals warst du erst zwölf.

– Ja, aber ich wollte es auch. Ich wusste damals schon, wie
ich drauf war. Außerdem habe ich nie einen richtigen
Vater gehabt. Der leibliche hat sich davongemacht, als
ich wenige Monate alt war. Und meine Mutter war mit
mir überfordert. Die ganze beschissene Kindheit war ich
halb im Heim und halb bei ihr. Überall und nirgends. Bis
ich Klaus getroffen habe.

– Wo war denn das?

– Im Hallenbad. Bei den Duschen. Ich habe da auf die Männer geschaut.

– Und die Männer auf dich.

– Ja, ein paar. Ist auch egal. Hat keinem geschadet.

– War aber verboten.

– Ja. Ich war verboten. Alles war verboten. Nur die Schläge
waren nie verboten. Und das Mobbing der anderen, das
war auch immer normal. Du verdammte Sissi, du warme
Sau. Du Scheißschwanzlutscher. Das alles war nie verbo-

ten. War so normal wie alle anderen waren: so beschissen normal.

Kommissar Selikovsky nickte dem Jungen zu und verabschiedete sich für einige Minuten, in denen er zwei Begleitfahrzeuge und drei Erhebungsbeamte organisierte. Kurz nach 15 Uhr ließ er den Jungen zu seinem Fahrzeug bringen. Bot ihm einen Kaugummi an und fragte ihn, ob er lieber Helene Fischer oder Kerstin Ott hören wollte.

– Warum sind Sie so nett zu mir, fragte Konstantin leise, nachdem er sich für Kerstin Otts »Mut zur Katastrophe« entschieden hatte.
– Weil ich die verdammte Wahrheit aus deinem Mund hören möchte, und die Wahrheit besteht aus Adressen, aus Fakten, aus Zahlen und vor allem aus beschissenen Namen.

*

Der Dienstwagen des Kommissars hielt vor dem Eingang des baufälligen Gehöfts an, begleitet von zwei Polizeifahrzeugen, die auf Haralds Anweisung hin sowohl Blaulicht als auch Folgetonhorn abgedreht hatten. Wer immer auf diesem Anwesen zugegen sein mochte, sollte nicht vor einem bevorstehenden Polizeieinsatz gewarnt werden. Selikovsky griff zu seiner *Glock*, stieg aus dem alten Passat und sah sich nach allen Seiten um. Außer auffrischenden Windböen, die an den Fensterläden und Eternitplatten rüttelten, schien sich nichts auf diesem verlassen wirkenden Gut zu bewegen. Harald ging auf die andere Seite des Dienstwagens hinüber, öffnete die Beifahrertür und wies Konstantin an, aus dem Wagen zu steigen. Gemeinsam mit ihm auf das

Holztor des Stallgebäudes zuzugehen. Während die übrigen drei Beamten das Anwesen von außen absichern würden.

– Gestern war so ein älterer Typ hier, raunte Kommissar Selikovsky seinem jugendlichen Begleiter zu.
– Das war sicher Jakub, der polnische Landarbeiter.
– Sah aus, als wäre er 100 Jahre alt.
– Der Typ ist Kettenraucher, alkoholkrank und nicht mehr ganz fit auf den Beinen. Keine 50, glaube ich. Flucht wie ein ganzes Strafbataillon. Und hat immer ein langes Messer dabei.
– Gehen wir trotzdem hinein.

Selikovsky streckte den rechten Arm aus, drückte langsam die Türschnalle hinunter, und die massive Eichenholztür gab tatsächlich nach. Dumpfe, abgestandene Luft drang aus dem Inneren, wo es nicht nach in Boxen gehaltenen Tieren roch, sondern nach menschlichem Schweiß, Blut und nach anderen Körpersäften.

– Es gibt da einen Schalter links von der Tür. Ich kann Ihnen etwas Licht machen.

Konstantin holte ein *Zippo*-Feuerzeug aus der Hosentasche und betätigte das Zündrad. Eine rot-blau flackernde Flamme erhellte die engste Umgebung. Harald entdeckte den grauen Kippschalter und drückte ihn nach unten. Dumpfes Deckenlicht erhellte schwach den riesigen Raum. Leere Viehboxen. Ein paar Strohballen. Und zwei riesige *Marshall*-Boxen. Aus denen gestern die falschen Tiergeräusche gedrungen waren. Geflügel, Schweine oder Kühe gab es hier wohl seit Jahren nicht mehr. Selikovsky ging langsam durch das staubige Halbdunkel, und Konstantin folgte ihm dicht auf den Fersen.

– Da vorne ist eine Holztür im Boden. Meistens von einem
 Teppich verdeckt. Da geht es in das Kellergewölbe hinunter.

Konstantin bückte sich und schob den verschlissenen Bettvorleger zur Seite. Unter dem weggezogenen Stoff verbarg sich eine Holztür, die mit einem verrosteten Vorhängeschloss versperrt war. Der dazugehörige Schlüssel lag unscheinbar in einer Art Holzmulde. Konstantin sperrte das Schloss mit ein paar sicheren Handgriffen auf und klappte die Falltür hoch. Selikovsky nahm eine Taschenlampe aus seiner Mantelinnentasche und leuchtete die Stufen hinunter. Der Geruch nach Blut, Schweiß und Sperma wurde stärker.

– Ich gehe vor. Und du bleibst dicht hinter mir, okay?
– Ja, verstanden.

Ganz langsam tappten die beiden Stufe um Stufe in das Gewölbe hinunter. Am Ende der schmalen Treppe stieß Harald gegen etwas Hartes, Unbewegliches dicht neben ihm. Der Strahl der Taschenlampe fiel auf einen genagelten Bergschuh. Im abgetragenen Leder steckte ein Fuß. Am Rand des Taschenlampenstrahls tauchte das zweite Bein auf, und weiter oben der Torso. Die eine Hand, die noch den Revolver hielt. Und ein grässlich entstellter Schädel. Der Schuss in den Mund war ganz genau gesetzt worden. Die Gehirnmasse war hinten und seitlich aus dem zerfetzten Schädel geflossen. Konstantin verzog den Mund und übergab sich dicht neben dem Toten.

– Das ist Jakub, flüsterte der Junge, nachdem er den gesamten Mageninhalt von sich gegeben hatte.

– Er hat sich mit einer großkalibrigen Pistole erschossen.

– Wahrscheinlich hat er vom Tod des Majors erfahren, nickte der Junge und stellte das Licht im Kellergewölbe an, sorry, dass ich ohne Vorwarnung gekotzt habe.

– Keine Sorge, ich war auch knapp davor.

Der Kommissar hob den Kopf und sah auf eine Art Bühne. Der riesige, schwarz lackierte *Bösendorfer*-Flügel. Auf der anderen Seite ein unglaublich großes Wasserbett. Ein Gynäkologenstuhl. Die Folterbank. Peitschen. Ketten. Und Werkzeuge aller Art zum Stimulieren. Zum Quälen. Genau die Einrichtung, die Kommissar Selikovsky schon einmal gesehen hatte. Auf den grobkörnigen Videoaufnahmen von Josuas USB-Stick. Derselbe Raum. Dasselbe Gewölbe. Zweifellos jener Ort, an dem Alexander Kugler erdrosselt worden war.

– Da oben wird er sein Stück gespielt haben. Zusammen mit dem Polen. Beide haben auf diesem Schemel gesessen und gespielt. Aber der reiche Auftraggeber hat Fehler gemacht und immer öfter danebengegriffen.

– Was Alexander auf die Palme gebracht hat.

– Und wie! Er wird den Polen beleidigt haben. Wenn er wollte, konnte Alex extrem ausfällig werden. Sogar beim Sex. Wenn es nicht hart genug war.

– Und dann …, setzte Selikovsky fort, …

– … dann hat ihn der reiche Pole erdrosselt. Zumindest glaube ich, dass es so war. Alexanders Handy war angedreht. Lag auf dieser Folterbank dort mit dem Kameraauge nach oben. Auf der Aufnahme ist das Klavierspiel zu hören. Unterbrochen von hämischen Kommentaren und einem gewaltigen Streit. Und dann …

– … dann hat ihn der Typ einfach erwürgt. Weil er gemerkt hat, dass er als Pianist gegen Alex einfach nicht ankam.

– Wieso weißt du das, fragte Selikovsky leise, und der junge Mann im schwarzen Hoodie senkte den Blick und flüsterte leise, weil wir nach Alex gesucht haben.

– Wer ist wir? Du und Klaus?

– Nein, ich und die drei aus Wien.

– Welche drei?

– Josy.

– Und wer noch?

– Ein gewisser Papo.

– Und der dritte?

– Eine Frau, die wie ein Mann war. Zwei Meter groß, 130 Kilogramm schwer, voller Nickelringe und schwarzer Tattoos.

– Angie.

– Ja, genau. Angie.

– Das Handy war noch an, als wir ankamen. Aber Alex war nicht mehr hier.

– Sondern?

– In einer Kiesgrube bei Schottwien. Zwanzig Kilometer von hier.

– Und warum wusstet ihr das?

Der junge Mann starrte ins Leere, schüttelte seinen Kopf und vergrub ihn schließlich in beiden Armen. Wellen aus heftigen Schluchzern durchwogten den mageren Körper, als erlebte Konstantin das ganze Drama noch einmal von vorn. Selikovsky ging zu ihm hinüber und streichelte die schwarzen filzigen Haare. Den flaumlosen Nacken. Die blässliche Haut auf dem knochigen Körper.

– Du weißt, wer der Täter ist. Und du musst es jetzt sagen. Wenn du in Freiheit bleiben willst.

– Dieser reiche Pole …

– Ja, aber Name, Aussehen, Alter, verdammt noch mal, irgendwelche Anhaltspunkte, damit wir den Kerl verhaften können.

– Ich erinnere mich nicht.

– Doch. Streng dich an.

– Es war so ein slawischer Name.

– Für einen Polen nicht ungewöhnlich.

Der Junge starrte Selikovsky noch einmal an. Öffnete den Mund. Schloss ihn wieder. Hob einen Arm. Und schien eine Frage stellen zu wollen.

– Was immer es ist, schieß los!

– Ihre Dienstmarke.

– Was ist mit der?

– Kann ich Ihre Dienstmarke noch einmal sehen?

Selikovsky seufzte und verdrehte die Augen. Griff widerwillig in die Hosentasche und hielt Konstantin schließlich die Dienstmarke entgegen. Der Junge warf einen Blick darauf. Starrte den Harald erneut an und nickte kaum merklich mit dem Kopf.

– Dieser Pole hatte denselben Namen wie Sie.

– Du meinst, er nannte sich … Selikovsky.

– Ja.

– Und woher, zum Teufel, willst du das wissen? Wo du dich selbst kaum an den Kerl erinnern kannst?

– Ich war einmal allein mit diesem Typen beisammen. Habe

ihn vom Flugplatz in Bad Vöslau abgeholt, weil sein Chauffeur mit dem Wagen einen Unfall gehabt hatte. Er stieg in den Wagen ein und ließ sich hierher auf diesen Bauernhof fahren. Kurz vor der Abzweigung wurden wir von der Polizei aufgehalten. Weil ich zu schnell gefahren war. 50 Euro Strafe. Die der Typ bezahlt hat. Er hat seine Brieftasche gezückt, und da habe ich seinen Personalausweis gesehen. Selikovsky stand da. Genauso wie auf Ihrer Dienstmarke.

– Und der Vorname?

– Ein ganz kurzer.

– Theo vielleicht.

– Kann sein.

– Ja oder nein?

– Ich weiß es nicht mehr. Ja, vielleicht Theo, irgendetwas mit T. Ich habe es nicht so mit den Namen. Wieso fragen Sie so komisch? Kennen Sie einen … Theo … Selikovsky?

Harald starrte den Jungen an. Nahm ihn an der Hand und führte ihn aus dem schaurigen Gewölbe nach oben. Als die beiden aus der Scheune traten, kamen ihnen bereits die drei Polizeibeamten entgegen.

– Dort unten ist eine Leiche, sagte Selikovsky zu den Kollegen, ziemlich sicher Selbstmord durch einen Schuss in den Mund. Sieht nicht besonders appetitlich aus.

– Aber das Erbrochene ist von mir, fügte Konstantin hinzu und zuckte mit den Achseln, Sie nehmen mich jetzt wieder mit, oder?

– Ich bring dich nach … wohin eigentlich, ist das dein …

– Ja, mein Zuhause. Außer Klaus habe ich niemanden mehr. Meine Mutter ist vor drei Monaten an Leberzirrhose gestorben. Und der jüngere Bruder hat sich in der Hauptschule erhängt. Ich habe nichts außer die Glashäuser, den kleinen Hof, und vor allem meinen Mann. Meinen Mann Klaus.

*

Das *Hotel Intercontinental* sah ziemlich verlassen aus. Die Fahnen vor dem riesigen Betonquader wehten im heftigen Wind, die meisten Parkplätze entlang des Hotels standen leer, und hinter den schweren Vorhängen an der Frontseite des Gebäudes waren nur wenige Lichter auszumachen. Obwohl die Pandemie überwunden war, kam der internationale Fremdenverkehr nur langsam wieder in die Gänge, und aus einem der attraktivsten Tourismusziele der Welt war eine müde vor sich hinträumende Bundeshauptstadt geworden, provinziell, kleinbürgerlich, alles andere als kosmopolitisch. Selikovsky griff nach seinem Laptop auf dem Rücksitz, versperrte den Wagen vor dem Hoteleingang und trat auf die imposante Drehtür zu. Der livrierte Türsteher nickte mit dem Kopf, und ein Taxifahrer tippte im Schatten einer Betonsäule an seinem Smartphone herum.

Die imposante Rezeption in der riesigen Lobby war bis auf einen kurz vor der Rente stehenden Nachtportier unbesetzt, der nicht einmal den Kopf hob, als Harald an ihm vorüberschlich und auf die *Intermezzo-Bar* zusteuerte, wo Simon verloren am riesigen Albin-Förstl-Klavierflügel saß und vor sich hin spielte, als ob das Hotel wieder in Vollbetrieb wäre. Oben an der riesigen Bar versah ein Barmann in weißem Dinnerjackett freudlos seinen Dienst. Nur wenige Gäste saßen in der riesigen Hotelbar verloren vor einem Whisky-Tumbler oder einem halb geleerten Weinglas und redeten mehr oder weniger mit sich selbst.

Simon lächelte seinem Vater zu und spielte weiter Klavier, in seinem schwarzen, etwas groß geschnittenen Smoking, mit nachlässig gebundener Fliege, die schon leicht in Schieflage geraten war. Auf dem riesigen Flügel standen eine Karaffe mit Eiswasser und ein randvolles Glas, das Simon noch nicht angerührt hatte, und während Harald seinen Mantel ablegte, änderte Simon plötzlich das Stück. Statt einer freien Improvisation zum zweiten Satz von Beethovens *Mondscheinsonate* – der *Blume zwischen zwei Abgründen* – spielte er plötzlich eine düstere Melodie in derselben cis-Moll-Tonlage, hörte dann abrupt auf, setzte mit einer Variante derselben Melodie fort, unterbrach sich wieder vollkommen überraschend und setzte das Stück wieder mit einem anderen Mollakkord fort.

– Du spielst etwas Seltsames heute Abend.
– Allerdings. Ein Stück, das nie fertig werden wird.
– Etwas von …
– … Alexander, genau. Es hätte eine Messe werden sollen. Aber es ist nicht einmal eine Sonate geworden. Nur einige lose Melodien, die dafür sehr gelungen sind. Richtig genial.

Der Kellner im weißen Dinnerjackett näherte sich dem schwarz lackierten Konzertflügel und erkundigte sich nach Haralds Wünschen.

– Einen »Last Word«, antwortete der Kommissar, aber mit »Italicus«, bitte schön, anstelle des üblichen Maraschino-Likörs. Der Barchef verschwand mit einem Kopfnicken zur großzügigen Hotelbar hinauf, und Simon begann erneut, einen Auszug aus dem Stück eines Stückes zu spielen.

– Wenn der Junge nur ein bisschen mehr Zeit gehabt hätte. Für die Musik, seine wirkliche Leidenschaft, nicht nur für diese bizarren Treffen mit irgendwelchen Freaks, hör zu, Papa, was in dem Jungen alles gesteckt hat …

Simon begann erneut mit der Variation einer Melodie, die genauso düster wie einnehmend war und jenen Abgrund skizzierte, auf den alles Leben zusteuerte: eine tonlose Schwärze nach dem letzten Atemzug. Jene Stille nach dem letzten Mollton: ein schweres Schweigen, das die Ewigkeit selbst war.

– Hier bricht die Melodie ab. Und geht anderswo überraschend und doch bestechend klar weiter. Das Stück hat eine zwingende musikalische Logik. Aber es bräuchte mehr Zusammenhang, eine genauere Vorstellung, wie man die einzelnen Sequenzen miteinander verbindet. Wenn Alexander nur mehr davon aufgeschrieben hätte, man würde eine wunderbare Messe daraus komponieren können. Kein heiteres, leicht anzuhörendes Stück. Sondern etwas Düsteres, Selbstzerstörendes. Eine Totenmesse, eine Hymne an alle, die uns vorausgegangen sind.
– Vielleicht hat er es doch gemacht, unterbrach ihn Harald, stellte den mitgebrachten Laptop auf das riesige Tasteninstrument und öffnete die Datei mit den Hunderten Fotos. Zeigte Simon die vielen Aufnahmen mit den seltsamen Strichen und elliptischen Linien auf einem Waldboden. Einem Kiesweg. Einer nicht asphaltierten Straße. Simon warf einen kurzen Blick darauf. Schien vom Gesehenen zunächst nicht überzeugt zu sein, doch dann stutzte er. Brach sein Klavierspiel ab und beugte sich über ein Foto.

– Hey, das ist wirklich sensationell. Alex hat anscheinend die fehlenden Tonfolgen doch komponiert und sie …

– … mit einem Holzstecken in irgendwelche Böden geritzt.

– Und jemand hat das auch noch fotografiert.

– Ein junger Mann, der sonst deutsche Schlager hört und mit einem Kerl zusammenlebt, der ihn als halbes Kind missbraucht hat.

– Wie bizarr das alles klingt.

– So bizarr wie das Leben selbst.

– Da hast du allerdings recht. Darf ich die Dateien haben, bitte? Vielleicht kann ich anhand dieser Fotos Alexanders *Missa Pro Defunctis* fertigstellen, dieses verdammte Auftragswerk.

– Von welcher Messe sprichst du denn, Simon, von welchem Auftrag?

Harald beugte sich zu seinem Sohn hinunter und bat ihn, jedes Detail zu diesem Stück zu verraten. Simon zögerte ein wenig, warf noch einen Blick auf das nächste Fotos mit den Musiknoten auf einem halb gefrorenen Waldboden, und begann, die darauf festgehaltenen Töne zu spielen.

– Alexanders Totenmesse. Unglaublich. Welches Talent, welche Kraft, welche musikalischen Einfälle in diese brachliegenden Böden gezeichnet worden sind.

– Du musst mir ein paar Fragen beantworten, Sohn.

Der Barchef kam vorbei und stellte den Gin-Cocktail auf den Klavierflügel, unmittelbar neben dem Laptop mit den Dutzenden Aufnahmen von Musiknoten, Vorzeichen und Pausenangaben.

– Ein »Last Word«, bitte sehr, mit »Italicus« anstelle des üblichen »Luxardo«.

Harald nickte mit dem Kopf und genoss den ersten Schluck des belebenden, halb bitter, halb süß schmeckenden Drinks. Simon notierte sich etwas auf einem aufgeschlagenen Notenblatt und beugte sich wieder über die schwarz-weißen Tasten. Schlug diese und jene Taste an, probierte eine andere Tonfolge und überlegte, was er soeben auf einem Foto erblickt haben könnte.

– Eigentlich war es weniger ein Auftrag als eine seltsame Wette.
– Was meinst du damit?
– Eine Wette zwischen Alex und seinem Bewunderer, seinem Peiniger, seinem Meister und seinem Sklaven.
– Dem polnischen Millionär.
– Genau.
– Der sich wie nannte?
– Das wussten wir beide nicht. Wir kannten nur seinen Alias-Namen.
– Und der lautete?
– Flammberg.
– Wie bitte?
– Nach einer gewissen Anna Maria Prenner, der Edlen von Flammberg.

– Wer soll das wieder gewesen sein?

– Die blutjunge Ehefrau des damaligen Reichsgrafen von Walsegg. Sie war noch fast minderjährig, als er sie geehelicht hatte. Und sie starb kurz vor der Vollendung ihres 20. Lebensjahres, verstehst du?

– Nicht das Geringste.

– Dieser Reichsgraf Walsegg war ein großer Musikliebhaber und enthusiastischer Dilettant auf dem Klavier. Er wollte Großes schaffen und konnte es nicht. Aber er war unglaublich reich. Also beauftragte er über einen Mittelsmann Wolfgang Amadeus Mozart, eine Messe zu schreiben. Für 1.000 Gulden. Was damals ein Vermögen war.

Harald nahm noch einen Schluck von seinem Cocktail und ließ den bittersüßen Drink in seiner Mundhöhle kreisen. Ein paar Sekunden lang, in denen er die soeben gehörte Geschichte mit der Wirklichkeit eines Mordfalles kombinierte.

– Also war Alexander für den Polen sowohl eine Art Mozart als zugleich auch Sexualobjekt? Das er gleichermaßen bewunderte und misshandelte, das er malträtierte und vergötterte, alles in einem?

– Kann durchaus so gewesen sein, Papa. Jedenfalls hat er Alex viel Geld angeboten, um ein richtiges Stück zu komponieren. Eine Messe. Ein Requiem. Genau wie dieser Walsegg vor mehr als 200 Jahren.

– Deswegen also ist Alex so oft hinaus zu diesem verdammten Bauernhof gefahren.

– Um mit Flammberg sein Stück einzuüben, genau. Ein Stück, das viel zu anspruchsvoll für diesen Dilettanten war.

– Und daraus könnte ein Konflikt entstanden sein?

– Eine Auseinandersetzung, bei der ein mittelmäßiger Dilettant das Leben eines hochtalentierten Musikers ausgelöscht hat. Aber es geht noch weiter.

– Wie meinst du das, Simon?

Haralds Sohn beugte sich noch einmal über den Laptop und scrollte die Aufnahmen bis zum letzten Foto hinunter.

– Das Angebot gilt immer noch. Wenn Alexanders Messe fertiggestellt und aufgeführt werden kann, werden die 1.000 Bitcoins freigeschaltet.

– Die 1.000 was?

– Bitcoins. Digitales Bargeld, das in einer dezentralen Datenbank verwaltet wird. Derzeit ist das ziemlich viel Kohle. Unglaublich viel sogar.

– Wie viel in etwa?

– Mindestens 35 Millionen Euro.

– Was?

– Google einfach danach und sieh dir den Höhenflug dieser Kryptowährung an.

– Hat sich Flammberg etwa bei dir gemeldet?

– Allerdings. Weil er von Alex wusste, dass ich dem Jungen einiges beigebracht habe. Schon vor Jahren in Elkes Wohnung in der Burggasse. Als ich noch am Konversatorium und Alex ein kleiner Bub war. Am Heiligen Abend läuft übrigens die gestellte Frist ab. Bis dahin müsste ich die Komposition vollenden und sie dem Auftraggeber persönlich zu Gehör bringen. Zusammen mit einem anderen Klavierspieler. Weil diese Komposition für zwei Pianisten angelegt ist. Zwei ganz verschiedene Teile. So unterschiedlich, wie Flammberg und Alexander gewesen

sind, denke ich. Eigentlich hatte ich vor, diese Frist unge-
nützt verstreichen zu lassen. Weil ich keine Vorstellung
hatte, wie sich die einzelnen Sequenzen zu einer richtigen Messe formen ließen. Aber jetzt bist du aufgekreuzt.
Mit diesem Laptop da und den Aufnahmen von Musiknoten, die mir helfen könnten, diese Messe zu vollenden.

– Wirst du versuchen, das Stück fertigzustellen ... mein
Sohn?

– Ja, Papa, ich muss es einfach tun. Nicht wegen des Geldes,
wegen Alex. Weil dann etwas vollendet werden könnte,
wovon der Junge immer geträumt hatte. Und was er diesen Aufnahmen zufolge auch umgesetzt hatte.

– Wo wird die Aufführung stattfinden?

– Das weiß ich noch gar nicht. Nur, dass ich die Messe mit
einem anderen Pianisten irgendwo in Niederösterreich
aufführen soll. Genau am Heiligen Abend. Außer uns
Klavierspielern darf nur dieser geheimnisvolle Flammberg anwesend sein.

– Und ich, fügte Harald hinzu.

– Wieso du?

– Weil ich meinen Halbbruder verhaften muss. Wegen Tot-
schlags an einem 16-jährigen Jungen.

– Wie meinst du das, Papa?

– Dieser Flammberg, wie du ihn nennst, heißt in Wirklichkeit genauso wie ich: Selikovsky. Anscheinend hatte ihn
meine Mutter als kleines Kind in einem polnischen Waisenhaus zurückgelassen, bevor sie selbst nach Deutschland geflohen war. Sie war damals noch einmal schwanger.
Mit mir. Und irgendwie hat es uns beide nach Landeck
in Tirol verschlagen. Wo sie sich als Putzfrau zu Tode
geschuftet hat. Mit kaum 40 Jahren ist sie an Lungenkrebs
verstorben. Ich habe sie als halbes Kind noch gepflegt,

fast ein ganzes Jahr lang. Erst wenige Tage vor ihrem Tod hat sie mir gesagt, dass es einen älteren Bruder gibt. Theo. Den sie in Polen zurückgelassen hat. Er wird längst gestorben sein, hat sie noch hinzugefügt, in solchen Heimen stirbt jedes zweite Kind an Unterernährung. Aber ich hatte keine andere Wahl.

– Papa, du meinst …

– Ja, ich werde dort sein. Genau am Heiligen Abend.

– Zuvor muss ich Alexanders Messe fertigstellen. Aus den Hunderten Aufnahmen, die du mir gerade gezeigt hast. Es wird ein Wettlauf gegen die Zeit sein, schließlich sind es nur noch wenige Tage bis zum Ablauf der Frist.

– Was ist mit dem zweiten Pianisten?

– Ich hätte einen. Den jüngsten Sohn von Doktor Hörzer, dem Forensiker und Stimmenimitator. Matthias ist knapp 15 und talentiert, aber er wird nie ein professioneller Musiker werden. Eher ein guter Mediziner wie sein Vater. Aber wenn er einmal erwachsen und mindestens Oberarzt geworden sein wird, wird er sich an gewissen Feiertagen ans Klavier setzen und aus dem Gedächtnis etwas von dem spielen, was wir an diesem Heiligen Abend aufgeführt haben werden.

– Alexanders Messe.

– Seine Totenmesse, genau. Eine *Missa pro Defunctis*. Ein Requiem für jene, die uns vorangegangen und ausgelöscht sind. Die unerlöst in der feuchtkalten Erde verfaulen.

*

Etwas nach 22 Uhr fuhr Harald durch ein verlassenes nächtliches Wien. Auf der Straße entlang des Heumarkts war kein einziges Fahrzeug zu sehen. Die meisten Lokale hatten geschlossen, der Platz vor der Rochuskirche war menschenleer, nur in der Schlachthausgasse kontrollierte eine Polizeistreife einen Lieferwagen mit slowakischem Kennzeichen. Wien schien tot wie eine Stadt nach dem atomaren Erstschlag zu sein. Gefangen in einem gewaltigen Gedankenexperiment aus der Physik, einem Paradoxon, das die Menschen in einen seltsamen Zustand versetzt hatte, der sie gleichermaßen tot wie lebendig erscheinen ließ. Oder für unbestimmte Zeit in einem düsteren Schattenreich festhielt, irgendwo zwischen Himmel und Hölle.

Der Parkplatz vor dem Eingang zum Sankt Marxer Friedhof stand leer. In der Dunkelheit da draußen war nicht ein einziges Lebenszeichen auszumachen. Oder vielleicht doch. Kommissar Selikovsky kniff die Augen zusammen und erkannte sie wieder: diese magere, todkranke Frau, in ihren löchrigen Wintermantel gehüllt. Eine Zigarette rauchend. Den fortschreitenden Lungenkrebs ignorierend. Hustend. Frierend und fiebernd. Unmittelbar vor dem Eingang ins Gestern. Harald stieg aus dem Wagen und ging der Toten vor dem Friedhof entgegen.

– Mutter, du schon wieder. Was machst du hier?
– Was ich immer mache. Ich rauche. Ich warte. Und kehre ins Leben zurück, sobald du dich meiner erinnerst.
– Erst kurz vor deinem Tod hast du mir etwas von meinem Halbbruder erzählt.
– Was hätte ich schon groß von ihm erzählen sollen? Dass ich ihn als Kleinkind in einem verwanzten Waisenhaus zurückgelassen habe? Ich wollte mich retten. Und dich, den ich noch ungeboren in meinem Leib trug.
– Dafür hast du ihn geopfert.

– Er wird längst dort sein, wo ich jetzt auch hingehöre.

– Nein, Mutter, er lebt.

– Was sagst du da, Harald?

Die blasse Frau drückte die Zigarette an der Backsteinmauer des Sankt Marxer Friedhofes aus und hauchte in ihre knöchernen Hände.

– In eurer Welt ist es kalt geworden, mein Sohn.

– Mama, Theo ist Millionär geworden. Hat mit irgendwelchen Geschäften unglaublich viel Kohle gemacht. Aber er hat auch einen Jungen auf dem Gewissen.

– Wie meinst du das?

– Anscheinend hat er im Streit einen talentierten jungen Musiker umgebracht.

– Warum sollte er das getan haben? Wovon redest du überhaupt?

Harald starrte ins Leere und hoffte, dass sich dabei das Gespenst seiner Mutter in nichts auflösen würde. In weniger als nichts. In einen toten Punkt, der nicht einmal ein Punkt war. In einen Nicht-Ort, aus dem es kein Zurück geben würde.

– Vielleicht geschah es auch im Affekt. Oder doch aus kalter Berechnung. Aus abgrundtiefem Neid auf einen höchst talentierten Menschen.

– Was wirst du jetzt tun?

– Ich werde Theo verhaften. Am Heiligen Abend. Sobald mein Sohn Simon Alexanders Messe fertiggestellt haben wird. Irgendwo da draußen in Niederösterreich. In einer kleinen Halle, einem Kellergewölbe oder meinetwegen

auch in einer Kapelle wird so ein verdammtes Klavier stehen, und auf diesem Klavier wird mein Sohn die soeben vollendete Messe zum ersten Mal spielen. Ein Requiem. Für Alexander. Und von ihm. Für alle anderen Toten.
– Also auch für … mich.
– Ja. Auch für dich, Mama.
– Dann kann ich jetzt gehen. Ohne wiederzukehren.
– Ich bitte dich darum.

Harald schlug die Augen zu Boden, griff nach dem Zigarettenpäckchen in seiner Manteltasche und zündete sich eine Marlboro an. Hinter der flackernden Flamme des Feuerzeugs war lediglich die leere Steinmauer des ehemaligen Friedhofs zu sehen. Nur im ersten Stock des Wärterhauses brannte noch Licht. Eine halbe Zigarette lang. Dann wurde auch dort eine Lampe gelöscht, und die Toten hinter dem Eingangstor waren sich selbst überlassen. Im Dunkel einer Winternacht, weit weg von allem, was vom Pulsschlag des Lebens durchzogen war, von Gedanken, Sehnsüchten und einem gewaltigen Begehren – diesem unstillbaren Begehren nach mehr.

VIII – LUX AETERNA

Josua saß im Aufenthaltsraum der Unfallchirurgie. An einem Tisch beim Fenster. Sah in den Park hinaus. Auf die leblos scheinenden Bäume. Er trug nicht mehr das weiße Krankenhaus-Nachthemd, sondern hatte sich wieder T-Shirt und Jogginghose angezogen. Beides in ziemlich leuchtenden Farben. Die Misshandlungsspuren waren aus seinem Gesicht verschwunden, und sein spöttisches Lächeln war zurückgekehrt. Wenigstens für die kurze Zeitspanne einer knappen Begrüßung. Eines leichten Kopfnickens. Der Bereitschaft, Kommissar Selikovsky zuzuhören. Oder ihm auch die eine oder andere Frage zu stellen.

– Den USB-Stick haben Sie durchgesehen, oder?
– Natürlich. Vor allem die Fotos.
– Die sind am wichtigsten, stimmt.
– Und ob. Mein Sohn Simon wird Alexanders Messe fertig komponieren.
– Und sie dann zeitgerecht vorspielen, oder?
– Am 24., ja.
– Am Heiligen Abend. Vielleicht bin ich dann wieder …

Josua senkte den Kopf und starrte seine schmalen Finger an.

– … zu Hause, fügte Kommissar Selikovsky hinzu.
– Sagen wir, bei meinen Alten.
– Du hast keine gute Beziehung zu ihnen.

– Sie können mit mir nichts anfangen, und ich ebenso wenig
  mit ihnen.
– Aber du wirst die Schule fertig machen, auf die Uni gehen
  und vielleicht …
– … Arzt werden? Ich weiß nicht. Vielleicht fange ich auch
  nur wieder mit dem Fußballspielen an. Der Trainer der
  U23-Mannschaft hat mich angerufen. Sie scheinen einen
  Mittelfeldspieler zu brauchen. Seltsam: ein junger Schwu-
  ler im Fußballtrikot, oder?

Josua lächelte ein bisschen und strich sich eine seiner dunkelblonden Strähnen aus dem Gesicht. Nahm sein Smartphone in die Hand und wählte ein Stück aus einer *Spotify*-
Playlist aus. Das *Lux Aeterna*. Aus dem letzten Satz von
Mozarts Totenmesse.

– Das hat Alex immer richtig gefallen.
– Aber ebenso Erik Satie.
– Ja, irgendwie beides. Ist ein bisschen so, als ob man Würst-
  chen mit Schlagobers essen wollte.
– Oder eine Sachertorte mit Ketchup.
– Ja, genau so. Du hast … tut mir leid, Sie haben …
– Nein, ist okay, bleib beim Du.
– Wir waren doch schon einmal per Du, oder? Ich meine,
  nicht nur vor ein paar Wochen. Sondern vorher.
– Allerdings. In einem Forum, wo du 23 warst.
– Und du Ende 30. Wir haben uns gegenseitig bis zum
  Abwinken angelogen.

Harald wurde ein wenig rot und zuckte leicht mit den Achseln. Josua stellte den Ausschnitt aus der Mozart-Messe ab
und wählte *Ogive No 1* von Erik Satie. Aber nicht aus irgend-

einer Playlist. Es war eine eigene *Mediaplayer*-Datei. Die ersten Klaviertasten, hart und fast erbarmungslos angeschlagen.

– Das ist er.
– Alex?
– Ja, auf unserem *Fazioli*-Flügel zu Hause. Vor nicht einmal zwei Wochen. Am 3. Dezember. Erik Satie. Den hat er wirklich gern gespielt. Sogar lieber als Mozart.
– Und nebenbei ausgezeichnet.
– Weißt du, dass auch Alex nur weiße Sachen gegessen hat, genau wie Erik Satie?
– Ich wusste nicht, dass dieser französische Komponist dieselbe Vorliebe hatte.
– Jetzt weißt du's. Eine Information aus der Abteilung »Unnützes Wissen«.

Josua lächelte wieder und sah zum Fenster hinaus. Richtung Park, in denen Patienten im Morgenrock auf und ab gingen. In Pantoffeln, Strandsandalen oder durchnässten Hausschuhen.

– Sieht doch spooky aus, oder? All diese Patienten mit aufgespanntem Regenschirm und in diesen Frotteebademänteln. Mitten im Schneeregen. In einem Krankenhauspark. Glaubst du, dein Sohn schafft es mit dem Komponieren?
– Er wird es nicht nur schaffen – er muss.
– Müssen tut man nur …

Josua blickte den Kommissar wieder mit ernstem Gesicht an und vollendete seinen Satz nicht. Beide hörten den letzten Takten der *Ogive No 1* auf dem Smartphone hinterher und hofften, dass der letzte angeschlagene Ton niemals verklingen würde. Und vielleicht tat er es auch nicht, sondern dünnte sich zu einem immer fragileren Klang aus, der sich schließlich auf ewig mit der Stille verband.

– Stimmt es, dass sich dieser Major umgebracht hat?
– Ja, gleich nach dem Missbrauch an dir. Noch in derselben Nacht.
– Auf seinem Hof hat …
– … dieser Pole Alexander erdrosselt.
– Nachdem sie sich voll gestritten haben. Wegen dem fehlerhaften Klavierspiel des exzentrischen Millionärs.
– Ich habe es auf einem Video deines USB-Sticks mitgekriegt, ja.
– Dann weißt du jetzt alles, was du wissen musst, oder?
– Ich glaube schon, nickte Harald und sah zum Fenster hinaus. Hinter einer Wolkenbank brach für wenige Sekunden die Sonne zwischen den grauen Schwaden hervor und fiel durch das Fenster mitten auf das Gesicht des jungen Patienten.
– Wie ein Hoffnungsstrahl, oder?
– Ausgerechnet am kürzesten Tag des Jahres.
– Wohin fährst du nach diesem Krankenhausbesuch?
– Zu Doktor Hörzer vielleicht.
– Wer ist das?
– Ein Arzt. Und Gerichtsmediziner. Der mit den Kühlladen.
– Dann wirst du dort Alex sehen, oder?
– Zum allerletzten Mal möglicherweise.
– Darf ich dich um etwas bitten?
– Ja, wenn es nicht verboten ist.
– Ich glaube nicht, aber ich flüstere es dir sicherheitshalber ins Ohr.

Josua richtete sich etwas aus seinem Stuhl hoch, hielt seine rechte Hand gegen die Schläfe des Kommissars und flüsterte Harald seinen Wunsch entgegen. Eine letzte Bitte. Flehentlich vorgebracht. Eine Bitte, die ihm der Kommissar kaum abschlagen konnte. Auch wenn sie noch so bizarr und entrückt anmutete. Wie obszöner Scherz aus der Hölle.

*

Es war etwas eigenartig, im Sezierraum der Gerichtsmedizinischen Fakultät auf die Weihnachtsfeiertage und das kommende neue Jahr anzustoßen. Ein minderer Schaumwein aus Niederösterreich perlte in den Flöten vor sich hin, und auf dem Untersuchungstisch lag die Leiche eines Bauarbeiters, der in eine Senkgrube gefallen war und von Sammy obduziert werden musste. Der Geruch von heftigen Infektionsmitteln lastete wie eine unsichtbare Wolke im Raum und übertünchte dennoch nur oberflächlich den immer noch deutlich wahrzunehmenden Fäulnisgeruch der Gärgase.

– Schöne Feiertage, antwortete Kommissar Selikovsky, nippte an der Sektflöte und hörte Doktor Hörzer zu, der gerade im Tonfall des österreichischen Außenministers von den bevorstehenden Familienfeiern erzählte.
– Wie Sie wissen, Magister Selkovksy, nein Silkoschofsky, nein, ach zum Teufel, wie du weißt, Seli, wird unsere Familie an diesem Heiligen Abend zum ersten Mal nicht vollzählig sein. Mein zweitältester Sohn wird wegen bevorstehender Schneestürme kaum aus Vancouver wegkommen, die einzige Tochter hat jetzt schon Schwierigkeiten, einen Flug von Neapel nach Wien zu buchen, und mein jüngs-

ter Sohn Matthias muss wohl auf einer Art Christmette Klavier spielen, ausgerechnet am Heiligen Abend, aber Christmetten ereignen sich meistens an diesem verfluchten, entschuldige bitte, an diesem Scheißabend.

Doktor Hörzer nestelte an Haralds Marlboro-Packung herum, zündete sich umständlich eine Zigarette an, obwohl er eigentlich gar nicht rauchte, und paffte ein paar weiße Ringe gegen die mit schwerem Stuck verzierte Decke.

– Bravo, klatschte Harald etwas Beifall, den Außenminister hast du gut hingekriegt.
– Findest du, antwortete Sammy unsicher, habe ich ihn nicht etwas zu ordinär angelegt? Schließlich stammt er aus einer alten Adelsfamilie und ist in Spanien, Indien und in Paris aufgewachsen, wo bereits sein Vater Diplomat gewesen war.
– Keineswegs, versicherte Harald und nippte noch einmal am Sektglas, ich sehe ihn richtig vor mir, in seinem bedächtigen Aristokratentonfall, ein wenig zurückhaltend und gespielt vornehm, obwohl er in Wirklichkeit …
– … vielleicht nur hundsordinär ist. Genau das habe ich mir auch gedacht, lächelte Sammy und verabschiedete sich ein paar Minuten auf die Toilette, du kannst dich noch ruhig in meinem Laden umsehen – vor allem in den gewissen Laden, wenn du verstehst, was ich meine.

Harald antwortete, dass er nichts dagegen habe, ein paar Minuten allein bei den Toten zu verweilen. Kurz nachdem Doktor Hörzer den Untersuchungsraum verlassen hatte, ging Kommissar Selikovsky zu den Kühlladen hinüber und starrte auf die Namen der Obduktionsfälle. Er zögerte noch ein paar Sekunden, dann öffnete er die erste Lade, die mit dem toten Jungen. Alexander Kugler. Ein Meter 70 groß, 56 Kilo schwer, nicht einmal 17 Jahre alt geworden. Der schmächtige Leichnam lag in einer schwarzen Plane, und als Harald den Kreppverschluss löste, kamen die bleichen Gesichtszüge des Jungen zum Vorschein. Alexander Kugler, geboren 27.1.2004, gestorben vermutlich am 5.12.2020. Die Geburts- und Sterbedaten von Mozart, wenn man die Jahreszahlen wegließ. Doktor Hörzer hatte die Bisswunden an der rechten Gesichtshälfte vernäht und den toten Jungen mit einem Bleichmittel geschminkt. Irgendwie sah es aus, als ob Alexander nur schlief. Harald beugte sich etwas über den Toten und berührte mit dem rechten Zeigefinger das eiskalte Gesicht. Die schwarzen Augenbrauen. Die hohen Backenknochen und die eingefallenen Wangen. Wie ein Einbrecher, der gerade irgendwo ein verdächtiges Geräusch wahrnahm, sah sich Harald noch einmal im Raum um, bevor er den USB-Stick aus der Sakkotasche nahm und ihn dem Toten in den Mund steckte. Es war gar nicht so leicht, einer Leiche etwas in den Mund zu schieben, auch wenn der Datenträger kaum zwei Zentimeter lang und obendrein ziemlich flach war. Nach einigen Versuchen verschwand der Datenträger doch zwischen den ausgetrockneten Lippen der Leiche, und Harald begann, ein paar kurze Sätze zum toten Jungen zu sprechen, dessen Haut sich wie die Oberfläche eines eingefrorenen Hähnchens angefühlt hatte: Liebe Grüße soll ich dir ausrichten, von deinem Freund, deinem Bewunderer, deinem allergrößten Verehrer. Von Josua Silbermayr. Nein, falsch, einfach von – Josy. Liebe letzte Grüße von Josy.

Eine Träne rann aus Haralds Gesicht und tropfte auf das bleiche Gesicht, und einen Augenblick hoffte der Kommissar, dass diese Träne den toten Jungen wieder ins Leben zurückholen könnte. Aber natürlich war es nicht so. Nicht einmal in einem so bizarren Mordfall wie diesem.

Selikovsky schloss die Lade, öffnete eine weitere und noch eine dritte, um auch auf die tote Transgender-Person und deren Opfer ein paar letzte Blicke zu werfen. August und Angie. Auch von ihnen sollte sich Harald auf Josys Wunsch verabschieden. Weißt du, hatte der Junge dem Kommissar im Aufenthaltsraum der Notfallchirurgie ins Ohr geflüstert, Angie hat August wegen mir getötet. Sie oder er war wahnsinnig eifersüchtig, ganz besonders, nachdem Alexander umgebracht worden war.

Wie ist Alexander nach Wien überführt worden, hatte Harald noch gefragt, und Josy hatte ihm in wenigen Worten das Wesentliche erzählt. Kurz bevor Alexander erdrosselt worden war, sei er noch auf die Toilette gegangen und habe am Handy die Koordinaten in Form einer Gleichung eingetippt, jener Gleichung, die Harald in Josys Stiefel entdeckt hatte. Die Koordinaten der Kreuzung, an der sich Alexander von Konstantin verabschiedet hatte, und die des Gewölbekellers, und darunter – mit Hilfe von *Google Translate* – den ukrainischen Ausdruck für sicheren Tod. *Nemnyuchu Smert*. Als ob Alexander geahnt hätte, dass er kurz danach umgebracht werden würde.

Unmittelbar nach der Tat habe der seltsame Pole das Anwesen verlassen und dem Major mit dem ungarischen Namen eine höhere Summe hinterlassen, um die Leiche des Jungen irgendwo zu entsorgen. Der Ex-Soldat habe die Summe eingesteckt und den Jungen einfach in eine

Kiesgrube bei Schottwien geworfen, am nächsten Tag aber schwere Gewissensbisse bekommen und Klaus, den Ehemann des jungen Gärtners Konstantin, genötigt, die Leiche bergen und an einem sicheren Ort verscharren zu lassen. Konstantin, der mit dem Toten eine sexuelle Beziehung gehabt hatte, habe große Angst davor gehabt und in seiner Not Josy angerufen, der wiederum Papo verständigte, der gerade mit Angie beisammen gewesen war. Zu dritt seien sie in Angies altem Pickup zur Kiesgrube gefahren, hätten gemeinsam die Leiche des Jungen geborgen, dazu noch eine ukrainische Pistole und einige Patronen, jene Waffe, mit der Angie ein paar Tage später August erschossen hatte. Kurz vor dem Morgengrauen hätten die drei Alexanders Überreste von der Autobahnabzweigung in den Sankt Marxer Friedhof geworfen, genau neben das Grab von Franz Xaver Niemetschek, dem ersten Mozartbiografen. Wenige Stunden später wollte Papo den Leichnam genau dort begraben, aber er verschlief sein Vorhaben, wachte erst kurz vor Beginn der Parköffnungszeit auf und hatte nur noch die Zeit, den Leichnam zu einer entlegeneren Stelle des aufgelassenen Friedhofs zu schaffen.

Falls er Glück gehabt hätte, erinnerte sich Harald an Josys heiseres Flüstern, wäre Alex untertags gar nicht gefunden worden, schließlich war es Anfang Dezember, aber wegen des Jahrestages von Mozarts Tod waren doch einige Besucher in den Park gekommen. Der Hund eines Parkbesuchers, ein Golden Retriever, habe den Leichnam schließlich gefunden. Weshalb die Polizei informiert werden musste und du dann aufgetaucht bist. Ausgerechnet du.

– Magister Harald Selikovsky, murmelte der Kommissar seinen eigenen Namen und schloss die beiden Kühlladen wieder. Leb wohl, August, leb wohl, Angie, und noch einmal leb wohl, Alexander.

Was für ein seltsamer Fall, der sich langsam wie von selbst aufzuklären schien. Das Handy in der Sakkotasche schlug kurz an, und Harald las die Kurznachricht seines Sohnes: *Messe fertiggestellt. Aufführung am Heiligen Abend. In der Kapelle neben dem Hotel* Panhans *am Semmering. Hat der Pole vor kurzem aus einer Konkursmasse gekauft. Theo wird da sein. Salut, Simon.*

*

– Schöne Weihnachten, lächelte Dominique und leerte das Glas mit dem Roséchampagner, stellte es auf dem Nachtkästchen ab und machte seinen berühmten Schmollmund, schade, dass du ausgerechnet morgen im Dienst sein wirst. Ich hätte dich gern am späteren Abend getroffen. Wenn die ganze Familienscheiße vorbei ist. Der fette Truthahn gefressen. Die paar Geschenke verteilt. Es soll schneien in der sogenannten Heiligen Nacht. Es wäre wunderschön, mit dir durch die tanzenden Schneeflocken zu gehen und von einem gemeinsamen Leben zu träumen, wie am Ende eines kitschigen Musicals. Was meinst du, mein Workaholic-Kommissar?

Harald füllte die beiden Flöten mit dem Rest des Roséchampagners und fragte, ob sie beide all das nicht nachholen könnten.

– Gemeinsam im einsetzenden Schneefall zu tanzen und wie kleine Jungs einen Schneemann zu bauen, fragte Dominique lächelnd und griff nach dem Glas, eine süße Idee, aber vielleicht wird es am Christtag gar nicht mehr schneien, das ist Wien da draußen, nicht Sankt Moritz oder Gstaad.

– Ich habe es anders gemeint, lächelte Harald und hauchte einen Kuss an Dominiques Wange, griff danach schnell in die Lade des Nachtkästchens und holte eine Samtschatulle heraus.

– Mach sie doch auf, Dominique, fügte der Kommissar lächelnd hinzu.

Der junge Mann strich eine dichte Strähne aus seinem Haar, beinahe wie es am Vormittag Josua gemacht hatte: fast dieselben dunkelblonden Locken, fast dieselbe mädchenhafte Bewegung. Mit einem leisen Klicken öffnete Dominique die Schatulle und starrte auf zwei weißgoldene Ringe.

– Vielleicht sollten wir …

– … von einem gemeinsamen Leben …

– … träumen?

– Nein, nicht nur träumen, fügte Harald hinzu und sah Dominique tief in die Augen. Vielleicht war er dabei, die größte Dummheit in seinem Leben zu begehen. 27 Jahre Altersunterschied. Eine Marketingprinzessin der *Österreichischen Lotterien*. Dominique würde sich ausleben wollen: in den coolsten Clubs und angesagtesten Diskotheken, unter Stroboskop-Blitzen und Dutzenden Spritzkerzen in Bleikristallkühlern. Ein älterer Herr wie Harald würde dabei nur unnütz im Weg herumstehen, eine Fleisch gewordene Peinlichkeit, mit leichtem Bauchansatz und diesen tiefen Ringen unter den Augen. Dominique strahlte trotzdem wie ein Kind, das viel zu großzügig beschenkt worden war.

– Was ist, wenn ich Ja sagen würde.

– Dann könnten wir heiraten.

– Aber du hast ja schon eine Ehe hinter dir.

– Ich bin geschieden. Und ich verrate dir noch etwas. Meine Ex-Ehefrau …

– Was ist mit ihr? Wird sie unser Trauzeuge sein, ach komm, Harald, das ist doch bizarr.

– Es kommt noch schräger, mein Lieber, flüsterte Harald und sah durch die Schlafzimmertür auf die kleine Terrasse hinaus, wo langsam die ersten Schneeflocken zu fallen begannen, Elke wird mit Marianne Kugler zusammenziehen. Und Sie werden einander ebenfalls das Ja-Wort geben. Die beiden haben, wie man so sagt, zueinander gefunden.

– Oh Mann, seufzte Dominique, das ist noch schlimmer als der Schluss von »*Singin' in the Rain*«: »You are my lucky Star«, der schönste Song aller Zeiten.

– Nur wenn man Musicals mag, fügte Harald lächelnd hinzu und nahm Dominique ganz sanft in den Arm.

– Wie kann man Musicals nicht mögen, fragte Dominique leise und nickte zum einsetzenden Schneefall hinaus, okay, wenn man auf Klassik steht, vielleicht. Auf ein Klavierkonzert zum Beispiel. Vier Hände und eine Million Noten. Und diese komplizierten Vorzeichen. Wie von Wolfgang Amadeus Mozart.

– Oder von Alexander Kugler, hauchte Harald den Namen auf die glatten Schultern seines Liebhabers und sah über

dessen glatte Haut den Schneeflocken zu, die leise und
unaufhörlich aus der Nacht herabfielen, so unwirklich
sanft – auf alle Lebenden. Und auf alle Toten.

*

Manchmal ahnte Selikovsky, dass es angenehmere Jobs
als seinen auf der Welt gab. Besonders an Tagen wie diesem, einem 24. Dezember, wenn gegen 15 Uhr die meisten Geschäfte zu schließen begannen und das öffentliche Leben zum Erliegen kam. Wenn sich die Familien
in ihre allerprivatesten Räume zurückzogen und am frühen Abend vor dem Baum aller Bäume standen, einer
Fichte, frisch von einem Christbaum-Standler aus dem
benachbarten Park geholt, mehr oder weniger festlich
geschmückt, mit den brennenden Kerzen und dem vielen Lametta. Mit all den verpackten Geschenken darunter
und dem hysterischen Haushund, der kläffend den üppig
behängten Baum hochsprang und dadurch einen Voll-
brand auslösen konnte.

Im Radio klangen Weisen, wie man sie nur an diesem Tag
hörte, dieses eine kitschige Lied mit Gitarrenbegleitung,
ein biedermeierlicher Ohrwurm in C-Dur, den auch der
Unmusikalischste vor sich hin brummen konnte. Draußen
war es bereits dunkel geworden, und die Autobahn Richtung Kärnten war praktisch leer, kaum ein Fahrzeug hatte
sich auf die drei Fahrstreifen verirrt und bahnte sich einen
Weg durch den einsetzenden Schneefall. Laut dem Ver-
kehrsdienst eines Autofahrerklubs konnte man noch
mit Winterausrüstung den Semmering oder den Wechsel passieren, aber vielleicht würde am späteren Abend

eine Schneekettenpflicht verhängt werden, zumindest für Lastkraftwagen und möglicherweise auch für Fahrzeuge unter dreieinhalb Tonnen.

Wir sind da. Klavier gestimmt. Raum geheizt. Essen Vanille-kipferln und trinken Tee aus der Thermoskanne. Lg Simon.

Selikovsky legte das Smartphone auf den Beifahrersitz und starrte in den Schneefall hinaus. Fragte sich, ob der Zugriff in dieser Kapelle neben dem *Panhans*-Hotel ohne große Probleme erfolgen würde. Sicherheitshalber hatte er die örtliche Polizeidienststelle und das Bezirkskommissariat in Neunkirchen informiert. Ein paar Kollegen würden sich in Zivil in der Nähe des stillgelegten Grand Hotels postie-ren. Als Beamte der Straßenmeisterei gekleidet, als Fahrer von Schneepflügen und anderen Räumgeräten. Sogar eine Ambulanz würde in Bereitschaft versetzt werden, gegen 19 Uhr, wenn das geheime Konzert in der Kapelle neben dem baufälligen *Panhans*-Hotel beginnen würde. Ein Kla-vierkonzert für zwei Pianisten. Und seinen geheimnisvollen Auftraggeber. Den reichen Polen, der Alexander Kugler im Streit erdrosselt hatte. Dessen einziges Werk von Haralds Sohn Simon gerade noch rechtzeitig fertiggestellt worden war. Tausend Bitcoins warteten irgendwo auf der Welt da-rauf, abgerufen zu werden. Ein Passwort. Ein kompliziert verschlüsselter Zugangscode. 35.000 Euros war ein einzi-ger Taler dieser Kryptowährung im Augenblick wert. Ten-denz steigend. Und wie.

Im Radio begann das *Abendjournal*. Die Nachrichten sto-ben vorüber wie Schneeflocken, leise und sacht, scheinbar folgenlos. Der Versuch des amerikanischen Präsidenten, die verlorene Novemberwahl annullieren zu lassen. Nach dem *Journal* folgte noch ein ausführlicher Bericht über die aufgefundenen Totenschädel des größten Komponisten, der je auf diesem Planeten gewirkt hatte. Gleich drei verblichene Köpfe waren bei den Grabungsarbeiten sichergestellt worden. Regitnig hatte ganze Arbeit geleistet, und die Wahrscheinlichkeit, dass eines der Fundstücke tatsächlich zum weltberühmten Tondichter gehörte, war gar nicht so klein. Aufgrund von DNA-Bestimmungen mit Mozarts Verwandtschaft rangierten die Wahrscheinlichkeiten der aufgefundenen Schädel zwischen 70 und 90 Prozent. Ziemlich viel Mozart. Oder gar keiner. Die auflagenstärkste Tageszeitung, die für die Grabungsarbeiten auf diversen Friedhöfen ein Vermögen ausgegeben hatte, überschlug sich in Spekulationen und bekämpfte die wenigen Einwände anerkannter Fachleute. Regitnig selbst war mittlerweile zum Chefredakteur aufgestiegen. Zumindest für ihn hatte sich die Kampagne gelohnt. Der Totenschädel mit der 90-prozentigen DNA-Übereinstimmung war auf dem Sankt Marxer Friedhof gefunden worden. In der Nähe der Schachtgräber. In zweieinhalb Meter Tiefe. Gehörte vielleicht wirklich zu Mozart – oder zu jemandem mit täuschend ähnlichem Knochenaufbau.

Selikovsky gefiel die Idee, dass nach all den aufwendigen Grabungsarbeiten Wolfgang Amadeus Mozart drei Schädel zu haben schien: einen kleinen zierlichen, einen wuchtigen großen und einen ziemlich unauffälligen, der die höchste Übereinstimmung mit dem genetischen Material aus Mozarts in Salzburg begrabener Verwandtschaft aufzuweisen schien. Ein völlig mittelmäßiger Kopf. Ein Porträtist hatte anhand dieser Schädelstruktur ein menschliches

Antlitz mit dichtem Haupthaar und feisten Pausbacken gezeichnet – und das Ergebnis ähnelte dem Mozart-Portrait des Münchner Kunstmalers Edlinger auf atemberaubende Weise. Ein weiteres Indiz, dass dieser verdammte Totenschädel vielleicht doch jener des weltberühmten Komponisten war, ganz normal und unauffällig. Weder monströs noch sonst wie außergewöhnlich. Geradezu bieder. Wie gemein das Leben sein konnte. Gemeiner noch als der Tod.

Kommissar Selikovsky drehte das Radio ab und fuhr die schneebedeckte Schnellstraße zum Semmering hinauf. Neunkirchen und Gloggnitz lagen bereits hinter ihm. Als Harald gerade Schottwien passierte, meldete sich Simon noch einmal per SMS bei ihm. *Theo ist da. Sitzt in der dritten Reihe der Kapelle. Wir fangen gleich an. Stück dauert 44 Minuten 30 Sekunden. Gruß Simon (und Matthias, mit Smiley)*

Es gab eindeutig angenehmere Tage als diesen Heiligen Abend, der mit der Festnahme von Selikovskys Halbbruder Theo enden würde. Ein naher Angehöriger, von dem Harald die ganzen Jahre über nichts gewusst hatte. Erst kurz vor ihrem Tod hatte seine Mutter etwas in dieser Richtung angedeutet, aber so richtig hatte Harald das damals Gesagte gar nicht verstanden. Und nach dem Tod seiner Mutter völlig vergessen. Jahrzehntelang hatte Harald geglaubt, allein auf dieser Welt zu sein, ohne Eltern, ohne Familie, ohne irgendetwas, das ihm Halt geben konnte. Er hatte eine Koch- und Kellnerlehre in Ischgl absolviert und später noch einige Jahre in der dortigen Gastronomie angehängt, danach im zweiten Bildungsweg die Matura nachgeholt, war schließlich nach Wien gegangen und hatte dort Rechtswissenschaften studiert. Irgendwann bei der Kriminalpolizei angeheuert. Und Elke kennengelernt. Einen Sohn gezeugt. Den liebenden Familienvater gespielt. Und währenddessen heimlich Männer getroffen. Bis er eines Tages doch mit der Wahrheit herausgerückt war. Aus der gemeinsamen Wohnung auszog. Sich von Elke scheiden ließ. Und ein neues Leben begann. Ein wahrhaftigeres. Ein Leben ohne Ausreden und Heimlichkeiten. Ein Leben, das endlich seines geworden war. Sein eigenes, unbedeutendes, aber endlich wirklich gewordenes Leben.

Harald unterdrückte den Wunsch, sich eine Zigarette anzuzünden, und bog von der Semmeringer Hauptstraße ab, lenkte den Wagen an Schneeresten und schwach beleuchteten Häusern vorüber. Keine Menschenseele war auf den Nebenstraßen des sogenannten Luftkurortes zu sehen, nur in dem einen oder anderen abgestellten Fahrzeug saßen Beamte in Zivil und nickten Kommissar Selikovsky zu, hielten einen Daumen in die Höhe und warteten konzentriert auf den möglichen Einsatzbefehl. Eine Ambulanz stand in der Einfahrt zu einer stillgelegten Frühstückspension. Und ganz in der Nähe des aufgelassenen *Panhans*-Hotels saßen uniformierte Polizeibeamte in einem schwarzen Audi A5, der sonst zur Jagd auf Autobahnraser eingesetzt wurde.

Kommissar Selikovsky stellte seinen Passat quer über die schmale Zufahrtsstraße zum *Panhans*. Im schwarzen Audi war das kurze Lichtsignal einer Taschenlampe zu sehen, zum Zeichen, dass die Beamten bereit waren. Langsam stieg Harald aus dem Wagen, zog sich einen olivgrünen Parka an und ging vorsichtig zur kleinen Kapelle neben dem Hotel hinauf. Die rechte Hand am Halfter seiner *Glock*. Schritt um Schritt durch den knirschenden Schnee dem kleinen Andachtsgebäude entgegen. Nach einigen Metern hörte er die angeschlagenen Klaviertasten, die seltsam stockenden Akkorde, die vielen Pausen und die zarten Skadenzen. Alexanders Totenmesse, für zwei ungleiche Pianisten komponiert. Die Uraufführung seiner ersten und letzten Komposition. In einer leeren Kapelle. Vor einem einzigen Zuhörer. Dem Auftraggeber des Werks. Der gleichzeitig jener Kerl war, der Alexander umgebracht hatte. Haralds so lange verschollener Halbbruder.

Du kannst durch den Seiteneingang direkt in den Innen-
raum gehen. Tür ist angelehnt. Ende Konzert circa 19.45 Uhr,
stand in Simons letzter SMS an seinen Vater zu lesen. Vorsichtig öffnete Harald die Tür und tastete sich lautlos durch das Halbdunkel in den Innenraum der Kapelle. Spätbarocke Fresken überall. Glasfenster. Ein kleiner Altar. Davor ein Podium. Der schwarze Konzertflügel. Mit zwei grundverschiedenen Pianisten. Ein beinahe erwachsener Mann im Smoking, weißem Hemd und korrekt gebundener Fliege. Und neben ihm ein blonder Junge in Jeans und Norwegerpullover, der angestrengt seinen Part vom Blatt spielte. Ein kurzer Blick auf die Kapellenbänke aus Eichenholz. Zehn knapp gestellte Reihen, in der dritten, genau in der Mitte, saß er. Theo. Theo Selikovsky. Ein sehr großer, üppiger Körper. In einen schwarzen Mantel gehüllt. Mit tief ins Gesicht gezogenem Hut. Mindestens zwei Meter groß. 120 Kilogramm schwer. Seine Hände mussten riesige Pranken sein. Alexander hatte keine Chance gegen diesen Hünen gehabt. Auch wenn er sich gewehrt hätte. Falls er dafür überhaupt Zeit gehabt hätte.

So sachte wie möglich setzte sich Harald in die Mitte der fünften Reihe. Maximal einen Meter von Theo entfernt. Eine einzige leere Bankreihe trennte den Kommissar von seinem Halbbruder. Auf der improvisierten Bühne spielten Simon und Matthias die *Missa pro Defunctis* zu Ende. Die Zeiger der Uhr rückten auf 19.45 zu, und die Tonfolgen steigerten sich zu einem dunklen Crescendo, bevor sich aus diesem Schwall an Akkorden eine letzte schwermütige Melodie in den Raum stahl und dort langsam, ganz langsam verklang. Noch acht Takte. Noch fünf. Es war genau 19.45 Uhr abends, als die beiden Klavierspieler den letzten Ton ausklingen ließen. Und sich die Stille schwer wie ein Geständnis in der kleinen Kapelle auszubreiten begann. Genau in diesem Augenblick.

Jetzt.

CODA

Es war ein lauer Frühlingsnachmittag im Mai. Die Bäume trugen wieder dichtes, spinatgrünes Laub, und entlang der verlassenen Grabreihen blühte der Flieder in den üppigsten Farben. Die milde Luft roch ölig und schwer, als ob gerade Tonnen eines üppigen Parfüms verdampft worden wären. Auf dem Grabmal von Wolfgang Amadeus Mozart lagen Blumensträuße und Windkerzen. Die Grabungsarbeiten im früheren Schachtgräberbereich waren beendet worden, und einige Gutachten und forensische Forschungsarbeiten später hatte der weltberühmte Komponist immer noch nicht zum passenden Totenschädel gefunden. Die geborgenen drei Versionen kamen der Wissenschaft zufolge doch nicht infrage. Auch die übrigen Gebeine des berühmtesten Komponisten blieben verschollen, dafür war Alfred Regitnig immer noch Chefredakteur der auflagenstärksten Tageszeitung, und die Pandemie war mit dem Fortschreiten von Massenimpfungen endgültig unter Kontrolle gebracht worden. Die Gesichter der Menschen kamen hinter den Masken, vorsichtig wie die Sonne aus schweren Wolkenbänken, hervor, und das Leben wurde langsam wieder – normal. Oder genauso hektisch wie früher. Genauso erfolgsbedürftig. Und wohlstandsverwahrlost. Mit dem unstillbaren Begehren nach Wachstum, nach Reichtum, nach Quoten, nach dem, was Unternehmen, Arbeitgeber, die Bundesregierung und alle möglichen Institutionen von ihren Staatsbürgern verlangten.

Bis auf die Freiheit schien alles wieder zurechtgerückt worden zu sein, wenn auch nur scheinbar, trügerisch, für eine absehbar kurze Zeit. Die Gegenwart hatte sich in etwas Theatralisches gewandelt, das von querdenkenden Kulissenschiebern sofort in ein düsteres Gegenbild gekehrt werden konnte. Die Freiheit des Einzelnen war antastbar und vulnerabel geworden, und es schien, als hätte sich die Welt auf wenige Länder reduziert, wäre vielleicht etwas sauberer, aber kleiner geworden. Kleiner jedenfalls als die Wünsche der Menschen – und die Zukunft von ihnen, die Zukunft von allen.

Harald betrachtete die kleine Gruppe, die sich um Mozarts Grabstelle geschart hatte. Inmitten von wieder ergrünten Bäumen und blühendem Flieder. Unter dem gleißenden Licht der Frühlingssonne hatte sich der Biedermeierfriedhof tatsächlich in eine Parkanlage verwandelt, in ein Naherholungsgebiet, und die verwachsenen Grabsteine und Einfriedungen schienen unter dem lebendigen Grün der wuchernden Pflanzen beinahe zu verschwinden. Das Leben schien über den Tod gesiegt zu haben, für eine Weile wenigstens. Einen Nachmittag lang. Einen Abend. Bevor die Nacht hereinbrechen würde und die Toten wieder unter sich wären, zwei Meter tief in der fetten Erde begraben. Aber noch waren auch die Lebenden hier: Marianne Kugler zum Beispiel, Haralds Ex-Frau Elke, Dominique, Simon, Papo und Josua. Sogar Konstantin, der den Rollstuhl seines von Schlaganfällen gezeichneten Mannes durch den Friedhof auf die kleine Anhöhe geschoben hatte und der kleinen Zeremonie ebenfalls beiwohnte.

Seit ein paar Tagen war Harald mit Dominique offiziell verheiratet, die Zeremonie hatte im Standesamt Simmering stattgefunden, vor einem Beamten der Gemeinde Wien, dem die unpassendsten Worte für das frisch vermählte Paar eingefallen waren. Haralds Sohn Simon hatte am uralten Harmonium des kleinen Festsaals gespielt, und Elke und Marianne hatten als Trauzeugen die Heiratsurkunde unterschrieben – bevor die beiden ebenfalls ihren zweiten Bund fürs Leben geschlossen hatten. Sogar Josua und Papo waren bei der kurzen Feier zugegen gewesen, hatten sich dabei umarmt und einander in die Augen geschaut – *glaubst du, dass wir beide dasselbe versuchen sollten? – Vielleicht. Wie du magst. Kann sein. Achselzucken. Ein Kuss, und gleich wieder an so viele andere Dinge denken.*

An die Bienenstöcke, die wieder *Mozart's Honey* zu produzieren begannen. An das nächste Meisterschaftsspiel der *Vienna* in der Wiener Stadtliga. Und ganz besonders an Alexander. An den Jungen, der mehr als alle anderen an diesem Nachmittag anwesend war. Obwohl er nicht hier sein konnte. Nicht mehr.

Der unnahbare Junge mit dem Asperger Syndrom. Der kaum Kontakt mit anderen Leuten aufnehmen konnte. Der weiße Sachen trug, weiße Speisen verschlang und weiße Getränke zu sich nahm. Dessen bizarre Vorliebe für Striche und Kreise erst auf den vierten oder fünften Blick seine wahre Begabung verriet: dieses hinreißende Gefühl für Musik. Für das Klavierspiel. Für die Orgel. Und für das Komponieren. Seine von Simon fertiggestellte *Missa pro Defunctis* machte gerade unter Experten und Fachleuten Furore. Ein 16-jähriger Junge. Mit dieser Begabung. Unfassbar. Vor wenigen Tagen erst hatten die Wiener Symphoniker beschlossen, Alexanders Messe in einer Orchester-

Fassung zur Uraufführung zu bringen. Im Wiener *Musik-vereinssaal*. Wo Alexander ein einziges Mal gewesen war, als 13-jähriger Schüler, der sich unter all dem prunkhaften Blattgold wie begraben gefühlt hatte. Er ist sich so klein vorgekommen, hatte Josua Harald noch im Krankenhaus erzählt, die ganze Zeit hat er nur die roten Feuerlöscher im *Goldenen Saal* angeschaut. Die einzigen Dinger, die nicht diese Aura festlichen Prunks in sich bargen. Sondern einfach nur praktische Dinge waren, die in jedem Haushalt, in jeder Schulklasse, in jedem Büro herumstehen konnten.

Nach der Doppelhochzeit hatten die beiden Brautpaare beschlossen, sich wenige Tage später hier einzufinden, auf diesem verlassenen Friedhof, der längst kein Friedhof mehr war, aber jetzt noch einmal einer sein würde. Undercover. Für ein letztes geheimes Begräbnis.

Marianne Kugler holte eine weiße Urne mit Alexanders Asche aus einem unscheinbaren Jutesack. Stellte sie für eine Schweigeminute auf Mozarts fiktiver Grabstelle ab, und jeder der wenigen Teilnehmer dieses endgültigen Abschieds dachte dabei an den Toten. Auf seine eigene Weise. Für Harald Selikovsky war es nur ein aufgeklärter Mordfall, der aufgrund der teuren Anwälte seines Halbbruders in einen Totschlag verwandelt werden würde, in wenige Jahre Gefängnis, von denen Theo Selikovsky wahrscheinlich nur einen geringen Teil würde abbüßen müssen. Wenn überhaupt. Seit einigen Tagen befand er sich wieder auf freiem Fuß, hatte in einem sündteuren Hotel eine Suite bezogen und bezahlte eine Legion von Anwälten für ein mögliches freies Geleit. Gegen ein billiges Geständnis und eine Millionenspende für eine karitative Organisation. Geld konnte alles gutmachen. Geld heilte die tiefsten Wunden. Das verdammte Geld gab sogar einem Totschläger die Freiheit zurück. Harald hatte seinen Halbbruder verhört. Stundenlang. Auf Deutsch. Und auf Polnisch. Theo war fremd und unnahbar geblieben, einfach ein reicher Mensch ohne jeden Anflug von Empathie. Der Totschlag – ein Unfall. Ein Missgeschick. Den zarten Jungen etwas zu hart angepackt. Nachdem Theo ohnehin provoziert worden war. *Dein Klavierspiel war voller Fehler. Dein Anschlag ruppig, gefühllos und falsch. Wie jedes deiner Worte. Wie alles in deinem Leben – falsch. Aufgesetzt. Talentfrei. Einfach nur schamlos. Und reich. Schamlos reich.*

– Dann hast du zugedrückt.
– Im Affekt.
– Du hast gewusst, was du tust.
– Ich verweigere die Aussage.
– Es war Totschlag, vielleicht sogar Mord. Du hattest ein Motiv. Du warst eifersüchtig auf das Talent dieses Jungen.
– Mein Anwalt wird für mich sprechen. Ein sauteurer Anwalt. Ein ganzes Anwaltsbüro. Mit Sitz in Kiew-Warschau-Wien-Paris-London-New York. Ich werde freikommen.
– Wirst du nicht.
– Oh doch. Ich bleibe keine weitere Nacht hier. Dafür sorgen Anwälte, massenhaft Geld und gute Kontakte zu den höchsten Stellen hinauf. Ich sühne nichts. Bin unantastbar. Eine Art …

Harald schüttelte den Kopf und warf einen Blick auf die Trauergemeinde. Simon hatte seinen talentiertesten Schüler verloren, Marianne ihr einziges, immer so fern und unverstanden gebliebenes Kind, Elke einen Schüler, der in Deutsch grottenschlecht war, aber diese große musikalische Inselbegabung hatte. Und Josua einfach den besten Freund. Der auch sein erster Geliebter war. Der sich gemeinsam mit ihm anderen auslieferte, um einen gewissen Kick, einen Rausch an Gefühlen zu erleben, an den nichts und niemand heranreichen konnte. Die Schmerzen waren Lust, und die Passion Leidenschaft geworden. Das sexuelle Begehren, die Sehnsucht, Grenzen zu überschreiten, war größer gewesen als jede Vernunft, die alles einreihte, kategorisierte und jedes deviante Verhalten schroff zurückwies. Die Striemen auf den Rücken der beiden, die Fesselspuren, die herbeigewünschten und dann wieder verleugneten Grausamkeiten gehörten zu einem bizarren Reich, das auch die wohlgesetzten Tonfolgen, die harmonischen Akkorde und die schließlich vollendete Totenmesse in sich barg – das alles war Alexanders Vermächtnis. Und Josuas Erinnerung. Die jeden Tag etwas mehr verblasste, bis sich Jahre später alles zu einem Leben glätten würde, das seines geworden war. Das Leben eines Mediziners, eines Juristen, eines Erwachsenen, der seinen Platz gefunden haben würde in dieser Welt. Als Mann. Als Frau. Als irgendetwas zwischen den beiden Geschlechtern.

Josua lehnte sich an Papo und sah mit Tränen in den Augen zu, wie nach der Trauerminute Marianne Kugler den Deckel der Urne öffnete und die Asche ihres Sohnes über das falsche Mozartgrab und die umgebende Rasenfläche zu streuen begann. Während Simon auf einer Querflöte die letzten Takte aus Alexanders Totenmesse intonierte. Papo streichelte Josuas Haarlocken und nickte zu Mozarts Grabstelle hinüber, über der ein paar Saatkrähen aufflogen und wo Alexanders Asche zwischen blassen Kieselsteinen und dem Rasen über den früheren Schachtgräbern für immer verschwand.

– Auch wenn der Friedhof eine Parkanlage geworden ist, flüsterte Papo seinem jungen Liebhaber ins Ohr, gehört er noch immer jenen, die uns vorausgegangen sind. All den Toten, von denen auch Alex jetzt ein Teil ist. Dieser Ort ist und bleibt ein Park für die Toten.

Nachdem die entleerte Urne wieder im Jutesack verstaut worden war, nahmen die Teilnehmer der kleinen Feier einander noch einmal stumm in den Arm. Das Leben, so wie es war, würde für jeden und jede von ihnen weitergehen, auf unwiderrufliche Weise. Verschlungene Pfade oder breite Autobahnen, heimtückische Einbahnstraßen oder schicksalhafte Wege entlang, deren Ende niemand vorhersehen konnte.

Dominique drückte sich an Harald, küsste die Stirn des um viele Jahre älteren Mannes, und gemeinsam gingen die beiden mit einigem Abstand zu den anderen Trauernden die Allee zum Ausgang des ehemaligen Friedhofs hinunter, diesem Tor entgegen, das ein Reich voller Vergangenheit von der Gegenwart alles Lebendigen trennte.

ENDE

DANK

Für Peter Pfeiffer

∗

Der Autor bedankt sich herzlich:
Bei Peter Hanak, Christof Habres und Andrea Nagele.
Beim Gmeiner-Verlag, ganz besonders bei Frau Claudia
Senghaas.